# 한 수의 시조에 역사가 살아있다

李 靜 子 지음

# 한 수의 시조에 역사가 살아있다

李 靜 子 지음

도산서원

국학자료원

"예닮아, 시조이야기 해줄까?
너는 책 읽기를 좋아하니까 시조 이야기책을 하나 써야겠다.
하진이도 형섭이형 불러 지현이랑 와서 들어보렴."
"시조가 뭔지 아니?"
"네, 알아요. 학교에서 배웠어요"
"그렇겠지. 어디 아는 시조 한 편 외워 보렴"
"이런들 어떠하며 저런들 어떠하리……"
"잘 외우는데. 그럼 그 시조에 얽힌 이야기는 아니?"

오래전부터 시조이야기를 써 보고 싶었다. 그것은 필자가 초등학교에 근무할 때 아이들에게 시조 한 수를 칠판에 써 주고 낭송을 하면서 그에 대한 역사 얘기를 해 주곤 했는데 아이들이 참 좋아했다. 그로 인해 [시조를 통한 역사 교육]이란 주제로 제34회 서울현장교육연구대회에서 우수한 연구 결과로 표창장을 받기도 했다. 그 후 대학에 있으면서도 문학작품 배경을 살펴 볼 때 시조 한 수도 곁들어 역사에 얽힌 얘기를 들려주면 학생들의 반응이 참 좋았다.

이제 강단을 떠날 때를 앞두고 교육 현장을 뒤돌아보며 그간 생각은 담아 두었어도 이루지 못한 것들을 하나하나 정리해 보고 싶었다. 그 첫 번째가 <우리 시조이야기>이다.

시조는 우리 민족 고유의 전통을 지닌 정형시이다. 시조는 운율이 있어 노래하듯 읽기도 좋고 외우기도 쉽다. 특히 고시조는 그 시대 역사와 관련된 창작 배경이 전해오고 있어 역사 공부에도 아주 효율적이다. 시조 한 수를 감상하며 그에 얽힌 역사 얘기를 들려주면 구수한 옛이야기를 듣듯이 학생들은 아주 흥미롭게 듣는다. 그래서 시조 한 수를 감상하면서 시조에 얽힌 역사 이야기도 하고 시조사와 그 창작에 대해서도 서술해 보고 싶었다.

맹자에 의하면 '그 사람의 시를 이해하고 감상하기 위해서는 그 시인이 산 시대와 그 시인에 대해 알아야 한다.'고 하여 작품 감상에 앞서 시대 배경과 작가 이해의 필요성을 논했다. T. S Eliot 또한 '시인은 자신과 함께 그 시대를 시에 표출한다.'고 했다. 그러니 작가의 삶과 인생관 시대정신 및 시대상황이 시에 고스란히 표출된다는 것이다. 그래서 시는 진실하다고 한다.

서두르지 않고 천천히 준비된 것은 기회 있을 때마다 하나씩 발표하면서 하나하나 정리해 보고자 했다. 마침, 『시조춘추』 창간호에 길재의 〈오백년 도읍지…〉를 소개하면서 그에 얽힌 여말의 역사와 야은 길재에 대해 고찰해 본 것을 「시조 한 수에 역사가 숨 쉰다」는 제목으로 발표했다. 예상한대로 독자의 반응이 좋았다. 어떤 분은 직접 전화를 주어 '학생들 국사 교육에도 많은 도움이 될 것'이라며 힘을 실어주었다.

본서는 시대별·시대 순으로 나누어져 있어 국사 공부에도 아주 효율적이다. 필자의 경험에 비추어 볼 때 시조에 얽힌 역사 이야기를 하다 보면 자연적으로 우리 고유의 정형시인 시조도 익히고 여말에서 조선조까지의 우리 역사도 훤히 알 수 있다. 그래서 대학생은 물론 일반인의 교양서로 권할 만하다.

아무쪼록 본서가 우리 고유의 정형시인 시조와 우리의 역사를 이해하는데 많은 도움이 되기를 바라며 그와 더불어 시조의 저변확대와 시조 창작에도 도움이 되기를 바란다. 그래서 부록으로 시조 창작을 위한 길잡이를 실었다. 시조는 일반 독자를 배려하여 현대어로 표기했으며 역사적인 사건, 사실, 인물 등에 관한 자료는 브리태니커 백과사전을 참고했음을 밝힌다.

2009년 1월 자헌 이정자

본서는 2009년 1월에 출간한『시조 한 수에 역사가 숨 쉰다』가 절판되어 재판을 서두르다 초판에서의 부족한 점이 발견되어 첨삭도 하고 수정도 하고 증보도 하여 출판사를 옮기면서 아예 제목을『한 수의 시조에 역사가 살아있다』로 하였다.

내용에 따라 삭제한 부분이 있고 못 다한 이야기와 아쉽게도 빠진 부분을 더하였다. 그리고 일곱째 마당을 증보하여 현대시조로의 길을 실었다. 그것은 현대시조의 위상과 함께 그 흐름을 알기 위해서이다.

본서는 시대별·시대 순으로 나누어져 있어 국사 공부에도 아주 효율적이다. 필자의 경험에 비추어 볼 때 시조에 얽힌 역사 이야기를 하다 보면 자연적으로 우리 고유의 정형시인 시조도 익히고 여말에서 조선조까지의 우리 역사도 자연적으로 훤히 알 수 있다. 그래서 대학생은 물론 일반인의 교양서로 권할 만하다.

2010년 1월 저자 이정자

# 고려 말의 시조(시조문학 제1기)

시조는 우리나라 고유의 정형시로서 고려 중엽에 발생하여 말엽에 그 형식이 정제되어 조선조에 꽃을 피운 우리 민족의 고유시이다. 이 것은 어디까지나 일반론이고 이러한 정의 하나도 그 이론이 논자에 따라 차이가 있음을 본다. 『청구영언』이나 『가곡원류』에는 고구려의 을 파소 백제의 성충 등의 작품이 수록되어 있어 마치 시조가 삼국시대에 서부터 있은 것으로 착각을 일으키게 한다. 그래서 김종식은 시조의 발생 시기를 삼국시대로 보기도 했다. 하지만 이는 학자들이 부정하고 있는 실정이다.

을파소나 성충의 작이 후대인의 의작으로 보고 삼국시대에 시조가 성립하였다고는 보지 않는다. 고려초(박을수·최장수), 고려중엽(이 병기·조윤제·이태극·진동혁·박성의·서원섭), 고려말(조동일), 조선초(이능우·김사엽·최동원), 16세기(이능우·김사엽) 등으로 학 자들의 견해는 시시각각이다. 문헌적으로 확실한 근거가 없기에 누구 의 설이든 유추에 지나지 않는다. 하지만 어떤 형태이든 어떤 경로이

든 한역가가 있고 고려조의 시조가 있는 것으로 보아 고려조에 시조가 있었던 것은 확실하다. 그래서 조윤제는 '아마 고려 중기로부터 시작되었으리라 하여도 좋을 듯하다'고 하여 고려중기 성립으로 추정했다.[1] 이것이 학자들의 동조를 받으면서 교과서에도 고려중엽으로 서술되어 일반적으로 이렇게 논하고 있다.

그래서 필자도 시조의 발생 시기를 고려조로 일단 보고 고려 말까지의 시조를 제1기 시조로 보았다.[2] 그리고 이 시기를 시조문학의 형성기라 했다.

## 1. 탄로가/우 탁

한손에 가시 들고 또 한 손에 막대 들고
늙는 길 가시로 막고 오는 백발 막대로 치려더니
백발이 제 먼저 알고 지름길로 오더라.

역동 우탁 시조비

---

1) 조윤제, 국문학개설, 120쪽.
2) 이정자, 시조문학연구론, 국학자료원, 2003, 43쪽.

위의 시조는 작품 자체가 역사성을 나타내지는 않는다. 그런데도『시조와 역사』란 주제에서 제일 앞에 내 세운 데는 몇 가지 이유가 있다. 첫째는 본 시조「탄로가」가 국문학사에서 작자가 분명한 작품으로서 가장 오래된 시조라는데 귀중한 의미를 부여한 것이고, 둘째는 역동 우탁은 안향(安珦)3)에 이어 여말(麗末) 유학자로서 선구자적인 위치에 선 인물이기 때문이다. 결국은 고려가 기울어져 역성혁명에 의하여 조선조가 세워졌지만 인물은 그 인물들이 이어졌고 학문과 문학 또한 제자에 제자들로 이어져 내려왔음을 본다.

우탁은 여말 흐트러진 사회 기강을 바로 세우고자 유학의 도를 내세우며 역학 연구와 후진교육과 개혁에 힘쓴 분이다. 역동(易東)이란 호를 받을 정도로 우탁은 유학사에서도 당대와 후대에 끼친 영향력이 지대하다. 다음에서 그의 생애와 함께 우탁의 문학, 우탁의 학문, 당대와 후대에 끼치고 남긴 발자취를 살펴보자.


우탁(禹倬, 1263~1342)은 고려 후기의 학자이다. 본관은 단양이고, 자는 천장(天章) 또는 탁보이며 호는 백운(白雲) 또는 역동선생이라고도 한다. 시조(始祖) 우현(禹玄)의 7대손이고 천규(天珪)의 아들로서, 사관(仕官)이 계속 이어진 명문 선정(先正)의 후예이다. 1278년(충렬왕4) 향공진사가 되었다.

역동은 새로운 학문으로서의 성리학에 대한 깊은 이해를 기반으로 하여『역론(易論)』,『역설(易說)』기타 많은 저서가 있었음에도 불구하고

---

3) 안향(安珦, 1243, 고종30~1306, 충렬왕32)은 우리나라에 성리학을 도입한 고려 후기의 문신·학자이다. 충렬왕 때 원나라를 왕래하며 직접 주자서(朱子書)를 베껴오고, 섬학전(贍學錢)을 설치하는 등 성리학의 도입과 보급에 힘썼다. 본관은 순흥(順興), 자는 사온(士蘊), 호는 회헌(晦軒).

조선 초기 신진세력과의 화란(禍亂)[4]으로 인멸되어버렸다. 신현(申賢)의 행장이 기록된 『화해사전(華海師全)』 권3, 제자서술(諸子敍述)에 의하면 '이 모든 저술들은 역동의 문인인 신현(申賢)의 필삭교정을 거쳐 그의 문집에 전철(全帙)로 편집하였는데 조선 초 화란(禍亂)에 의하여 소실되었으며, 역론(易論)의 초본(初本)은 역동의 손자 우현보(禹玄寶)가 보관했는데, 귀양으로 인하여 종가에 의탁하였다가 유실(流失)되었다.'고 한다.

현존하는 역동의 작품으로는 시 3수, 시조 2수, 서간문 1편, 기타 한두 가지의 금석문이 있을 뿐이다. 시 3편은 5언 율시의 「잔월(殘月)」, 7언 율시의 「제영호루」, 수미양구가 빠진 7언 율시의 「강행(江行)」이 있다. 「탄로가」 등 시조 2수는 작자가 분명한 것으로서 동시대를 풍미한 이조년의 「다정가(多情歌)」와 함께 국문학사상 가장 오래된 것으로 알려져 있다. 서간문인 「여혹인서(與或人書)」는 61자로 된 짧은 글이며, 금석문으로서는 단양 사인암벽에 역동의 친필로 전해지는 글이 새겨져 그의 편린을 읽을 수 있다.

역동에 대한 기록은 『고려사』, 『동국통감』 등 기타 여러 서적에 있다. 그리고 개인문집으로서는 『화해사전』, 『가정문집(稼亭文集)』, 『목은문집』, 『운곡습유』, 『양촌집』, 『퇴계전서』 등에 실려 있다. 그리고 사우록(師友錄)이나 읍지(邑誌), 세고(世稿) 등에서도 찾아볼 수 있다.

역동은 어려서부터 당시 주자학을 전래하고 유교 중흥의 선도적 역할을 한 회헌 안향(1243~1306)의 문하에서 수학하였다. 『동국문헌록』을 보면 회헌의 문하에서 수학한 사람이 모두 수백 명에 이르나, 그 중에서 정도를 깨닫고 학통을 이어받은 선비로는 역동을 비롯하여 신천,

---

4) 지금도 단양 우씨와 정도전 후손간은 혼사를 피한다고 한다.

백이정, 권보 등 4인이라고 한다. 또한 안인식이 쓴 『회헌안문성공략사』에서는 회헌의 적전(嫡傳)으로서 위 4인 외에 이진, 이조년을 추가하여 6군자로 칭하기도 했다. 그러나 그 중에서도 가장 뛰어난 제자가 바로 역동이었으며, 회헌도 역동의 학행을 높이 평가했다.

회헌은 임종을 앞두고 병석에서 백이정, 권보 등의 문인들에게 다음과 같이 당부했다.

"그대들은 연상이나 동년배라고 하여 부끄럽게 생각하지 말고 내가 세상을 떠나거든 우탁을 나와 똑같이 스승으로 섬기라"[5]고 했다.

회헌이 세상을 떠난 뒤에 그 유명(遺命)에 따라 연령에 관계없이 모두 역동을 스승으로 섬겼다. 뿐만 아니라 당시 백이정의 문인이었던 이제현, 박충좌, 안목 등 24인과 권보의 문인이었던 이곡(李穀), 백문보(白文寶), 최해(崔瀣) 등 19인 등이 모두 역동의 문하에서 수학하였으며, 원나라의 학자 주공천(朱公遷), 허겸(許謙), 왕위(王褘) 등도 모두 스승의 예로써 역동을 공경하였다. 이를 미루어 볼 때 역동은 학문의 넓이와 깊이뿐 아니라 그 덕망까지도 갖추었음을 알 수 있다.

당시 역동의 문하에서 학업을 닦은 수많은 제자들 가운데서 신현이 으뜸이다. 신현은 고려 개국공신 신숭겸의 후예로서, 본관은 평산, 자는 신경(信敬)이다. 당시 원에 가서 주공천(朱公遷)등과 교유하며 학문에 전념하여 큰 학자가 되었다. 신현이 역동의 저술들을 첨삭, 교정하여 편집하였으나 화란(禍亂)으로 불행히 소실되었다고 앞에서 밝혔다. 다행이 역동의 학문적 사적(事蹟)에 관하여 비교적 많이 담고 있는 『화해사전(華海師全)』[6]이 있다.

---

5) 『華海師全』 권3, 諸子 述.

6) 1852년(철종3) 호서의 孔氏家에서 고려 말 학자 范世東이 짓고 원천석 등이 편집

『화해사전』의 끝에 첨부되어 있는 「동방사문연원록(東方斯文淵源錄)」
에서는 나려대(羅麗代)의 도학 연원과 도통(道統) 관계를 기술하고 있어
역동 우탁의 위치와 유학의 흐름을 가름할 수 있다.

곧 설총(薛聰) → 최충(崔沖) → 김양감(金良鑑) → 안향(安珦) → 우탁(禹倬)
→ 신현(申賢) → 정몽주(鄭夢周), 이색(李穡)으로 기술하고 있다.

이렇게 우탁은 여말 정주학 수용 초기의 유학자로 충렬왕 4년에 향
공진사가 되면서 관직에 나선다. 그의 성품을 잘 말해주는 일화가 전
한다. 1308년 충선왕 즉위년, 우탁이 감찰규정으로 있을 때 일이다. 충
선왕이 부왕의 후궁인 숙창원비와 통간한 일이 있었다. 이 사실을 알
게 된 우탁은 흰옷에 도끼를 들고 거적을 메고 대궐로 들어가 극간을
하였다.[7) 왕의 곁에 있던 신하가 그 상소문을 펴들고 감히 읽지를 못
하고 있는데 이를 본 우탁이 호통을 치며 말하기를 "경이 근신이 되어
왕의 그릇된 것을 바로 잡지 못하고 악으로 인도하니 그 죄를 아느냐?"
고 꾸짖었다. 이에 좌우의 신하들은 어찌할 줄을 모르고 왕도 부끄러
워했다고 한다.

이 일로 역동은 벼슬을 사퇴하고 복주의 예안현(안동시 와룡면 선양
동, 안동댐 건설로 수몰)으로 퇴거하였다. 안동 예안현 지삼리에 은거
하며 당시 원나라를 통해 유입된 정주학을 연구하며 후학들을 길렀다.
특히 정이가 주석한 「역경」의 정전은 처음으로 들어와 이를 아는 사람

---

한『活動人物叢記』가 나왔는데, 여기에 신현의 행장과 사적 등이 담긴『화해사
전』이 들어 있다.
7)『고려사』, 세가 권33, 충선왕 1년조.

이 없었다. 이에 역동은 방문을 닫아걸고 연구에 몰두했다. 한 달 만에 이를 터득하여 후진에게 가르쳤다고 한다. 이에 중국의 학자들이 중국의 역(易)이 동으로 옮겨가게 되었다 하여 우탁을 역동(易東)이라 부르게 되었다.[8]

충숙왕이 역동의 충의를 높이 사 여러 번 불렀다. 그러나 나아가지 않고 후진 양성에만 힘을 쏟다가 그 뒤 출사(出仕)하여 진현관(進賢館) 직제학(直提學)에 임명되었고 성균관 제주(祭酒: 좨주 종3품)로 승진하였다. 이때 역동은 관학(館學)의 확립을 의논하였으며, 성균관 유생들에게 정주(程朱)의 성리학을 강명하여 고려말기에서 새로운 학풍으로서의 신유학 진흥에 매우 힘썼다. 또한 당시 성균관 재생(齋生)들에게 '경사백가(經史百家)를 읽는 뜻을 깨달아 도를 전하는 데 그치는 것이 아니라 장차 그 말을 익히고 그 체(體)를 본받아서 마음에 배게 하고자 하는 것'이라고 훈도하여 성리학의 이론적 바탕과 함께 실천적 태도를 강조하였다.

역동은 '경서'와 '사기'에도 통달하였다. 특히 '역학'에 정통하여 점괘가 맞지 않은 적이 없었다고 『고려사』열전에 전하고 있다. 시조로는 청구영언에 「춘산에 눈 녹인 바람」과 늙음을 한탄한 「탄로가」 두 수가 있어 국문학사에서 작자가 분명한 작품으로서 가장 오래된 시조라는 귀중한 위치에 있다.

역동의 흔적이 남아있는 사인암은 구단양에서 동으로 약 6㎞ 지점에 위치하고 있으며 단양 팔경 중에서도 으뜸인 관광명소이다. 유학자 역

---

8) 趙穆의 『易東書院實記』에 의하면 역동이 入元時 중국학자 丁寬이 역동의 易學에 대한 博通함을 찬탄하여 "吾易, 東而已"라 하였던 것을 인용해서 퇴계선생이 易東書院이라고 명명한 데서 유래한다.

동우탁이 사인(정4품)벼슬에 있을 때 이곳에서 선유(船遊)하였다는 유래에 따라 조선 성종때 단양군수 임제광이 사인암이라 명명하였다. 사인암 앞을 흐르는 운계천의 맑고 푸른 물과 첩첩이 쌓아 올려져 하늘 높이 치솟은 기암절벽이 짙푸른 노송들과 잘 어우러져 승경중의 승경이다. 그 곳에 가면 암벽에 새겨져 있는 역동 우탁의 친필각자가 있고. 그의 시비가 있다. 그 시비에 위의 시조 「탄로가」가 새겨져 있다. 다시 한 번 읽어보자.

　　　한손에 가시 들고 또 한 손에 막대 들고
　　　늙는 길 가시로 막고 오는 백발 막대로 치려더니
　　　백발이 제 먼저 알고 지름길로 오더라.

　이 시조는 역동선생이 말년에 늙음을 한탄하며 인생의 허무를 노래한 「탄로가」로 알려져 있다. 예나 지금이나 늙는 것은 모두 싫은가 보다. 늙음을 막대로 치고 가위로 막겠다는 시어의 운용과 "백발이 제 먼저 알고 지름길로 오더라."라는 재치 있는 발상에 현재를 사는 현대인에게도 가슴에 와 닿으며 미소를 머금게 한다. 이러한 시상을 펼칠 수 있는 시인의 마음이기에 역동은 그 시절 81세까지 건강하게 장수하면서 후진양성과 학문의 길을 열정적으로 걸어간 것으로 보인다.
　요즈음은 백발도 주름도 늙음의 기준을 뛰어 넘는 세상이다. 얼마나 늙음이 싫으면 백발은 염색을 하고 주름은 화장술로 없애겠는가. 그것으로 만족하지 못하면 주름제거수술도 감행하는 세상이다. 나이가 들면 늙는 것이 자연현상이겠건만 이렇듯 모두 늙기를 싫어하니 진시황이 불로초를 찾기 위해 방사(方士)서복(서불)으로 하여금 선남선녀 500

명을 거느리고 목숨을 건 불로초 탐사에 나서게 한 것도 이해할 만도
하다.

「고려사」에는 우탁설화(禹倬說話)가 다음과 같이 전해진다.

 역동은 어릴 때부터 성격이 곧고 자기주장을 분명히 폈으며 옳지 않
은 일이라고 생각하면 어른일지라도 꼭 짚고 넘어가는 올곧음이 있었
다. 어려서부터 학문에 대한 집념이 강했고 행동거지가 밝았다. 학자
의 학식과 군자의 품성을 갖췄다고 하여 과거에나 합격해야 주어지는
진사라는 벼슬 칭호를 15세에 이미 붙여 주었다. 처음에 그는 벼슬에
는 별로 뜻이 없었다.
 1290년(충렬왕16) 그의 나이 27세에 과거에 합격하고 '사록'이라는
관직을 받아 지금의 경북 영덕군에 있던 영해라는 곳으로 부임했다.
부임해 보니 이곳에 '팔령'이라고 하는, 신에게 제사 지내는 사당이 있
어 주민들이 이 영험을 믿고 '팔령신'을 극진히 모시고 있었다. '팔령
신'이란 이름 그대로 여덟 방울신을 일컫는다. 이들에게 재물을 바쳐
제사를 지내지 않으면 화를 입는다는 것이다. 이에 얽매여 힘겹게 재
물을 바쳐야 하는 주민들의 폐해가 매우 컸다.
 유학에서는 민간신앙인 이러한 미신을 인정하지 않는다. 철저한 유
학자인 우탁이 이를 그냥 넘길 수 없었다. 그는 이 '팔령신'을 타파하는
데 강경한 자세를 보였다. 여덟 개의 방울을 만들어 그것을 부수어서
바다에 빠뜨림으로써 이를 없애려 했다. 여덟신 중 일곱을 없애고 나
머지 하나를 없애려 하자 요괴가 살려 달라고 싹싹 빈다. 보아하니 눈
이 멀었을 뿐 아니라 호호한 백발의 가련한 할미라 이를 살려 주었다.

이 신이 바로 지금의 당고개 서낭이 됐다는 이야기다.

이러한 우탁에 관한 인물전설이 '우탁설화'라고 하는 이름으로 만들어져 전해 오는 것은 그가 얼마나 철저한 유학자로서 미신 타파에 앞장섰던 인물이었던가를 짐작케 한다. 우탁은 주역의 이치에 능한 사람이다. 주역은 공자 오경중의 하나로 일명 『역경』이라고도 한다. 약칭으로 그냥 '역'이라고도 한다.

'역'은 괘를 따져 의미를 서술하는 것이기 때문에 역에 능하면 길흉을 점칠 수 있다. 주역은 동양철학이다. 주역의 이치를 깊이 공부한 우탁은 역사서에 기록되어 있을 정도로 뛰어난 역학자이다, 또 이를 넘어서 도술까지 부렸다고도 한다. 이에 대한 얘기는 여기서 생략하기로 한다.


역동 우탁은 「탄로가」로도 잘 알려져 있지만 동방이학지조(東方理學之祖)로 숭상 받고 있다. 우탁은 스스로 통달한 학문적 바탕 위에 천도와 인륜을 밝히고 그 시대 사회적 폐풍을 개혁하려고 했다. 하지만 그것이 뜻대로 되지 않았다. 당시 고려조의 정치이념과 생활일반이 정주학과는 거리가 멀었다. 그러한 현실에서 백성을 유교적 정신에 입각하여 교화하여야 할 입장에 서 있었던 그로서는 많은 어려움이 있었던 것으로 보인다.

사회구조 자체가 불교라는 큰 틀 안에 토속신앙과 미신이 결합되어 있었다. 이러한 상황에서 성리학을 중국으로부터 수입해온 안향이나 성리학적 기반을 정착시키고자한 우탁으로서는 선구자로서의 공통된 어려움이 있었다. 미신을 타파해야겠다는 의지가 담긴 전설이나 시들이 문헌으로 전해 오는 데서도 알 수 있다.

뿐만 아니라 고려는 말기에 이르러 인륜의 강상(綱常)이 무너지고 사회질서가 해이하여졌다. 더욱이 충렬왕대에는 원(元)과의 예속적 관계에서 그 여폐가 우리의 의복에까지 이르자, 역동은 정주의 의리학을 정연(精硏)하여 통달하였던 학문적 바탕을 가지고 천도(天道)와 인륜을 밝히고 사회적 폐풍을 개혁하고자 여러 차례 상소를 올렸다.

『패관사(稗官史)』에 의하면 그 상소문의 대강을 읽을 수 있다. 그 구체적 내용이

　"족혼(族婚)을 금하고, 상례(喪禮)를 정하고,
　사학(四學)을 설치하며, 주현(州縣)에 학교를 세우는 것" 등이다.

비록 이러한 역동의 상소가 전부 관철되지는 않았지만, 1308년 11월에 양반의 종친들은 외종(外從), 제종(諸從)형제 간의 근친혼을 금한다는 충선왕의 교지가 반포[9]되는 등 이풍(夷風)의 사회적 풍속이 점차 미풍양속으로 변하게 되었다.

높은 학덕과 의리의 실천으로 일관한 역동의 사상은 후대에 큰 영향을 주었으며, 특히 만년에 머물렀던 선양동은 역동의 삼대덕(三大德)으로 도학, 예의, 절조 등을 추모하여 후인들이 지삼의(知三宜)[10]라 불러오는데, 사문(斯文) 창도(倡道)의 큰 공덕을 짐작할 수 있다.

공민왕 때에 성균관 대사성이었던 목은 이색이 청하여 문희공(文僖公)의 시호가 내려졌으며, 조선조에 들어와 역동의 학문과 덕행을 지극

---

9) 『고려사』, 세가 권33, 충선왕 1년조.
10) 『遺墟碑銘』, 里號知三, 自先生也, 道學禮義節操三者是已.

히 흠모하였던 퇴계 이황이 주창하여 구택 근처에 역동서원(易東書院)[11]이 퇴계의 문인 조목, 김부필 등이 주관하여 1567년 가을 사우(祠宇) 등을 완성하고, 1570년 8월에 낙성식을 가졌다. 1871년 서원철폐령으로 훼철되었다가 1969년 복역되어 현재 안동대학 구내에 보존되어 있다.

사인암(舍人岩)에는 주역 28괘인 택풍대과(澤風大過)를 인용하여 그 당시 그의 심경의 소회를 친필로 남겨놓았다. 여기서 대과(大過)란 과식, 과욕, 상하간의 의사불통 상태를 말한다.

아래 시조도 널리 알려진 「백발가」이다. 역동의 생애와 함께 감상해 보자.

춘산에 눈 녹인 바람 건듯 불고 간 데 없다.
적은 듯 빌어다가 불리고저 머리위에
귀 밑의 해 묵은 서리를 녹여볼까 하노라.

역동은 유학자답게 합리적이고 사변적인 학자로서 당시 불교나 도가(道家)에 비해 사변이 약했던 유학의 학술과 학문적 기본소양을 갖추게 하는 데 큰 역할을 했다. 벼슬에서 물러난 뒤에는 안동 예안(禮安)에 은거하면서 후진 교육에 전념했다. 정이(程頤)가 주석한 『주역(周易)』의 정전(程傳)을 터득해 문하생들에게 가르침으로써 후학들이 그를 종사(宗師)로 삼았다. 역동은 늙음을 한탄하리만큼 젊은이 못지않은 열정으

___

11) 『퇴계전서(二)』, 권12, 「역동서원기」.

로 역학과 정주학에 현달한 유학자로서 후학교육과 학문에 열정을 쏟
으며 멋있게 마지막을 장식한 분으로 보인다.

우탁의 사적비

사인암

1343년(충혜왕 복위 3년)에 예안에서 81세로 이 세상을 마감했다.
그의 묘소는 안동시 예안면 지삼리에 있다. 예안 역동서원(易東書院), 안
동 구계서원(龜溪書院) 등에 제향 되었다. 시호는 문희(文僖)이다.

우탁의 묘(안동시 예안면)

역동재실

## 2. 이화에 월백하고/이조년(李兆年)

　　이화에 월백하고 은한이 삼경인 제
　　일지춘심을 자규 ㅣ 야 아랴마는
　　다정도 병인냥하여 잠 못 드러 하노라


　　일명 '다정가(多情歌)'로도 불린다. 이 시조는 고려 시조 중 최고의 걸작으로 널리 애송되는 시조이다. 하얀 배꽃과 거기에 부서지는 달빛, 그리고 까만 하늘위에 길게 흐르는 한 줄기의 강, 은하수, 시각적 이미지가 한껏 고조를 이루는 가운데 앞산에선 소쩍새가 소쩍소쩍 울고 있어 청각적 이미지를 더해준다. 표출된 이미지상에서만 보아도 봄밤의 시적자아의 서정을 영상으로 떠 올릴 수 있다.

　　봄날 밤, 그리운 임 생각으로 쉬 잠을 이루지 못하고 마당에 나와 서성인다. 그 때 시적자아의 눈에 비친 것은 이화에 내린 월백이다. 이화 자체만도 환하게 비추어 오는데 그 위에 달빛까지 비추어 혼자 보기에는 아까운 서경이다. 님이 더욱 그리워진다. 그런데 자규(소쩍새)까지 울어대니 어이하란 말인가. '다정도 병인 양하여 잠 못 들어 하는' 시적자아의 고백이 배꽃과 달빛, 그리고 소쩍새 울음소리 등의 시각적·청각적 이미지와 함께 어우러져 표출된 절창(絶唱)이다.

　　이조년(1269~1343)은 고려 후기 충렬왕·충선왕·충숙왕·충혜왕 4대에 걸쳐 왕을 보필한 문신이다. 자는 원로(元老), 호는 매운당(梅雲堂) 또는 백화헌(百花軒)이다. 부(父)는 경산부(京山府) 이속(吏屬)인 장경(長庚)이다. 장인은 정윤의로 경산부에 부임해서 이조년의 사람됨을 보고 사위로 삼았다. 1294년(충렬왕20)에 향공진사로 급제한 후 안남서기

(安南書記)・예빈내급사(禮賓內給事)・협주지주사(陝州知州事) 등을 거쳐 비서랑(秘書郎)이 되었다. 1306년 왕을 따라 원나라에 들어갔다. 왕유소(王惟紹)・송방영(宋邦英)의 이간으로 충렬왕・충선왕 부자간 다툼이 치열했는데 이조년은 진퇴(進退)를 삼가하고, 왕의 곁을 떠나지 않았다. 그러나 억울하게 연루되어 유배를 당했다.

위의 시조는 이 때 왕을 그리며 지은 것으로 추정한다. 유배 후 13년 간은 고향에서 은거했다. 충숙왕이 원나라에 억류되어 있을 때 심왕(瀋王) 고(暠)가 왕위를 넘보자 발분(發憤)하여 홀로 원나라에 가 왕의 정직함을 호소하는 글을 올리기도 했다.

충숙왕이 환국한 후 감찰장령・군부판서 등을 역임했다. 충혜왕이 원나라에 숙위(宿衛)시 방탕하게 생활하므로 경계의 말을 간곡히 올리자 왕이 담을 뛰어넘어 달아났다고 한다. 충혜왕이 왕위에 올라 정당문학예문대제학직을 내리고 성산군(星山君)에 봉했다. 그러나 충혜왕의 방탕을 보고 충정으로 간했으나 듣지 않자 고향에서 은거했다. 시문에 뛰어났으며 위의 시조 '이화(梨花)에 월백(月白)하고' 1수를 남겼다. 오늘날 전하는 고시조 가운데 자주 애송되는 것으로, 잠 못 이루는 밤의 심정을 자연을 통해 표현한 절구(絶句)라는 평가를 받는다. 시호는 문열(文烈)이다.

이조년의 아버지 장경(長庚)은 성주(星州)李氏 12代孫이다. 그에게는 아들 다섯이 있었는데 첫째의 이름이 百年, 둘째가 千年, 셋째가 萬年, 넷째가 億年, 다섯째가 兆年으로 곧 매운당(梅雲堂) 이조년(李兆年)이다. 이들 형제에 얽힌 이야기가 신증동국여지승람(新增東國輿地勝覽)에 전한다. 그것에 의하면

高麗恭愍王時 (고려공민왕시)

有民兄弟偕行 (유민형제해행)

弟得黃金二錠 以其一 與兄 (제득황금이정 이기일여형)

至孔巖津 同舟而濟 (지공암진 동주이제)

弟忽投金於水 (제홀투금어수)

兄 怪而問之 (형 괴이문지)

答曰 吾平日 愛兄篤 (답왈 오평일 애형독)

今而分金 忽萌忌兄之心 (금이분금 홀맹기형지심)

此乃不祥之物也. (차내불상지물야)

不若投諸江而忘之 (불약투제강이망지)

兄曰 汝言誠是 (형왈 여언성시)

亦投金於水 (역투금어수)

― 新增東國輿地勝覽

고려 공민왕 때의 얘기이다.

형제가 길을 가다가 동생이 금 두 개를 주웠다.

그 한 개를 형에게 주었다.

공암진에 이르러 함께 배를 타고 강을 건너게 되었다.

동생이 갑자기 금덩이를 물속으로 던져버렸다.

형이 깜작 놀라며 이상하게 생각하여 물었다.

동생이 답하기를 "평일에는 내가 형을 많이 사랑했는데

금을 형에게 나누어 주고 보니 형을 미워하는 마음이 생겼소.

그래서 이 물건은 상서롭지 못한 것이라

물에 던져 없애는 것 만 못하여 물에 던져버렸소" 했다.

이 말을 듣고 있던 형 또한 "과연 너의 말이 옳다"고 하며

자기가 가진 금도 강물에 던져 버렸다.

[동국여지승람]에 나오는 글이다.

이 이야기의 주인공이 바로 이조년과 그의 형 억년이다. 형제간의 아름다운 우애를 다룬 얘기이다. 이 글은 고교한문 교과서에도 나오고 대학한문에도 나오는 등 여러 교양서에 "형제투금(兄弟投金)"이란 제목으로 나온다.

이들은 형제간에 우애도 깊었을 뿐 아니라 5형제가 모두 과거에 급제한 명문가이다. 그래서 그들 일가의 이름은 당대에 떨쳤다. 더욱이 백, 천, 만, 억, 조라는 5형제의 특이한 이름으로도 화제가 되었다.

고려말에 이름을 떨쳤던 인복(仁復)·인민(仁敏)·인임(仁任)의 3형제는 이조년의 손자이고, 조선개국공신에 영의정을 지낸 이목(李穆)은 인민(仁敏)의 아들이다.

이조년의 조상화

이조년의 묘
(경북 고령군 운수면)

## 3. 오백 년 도읍지를/길재

오백 년 도읍지를 필마로 돌아드니
산천은 의구하되 인걸은 간데없네.
어즈버 태평연월이 꿈이런가 하노라


여말 길재의 시조로 「회고가」라고도 한다. 곧 고려조를 생각하며 부른 노래이다.

오백년 도읍지는 고려의 서울 개성을 말한다. 필마는 한 필의 말이란 뜻이고ㅡ. 곧 '500년 역사를 지닌 서울(개경)을 한 필의 말을 타고 돌아가니 산과 들녘은 옛날과 다름이 없는데 훌륭한 인물들은 보이지가 않는구나. 아아! 태평스런 세월은 이제 꿈이 되어버렸구나.' 한탄하는 어조로 읊고 있다.

오백년 역사는 물론 고려(918~1392)의 역사이다. 고려는 태조 왕건이 신라를 무혈로 접수하여 나라를 통일한지 474년 만에 이성계 일파의 역성혁명으로 조선조(1392~1910)로 넘어갔다. 고려 때의 서울은 개경(송악, 개성)이었고, 이 시조를 지은 사람은 고려 말의 유학자 길재(吉再, 1353~1419)이다. 호를 '야은(冶隱)'이라고 한다.

길재(1353, 공민왕2~1419, 세종1)는 박분(朴賁)에게서 『논어』·『맹자』 등을 배웠고, 송도(개성)에서 당대의 석학(碩學)이던 이색(李穡), 정몽주(鄭夢周), 권근(權近)에게서 주자학(朱子學)[12]을 배웠다. 요즈음은 누구나 자기의 능력에 따라 학교에서 공부하지만 이렇게 옛 사람들은

---

12) 성리학의 다른 이름으로 중국 송나라 때의 주희(朱熹)가 대성한 유학으로 이기(理氣)와 심성(心性)에 근거하여 실천 도덕과 인격 및 학문의 성취를 역설하고 있다.

홀륭한 스승을 찾아다니며 가르침을 받은 것을 알 수 있다. 권근이 "내게 와서 글을 배우는 사람들 중에 길재가 최고"라며 칭찬을 했을 만큼 길재는 그 재능이 뛰어났다. 그래서 길재는 여러 직책을 거치면서 성균박사(成均博士)에 올랐다. 오늘날 교육부장관급이라 할 수 있다. 이때 태학(太學)13)의 학생들과 귀족의 자제들까지도 길재에게 배우기를 청하여 이들을 가르쳤다. 길재는 이무렵 이방원(李芳遠: 太宗)과 같은 마을에 살았으며, 성균관에서도 같이 공부하여 교분이 매우 두터웠다. 하지만 두 사람의 우정은 오래 가지는 못했다. 서로의 뜻이 달랐기 때문이다.

1388년 이성계의 위화도회군14) 이후에는 길재가 벼슬을 사양(辭讓)했다. 그것은 이성계(李成桂)·조준(趙浚)·정도전(鄭道傳)이 새로운 왕조를 세우려는 낌새를 보였기 때문이다. 그래서 길재는 이듬해 연로하신 어머니를 모셔야 한다는 이유로 선산(善山)으로 귀향했다. 그 후 1391년(공양왕3년)에도 벼슬을 받았으나 출사하지 않았다. 뿐만 아니라 우왕이 강화도에 유배되었다가 강릉으로 옮긴 후 살해되었다는 소식을 듣고는 우왕을 위하여 3년 상을 지내기도 했다. 길재의 이러한 행적은 새로운 왕조에 참여할 뜻이 없었음을 내 비친 것이다.

길재는 고향에 머물면서 어머니를 봉양하며 후진을 양성했다. 가르치는 학생들과 더불어 경전(經傳)을 토론하며 성리(性理)학 연구에 힘썼다. 1400년(정종2)에는 세자가 된 방원이 태상박사(太常博士)에 임명했

---

13) 고려 시대에, 국자감에서 고급 벼슬아치의 자제들에게 『역경』, 『시경』, 『서경』, 『논어』 등을 가르치던 교육기관. 오늘날 대학에 해당한다. 인종 때에 설치하였다.
14) 고려 말기 1388년(우왕14) 고려군이 요동을 정벌하기 위해 압록강 하류에 위치한 위화도에 머무르던 중 이성계가 중심이 되어 회군한 사건.

으나 두 임금을 섬길 수 없다는 내용의 상소문을 올리고는 또 출사(出仕)하지 않았다. 그 후 스승 박분과 권근이 연이어 세상을 떠나자 심상(心喪)15) 3년을 행하기도 했다. 길재는 전형적인 유학자의 길을 갔다. 교육 또한 전형적인 유학교육을 실시하여 정몽주에게서 이어받은 학통을 김숙자(金叔滋)16)에게 전하고 이는 다시 김종직(金宗直)·김굉필(金宏弼)·정여창(鄭汝昌)·조광조(趙光祖)로 이어졌다.

이렇게 길재는 고려의 유신(遺臣)으로 남기를 바라며 조선조에서는 '충신불사이군(忠臣不事二君)'의 정신으로 출사(出仕)하지 않았지만 오히려 고려조를 향한 그 절의와 후학을 가르친 그의 학문은 크게 인정을 받아 세종은 좌사간대부(左司諫大夫)벼슬을 내리고 그의 절의를 기리는 정문(旌門)을 세우기도 했다. 또 영조 때에는 충절(忠節)이라는 시호(諡號)를 내리기도(영조17년, 1741)하여 정문과 시호는 조선조에서 받았음을 볼 수 있다.


그럼 나라가 바뀌어도 길재가 그렇게 잊지 못하고 머물고 싶었던 마음의 고향 고려조, 그가 머물었던 시대 곧 여말 정세는 어떠했기에 역성혁명이 가능했고 성공했는지에 대해 알아보자.

고려 말의 정세는 한 마디로 경제도 어려웠고 나라도 어지러웠다. 대내적으로는 권문세족들의 횡포로 사회 기강이 해이해 있었고, 경제질서가 문란하여 국가나 농민들이나 생활이 곤란했다. 대외적으로 보면 북쪽에서는 홍건적의 침입이요, 서·남해안 일대에서는 왜구의 노

---

15) 마음으로 상제(喪制)처럼 하는 것.
16) 1389(공양왕1)~1456(세조2), 조선 초기의 문신·학자, 종직(宗直)의 아버지이며 길재(吉再)의 문인이다.

략질이 잦았다. 이런 상황에 처해 있었으니 어찌 나라가 편하랴.

홍건적의 침입으로 고려가 입은 피해는 컸다. 먼저 개경을 비롯해서 북면 여러 지역이 많이 파괴되었고, 남방 지역도 왕의 파천과 군사 징발 등으로 사회가 혼란해졌다.

일본 해적 왜구의 침입은 삼국시대부터 있었지만, 고려 말엽부터 조선 초기까지가 가장 심하였다. 왜구는 2차에 걸친 고려·몽골연합군의 일본정벌과 그 뒤 이어진 일본 국내의 내란으로 몰락한 무사와 농민들이 노예와 미곡을 약탈할 목적에서 생겨났는데, 이들은 호족들의 보호와 통제 아래 행동하였다. 그 근거지는 쓰시마섬[對馬島(대마도)]과 마쓰우라[松浦(송포)] 등이었다. 특히 물자가 가장 부족한 쓰시마섬 사람들이 주동이 되었다. 공민왕 때는 동해·서해·남해의 연안뿐 아니라 내륙 깊숙이 침입하여 개경(開京)의 치안까지 위협하였다. 우왕 때는 14년 동안 378회의 침입을 받았다니 가히 그 무도함을 짐작할 만하다.

고려에서는 여러 차례 사절을 보내 바쿠후[幕府(막부)]에 왜구의 단속을 요청하기도 하였으나 왜구에 대해 강경책을 써서 여러 차례 소탕17)하기도 했다.

그러나 고려는 원(元)나라의 2차에 걸친 일본원정의 기지로서 과중한 부담을 치러 경제적 파탄에 이르렀고, 잦은 왜구의 침입으로 정치·경제 등 모든 면에서 막대한 피해를 입었다. 그러니 나라는 어렵고 어지러울 수밖에 없다. 때에 이성계(1335~1408)는 무장(武將)으로서

---

17) 1372년 이옥(李沃)의 강릉대첩, 1376년 최영(崔瑩)의 홍산대첩(鴻山大捷), 1380년 나세(羅世)·최무선(崔茂宣) 등의 진포(鎭浦)싸움, 이성계(李成桂)의 황산대첩(荒山大捷), 1383년 정지(鄭地)의 남해대첩(南海大捷) 등이 유명하다. 특히 최무선은 왜구를 격퇴하기 위해 화약 및 화통·화포(火砲) 등의 화기를 만들어 진포싸움과 남해대첩을 대승으로 이끄는 등 큰 공을 세웠다.

외부로부터 침략해 오는 남북의 적을 토벌하는 데 큰 공을 세웠다. 난세(亂世)는 무장이 최고인지라 자연적으로 그의 공과 더불어 세력이 커지고 국민들로부터 신망을 받게 되었다.

공민왕(1330~1374)은 12살의 어린 나이에 원에 갔다가 10년 만에 청년이 되어 돌아와 1351년 충정왕(忠定王)의 뒤를 이어 즉위했다. 그곳에서 원나라 위왕(魏王)의 딸 노국대장공주(魯國大長公主)와 결혼했다. 공민왕은 즉위하자 여말의 부패한 정치를 바로 잡아보려고 개혁정치를 펴나갔다. 이제현·조일신을 중심으로 한 전면적인 인사이동을 시작으로 몽고식의 변발(辮髮)과 호복(胡服)을 폐지하여 고려의 자주적 전통을 추구하려는 새로운 정치의 방향을 제시했다. 그리고 권신(權臣)이 변칙적으로 인사행정을 하여 큰 폐단을 낳던 정방(政房)을 혁파하여 정치기강을 바로잡는 등 정치면에서 왕의 권능을 직접 발휘하기도 했다.

경제면에서도 불법적인 전민탈점(田民奪占)에 대한 시정의 의지를 보이는 등 개혁정치를 단행했다. 신돈(?~1371, 공민왕20)은 1358년(공민왕7) 왕의 측근인 김원명(金元命)의 소개로 공민왕을 처음 만나게 되어 궁중에 드나들다 왕은 사부(師傅)로 삼아 국정을 자문하게 했다. 이무렵 공민왕은 1356년의 반원(反元) 개혁정치의 시도 이후 몇 번의 위험한 고비를 넘기면서 점차 안정을 되찾았다. 그래서 또다시 개혁을 시도하기 위해 신돈을 등용했다. 왕은 그가 "도(道)를 얻어 욕심이 없으며, 또 미천하여 친당(親黨)이 없으므로 큰일을 맡길 만하다"면서 신뢰했다. 공민왕은 신돈이야말로 권문세족의 영향에서 벗어나 소신껏 개혁을 추진할 수 있는 사람으로 인식해 많은 권력을 부여했다.

공민왕의 기대에 부응하여 신돈은 처음 서민 위주의 개혁을 추진하여 일반국민으로부터 추앙을 받을 정도로 개혁정치를 잘 펴나갔다. 하지만 개혁정치는 곧 벽에 부딪쳤다. 개혁을 반대하는 권문세족들의 반발이 거셌기 때문이다. 그래서 신돈은 1369년에는 자신의 세력기반을 확립하기 위해 스스로 5도(五道)의 도사심관(都事審官)이 되고자 사심관을 부활시키려 했다. 그러나 그것은 공민왕도 바라지 않았고 신돈에게 개혁정치를 맡긴 공민왕의 의도에도 어긋났다. 신돈의 세력 확장은 곧 왕권의 도전이고 왕권 위에 군림할 수 있기 때문이다.

그래서 노국공주를 잃은 상심과 함께 그동안 정치일선에서 물러나 있던 공민왕이 1370년 말부터 친정(親政)을 시작했다. 신돈도 공민왕의 신망에서 멀어졌다. 특히 신돈은 사이가 나빴던 태후와 권문세족의 공격을 받아 반역의 혐의로 수원으로 유배되었다. 그리고 1371년 7월 그곳에서 처형되었다. 신돈의 집권은 권불십년도 아닌 6년 정도의 짧은 기간이었다. 하지만 그 기간은 결코 짧다고 할 수 없을 만큼 정치와 사회에 많은 영향력을 끼쳤다. 신돈은 누구도 감히 하기 어려운 유력한 권문세족을 제거하면서 개혁정책을 추진했고, 이 기간에 추진된 개혁을 바탕으로 다음 시대를 이끌어갈 신진사류들이 성장할 수 있었다. 이것은 단순한 인물 교체를 능가하는 신진세력의 등장이라는데 큰 의미를 부여한다.

신돈을 제거한 후 공민왕은 명문자제들로 구성된 자제위를 설치하고(1372년) 공민왕이 절에서 낳은 모니노(牟尼奴)[18]에게 우(禑)라는 이

---

18) <고려사절요>에는 신돈(辛旽)의 비첩(婢妾)인 반야(般若)의 소생으로 기록되어 있으나 출생에 관해서는 이설이 많다. 1371년(공민왕 20) 신돈이 유배되자 당시 후사가 없던 공민왕이 전에 신돈의 집에 갔다가 미부(美婦)와 관계하여 낳은 아들이 있음을 밝힘으로써 공민왕의 아들로 알려지게 되었다. 신돈이 죽자 궁중으로 들어가 우(禑)라는 이름을 받고 강녕부원대군(江寧府院大君)에 봉해졌으며, 백문보(白文寶)·전녹생(田祿生)·정추(鄭樞)를 스승으로 하여 학문을 익혔다.

름을 하사하고 강녕부원대군에 봉하였다.(1373년) 이가 곧 우왕(禑王)이다. 공민왕의 급작스런 변고 후 우왕은 이인임(李仁任)의 후원을 얻어 10세의 나이로 왕위에 올랐다. 하지만 정부권력을 휘두르던 측근 이인임[19]을 잃고부터 우왕은 힘이 약화되어갔다. 1388년(우왕14) 명나라에서 철령위(鐵嶺衛)의 설치를 통고해오자 왕은 이성계의 반대를 물리치고 최영의 주장에 따랐다가 결국 낭패를 본 셈이다. 곧 최영의 주장을 좇아 요동정벌을 단행했다가 이성계의 위화도 회군으로 최영이 유배되면서 이성계에 의해 왕은 폐위되어 강화도(江華島)에 안치되었다. 그 뒤 여흥군(驪州)으로 옮겨졌다가 1389년(공양왕1) 11월 <김저(金佇) 사건>[20]으로 강릉으로 다시 옮겨져 그곳에서 아들 창왕(昌王)과 함께 이성계에 의해 살해되었다. 여기서 잠간 역성혁명자들이 주장한 우왕의 진실게임에 대해 알아보자.

오늘날까지도 신돈에 대한 상반된 평가와 함께 우왕(禑王)에 대한 상반된 혈통까지도 논란이 되고 있다. 공민왕을 계승한 우왕(禑王)[21]과 그의 아들 창왕(昌王)[22]이 신돈의 자손이란 것이다. 그래서 이성계 일파는 우창비왕설(禑昌非王說)[23]을 내세워 폐가입진(廢假立眞)[24]의 명분 아래 창왕(昌王)을 내쫓고 공양왕(恭讓王)[25]을 추대한 것이다. 이러한 이

---

19) 이조년의 손자. 우왕을 즉위시키고 권력을 좌지우지하다가 최영과 이성계에 의해 유배되었다 죽음.

20) 김저를 중심으로 한 우왕 복위 운동(김저 사건)으로 사전 밀고자가 있어 실패함.

21) 1365(공민왕14)~1389(공양왕1), 제32대 왕(1374~88 재위).

22) 창왕(昌王, 1380, 우왕6~1389, 공양왕1) 제33대 왕 재위기간(1388~1389).

23) 우왕과 창왕은 왕통이 아니라는 설.

24) 가짜를 폐하고 진짜를 세우다.

25) 1345(충목왕1)~1394(태조3), 제34왕(1389~92 재위).

성계 일파의 정변은 신돈 집권의 부정적인 측면과 함께 이성계가 권력을 장악할 수 있는 대로가 트인 셈이다.

이성계는 결국 역성혁명에 성공했고, 많은 피를 본 후에 조선조의 시조 태조가 되었다. 그래서 여말의 지식인들이 어지러운 사회에서 물러나 있고자 하는 소망을 담아 야은(冶隱) 포은(圃隱) 목은(牧隱) 율은(栗隱)[26]처럼 '숨을 은(隱)자'를 호로 나타냈다고 볼 수 있다. 그러니 산천은 변하지 않았는데 인걸은 이성계 일당에게 죽임을 당하거나 귀양 가거나 숨어서 살게 된 것이다. 그래서 산천은 의구한데 인걸은 간데없다고 했다. 종장에서 고려를 '태평연월'로 말한 것을 보면 혁명으로 나라를 바꾼 조선조를 옳다고 본 것은 아니라는 것을 알 수 있다. 실제로 길재는 조선조 조정에서 벼슬을 내렸지만 끝내 거절하고 고향으로 내려가서 후학양성에 힘쓴 것을 보아도 그의 뜻이 어디 있었음을 알 수 있다. 또 '우왕과 창왕이 시해되었다'는 비보를 듣고는 3년 동안 상복을 입은 것을 보아도 길재의 뜻은 고려조에 있은 것을 알 수 있다. 그러니 길재는 조선조까지 살았지만 고려조의 유신(遺臣)이라 한다.

이렇게 시조 한 수를 감상하는 데에도 행간에 숨겨진 얘기를 다 펼쳐보면 우리 역사를 꿰뚫을 수 있는 지혜를 얻게 된다. 그래서 '시조 한 수에 역사가 숨 쉬고', '한 수의 시조에 역사가 살아있다'고 말하는 것이다.

---

26) 율은 김저: 우왕 복위 운동(김저 사건)을 꾀하다 사전 밀고자가 있어 이성계 일파에 심한 고문으로 죽음.

<길재 선생>

  장하다 길재선생 혁명의 기미알고
  앞질러 노모봉양 핑계하며 귀향하여
  丹心은 후학양성에 불사이군 지켰네.

길재의 묘(경북 구미시 오태 1동산)


## 4. 백설이 자자진 골에/이색

  백설(白雪)이 자자진 골에 구름이 머흐레라
  반가운 매화(梅花)는 어느 곳에 피었는고
  석양(夕陽)에 홀로 서 있어 갈 곳 몰라 하노라


  앞에서 고려 말의 역사에 대해 살펴보았으니 이 시조를 이해하는데 많은 도움이 될 것이다. 이 시조는 여말삼은(麗末三隱) 중의 한 사람인 이색(1328～1396)의 작품이다. 이색은 고려의 유신(遺臣)으로서 기울어져 가는 나라를 바라보며 처연(悽然)하게 시를 읊었다. 망국의 그림자를 안타까워하는 모습이 애처롭게 다가온다. "석양(夕陽)에 홀로 서 있어 갈 곳 몰라 하노라”라는 탄식 소리가 귀에 울려오는 듯하다. 그래도 어디선가 나타나 주기를 바라는 것은 ‘매화’로 표출된 우국지사(憂國之 士)이다.

여기서 백설은 고려 유신을 가리키고 구름은 물론 신흥 세력인 이성 계 일파를 말한다. 이렇게 시에서는 직접 말하지 않고 상징적으로 말 하는 것이 많다. 또 매화는 우국지사를 상징하고 석양은 기울어져가는 고려왕조를 상징한다고 하겠다. 시의 언어에서는 직설적으로 말하지 않고 에둘러서 상징적으로 말하는 것이 더 시 예술로서의 미적인 가치 가 있다.

시에서는 너무 직설적으로 말해버리면 생각할 여유가 없어 시로서 의 미적 효과를 감소시킨다. 그래서 지나친 상징은 난해시를 만들지만 적당히 상징을 하는 것은 좋다. 상징이란 어떠한 사상이나 개념 등에 대하여 그것을 연상시키는 다른 말이나 기호로 바꾸어 나타내는 것이 다. 곧 십자가는 기독교를 상징하고 卍은 불교를 상징하고 비둘기는 평화를 상징하는 것 등이다.

이렇게 다 아는 것은 쉽지만 만약 고려 말 역사를 모른다면 위의 시 조는 다르게 해석될 것이다. 그래서 한 편의 작품을 이해하기 위해서 는 작품 배경을 이해하는 것이 기본적이다. 곧 작자가 살던 시대와 그 작자에 대해 알아야 한다. 그래서 시 해석은 어렵고 지나친 상징은 시 를 어렵게 한다. 곧 난해시를 낳는다. 독자는 난해시를 멀리한다.

이색은 당시 대유학자인 익재 이제현(李齊賢)에게서 이 시기 선진적 외래사상인 주자 성리학을 공부했고, 원의 국립학교인 국자감에서 수 학하여 주자성리학의 중심을 파악하고 있었다. 이를 바탕으로 고려 말 기의 사회혼란에 대처하면서 정치사상을 전개했다. 그는 원의 주자학을 받아들였으므로 그 영향을 강하게 받게 되었다. 이(理)·기(氣)·태극(太極)과 같은 주자학의 핵심사상을 사용하여 만물의 생성과 변화를 설명했고, 성학론(聖學論)27)을 전개했다. 이색은 주자성리학의 발원지인 원의 영향과 불교의 영향으로 송대(宋代)의 주자학과 구분되는 정치사상을 전개했다.

신돈이 등장(1365년)하고 개혁정치가 본격화 될 때에 이색은 교육과·과거제도 개혁의 중심인물이 되었다. 성균관이 중영(重營)될 때 이색은 대사성이 되어 김구용(金九容)·정몽주(鄭夢周)·이숭인(李崇仁) 등과 함께 정주성리(程朱性理)의 학문을 부흥시켰다. 그리고 그 학문적 능력을 바탕으로 성장하는 유신들을 길러냈다. 그 대표적인 인물이 정도전과 하륜이다. 이들은 이색의 문하생으로서 정도전은 조선조 창업을 이룬 일등 공신이고 하륜은 태종을 도와 조선조 문물제도를 완성시킨 인물이다. 스승 이색과 왕조를 향한 뜻은 달랐지만 그래도 이색의 학통이 조선조로 그대로 이어진 셈이다. 그리고 이들은 이색을 평생의 스승으로 존경했다.

1371년 신돈이 제거되고 이어 공민왕이 죽자 이색의 정치활동은 잠시 멈칫했으나 1375년 우왕이 등극하면서 다시 벼슬에 나아갔고 우왕의 사부(師傅)가 되기도 했다. 이렇게 승승장구하며 신돈과 우왕시기에 이색은 그의 뜻을 맘껏 펼친 인물이다. 1388년(우왕14) 위화도 회군 후

---

27) 성학론은 고운 최치원 소찬(所撰) 경학대장(經學隊仗)속에서 유불선(儒佛仙) 삼교조화론(三敎調和論)을 발견할 수 있고, 이기위천(以己爲天)(자기 자신으로써 하늘을 삼으라)은 순수이학자(純粹理學者)차원을 뛰어 넘어 실천도학자(實踐道學者)의 면모를 여실히 보여 준다. 이 경학대장을 통하여 고운 최치원이야말로 송대 성리학의 선구자(先驅者)로서 조금도 손색이 없음을 알게 된다. 퇴계 이황 (1501～1570)은 68세 때 17세 된 어린 왕 선조에게 바친 것이 [聖學十圖]이다.

정권을 잡은 이성계(李成桂)에 의해 우왕이 강화로 추방되자, 이색(李穡)은 조민수(曺敏修)와 함께 정비(定妃: 공민왕의 비)의 교(敎)를 받아 9세의 어린 나이인 창을 왕위에 올렸다. 제33대 창왕(昌王)이다. 재위기간(1388~1389)은 2년이다. 이성계 일파는 우창비왕설(禑昌非王說)[28]을 내세워 폐가입진(廢假立眞)[29]의 명분 아래 창왕(昌王)을 내쫓고 공양왕(恭讓王)[30]을 추대한 것이다. 어린 창왕은 참담하게도 공양왕 1년에 <김저 사건>으로 아버지인 우왕과 함께 이성계에 의해 살해된다.

이색 또한 <김저 옥사사건>[31]에 연루 되어 결국 모든 것을 잃어버린다. 이성계 일파의 성공적인 역성혁명으로 이색은 결국 그 화려한 직첩(職牒)을 다 빼앗겼다. 뿐만 아니라 서인(庶人)이 되어 해도(海島)에 유배되었다. 그나마 고려조 유신으로서 <김저 사건>에도 연루 되었는데 목숨을 부지한 것을 보면 문하생 정도전의 스승을 향한 배려인 것으로 보인다. 그래서 또 권불십년(權不十年)이란 말이 나온다. 장흥에서 석방된 이색은 3년간 한산에서 지냈고 1394년(태조3) 오대산에 들어갔다가 이듬해 서울로 돌아왔다. 1396년 여주 신륵사(神勒寺)에 가는 도중에 세상을 떠났다.

혁명의 끝은 목은(牧隱)에게 화려했던 직책만큼이나 석양에 홀로 서서 쓸쓸한 최후를 맞게 했다. 저서로 『목은유고(牧隱遺稿)』, 『목은시고(牧隱詩稿)』 등이 있다.

---

28) 우왕과 창왕은 왕통이 아니라는 설.

29) 가짜를 폐하고 진짜를 세우다.

30) 1345(충목왕1)~1394(태조3), 제34대 왕(1389~92 재위).

31) 율은(栗隱) 김저(金佇)를 중심으로 정득후(鄭得厚), 곽충보(郭忠輔), 변안렬(邊安烈), 이색(李穡), 우현보(禹玄寶)등 당대 선비와 무인 30여명으로 고려조 최대 최후의 우왕 복위운동. 곽충보의 밀고로 김저, 정득후 등은 기다리고 있던 순군들에게 체포되어 정득후는 자결하고, 김저는 갖은 악형 끝에 죽었다.

<無常>

　　신돈의 권불십년 개혁정치 멈추더니
　　이색의 승승장구 혁명파에 쫓겨날 때
　　조선은 새벽을 뚫고 새 역사를 다졌네.

충남 서천군 기산면 영묘리　　　　　이색묘비

　　예닮아, 시조는 언제부터 쓰기 시작했는지 아니? 잘 모른다고? 그럼 시조의 발생에 대해 알아보자.

　　시조는 고려 중엽에 싹이 터서 말엽에 그 형태가 완성되어 조선조에 와서 꽃을 피웠다는 것이 통설로 되어 있다. 하지만 시조의 발생은 여러 설이 있다. 한시의 영향에서 왔다는 설(안확)과 巫歌(무가)나 민요에서 영향을 입었다는 설(이광수, 이희승)과 향가와 별곡에서 그 형태적 영향을 받은 것(이태극)으로 보는 설 등이 있다. 그래서 이를 종합해 보면 시조는 오랜 시기 민요에 그 뿌리를 두고 향가의 형태에서 일단 발원했을 것으로 본다. 그러다가 여요에서 배태되어, 음악과의 관련 속에서 역학을 원리32)로 하여 여말에 정형으로 독립된 것으로 본다.

---

32) 3장6구 12음보(천 · 지 · 인 3재, 6효, 12간지).

또한 횡적으로는 한시와의 영향이 적잖게 반영33)되었을 것으로도 본다. 이를 도표로 나타내 보면 다음과 같다. 하지만 뭣보다 우리말의 구조 자체가 시조쓰기에 적합하다고 볼 수 있다.

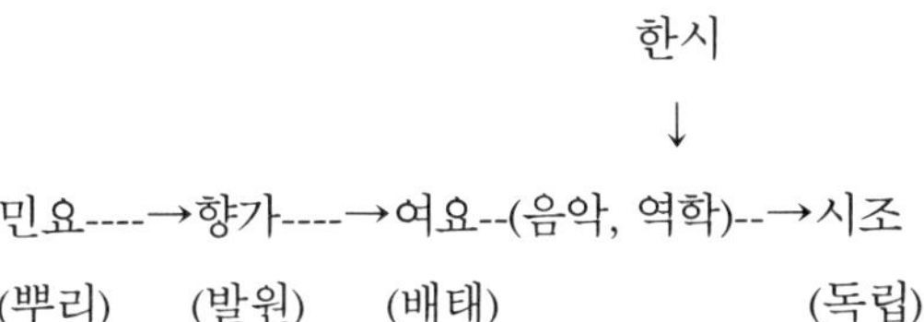


## 5. 흥망이 유수하니/원천석

홍망이 유수(有數)하니 만월대도 추초(秋草)로다
오백년 왕업이 목적(牧笛)에 붙였으니
석양에 지나는 객이 눈물겨워 하노라


'나라가 흥하고 망하는 것이 운수에 달려 있으니 만월대도 시들어가는 잡초로 가득하구나. 오백 년의 빛나던 고려 왕조의 업적도 목동의 피리 소리에 깃들어 있으니 석양에 지나가는 나그네가 눈물을 감출 수가 없구나.'라며 고려의 충신이었던 작자가 옛 성터인 만월대를 둘러보면서 지난날을 회고하고 세월의 무상함을 읊은 '회고가'이다. 초·중장에서의 '만월대'는 고려왕조를, '추초'와 '목적'은 흥망성쇠의 무상

---

33) 초기 시조 창작자들이 사대부 성리학자들이고, 한시 작자들이기 때문에 이를 가능케 함.

함을 상징하였으며 종장에서 작자는 '객'으로 표현하여 객관적인 입장을 유지하려 했다.

하지만 서경 속에 서정이 그대로 묻어나는 망국의 설움이다. 곧 고려 왕조의 500년 역사의 상징인 만월대의 그 궁전의 자취는 어디 가고, 이제 시들어가는 가을 풀만 우거져 쓸쓸한 터만을 남기고 있을 뿐이다. 왕업의 권위는 이제 찾아볼 길이 없고, 한낱 목동의 구슬픈 피리 소리만 들려오니 세월의 무상함과 망국의 설움에 젖을 수밖에 없다. 그러한 작자이기에 고려의 국운이 쇠퇴해지자 인심은 새 왕조로 기울어가는 대세에도 홀로 원주 치악산에 들어가 은둔 생활을 하며 고려 유신으로서의 충절을 지켰다.

원천석(1330, 충숙왕17~?)은 자는 자정(子正)이고, 호는 운곡(耘谷)이다. 원주(原州) 아전층의 후손으로 종부시령(宗簿寺令)을 지낸 윤적(允迪)의 아들이다. 문장과 학문으로 경향간(京鄕間)에 이름을 날렸으나, 출세를 단념한 채 한 번도 관계(官界)에 나가지 않고 고향에서 농사를 지으며 평생을 은사(隱士)로 지냈다. 군적(軍籍)에 등록될 처지가 되자 그것을 모면하기 위해 진사(進士)에 합격했다.

원천석은 이방원(뒤의 태종)의 스승으로 지낸 적이 있다. 그래서 태종이 즉위한 후 여러 차례 부름을 받았으나 나가지 않았다. 치악산에 있는 그의 집으로 친히 찾아와도 자리를 피했다. 태종이 세종에게 왕위를 물려주고 나서야 백의(白衣)를 입고 서울로 와 태종을 만났다고 한다. 비록 향촌에 있었으나 여말선초의 격변하는 시국을 개탄하며 현실을 증언하려 했다. 만년에 야사(野史)를 저술해 궤 속에 넣은 뒤 남에게 보이지 않고 가묘(家廟)에 보관하도록 유언을 남겼다.

증손대에 와서야 사당에 시사(時祀)를 지낸 뒤 궤를 열어 그 글을 읽어보았다. 그런데 그 글을 읽어본 후손들이 멸족(滅族)의 화를 두려워하여 불태워버렸다. 그러니 그 내용이 어떠했으리라는 것은 짐작이 갈 만하다. 하긴 태종이 그렇게 불렀는데도 출사하지 않았다는 것만 보아도 그의 중심이 어디에 있었는지도 가히 알 수 있다.

문집으로는 [운곡시사(耘谷詩史)]34)가 전한다. 이 문집은 왕조 교체기의 역사적 사실과 그에 관한 소감 등을 1,000수가 넘는 시로 읊은 것으로 제목도 '시사(詩史)'라 했다. 야사는 후손들이 불태워 버렸으니 없어졌으나 이 시사가 하나의 증언으로 남아 있어 후세의 사가들은 모두 원천석의 증언을 따랐다고 하니 그 역사적 가치를 헤아릴 수 있다. 야사도 유언을 지켜 그대로 두었다면 훌륭한 역사적 자료가 될 텐데 아쉽다는 생각이 든다. 위의 시조 외에 아래 시조도 감상해 보면 태종이 그렇게 불러도 나가지 않은 운곡의 뜻을 충분히 알 수 있으리라 본다.


눈 맞아 휘어진 대를 뉘라서 굽다턴고
굽을 절이면 눈 속에 푸를소냐.
아마도 세한고절35)은 너뿐인가 하노라.

---

34) 전 5권, <운곡행록 耘谷行錄>이라고도 한다. 1351년(고려 충정왕3)부터 1394년(태조3)까지 왕조교체기에 있었던 일과 자신의 소감을 1,000수가 넘는 시로 다루었다. 최영의 죽음을 애통해 하는 글 등이 있으나 역사의 격동을 직접 다룬 시는 그리 많지 않으며 특별한 내용을 찾기도 어렵다. <대민음 代民吟>과 같이 백성의 어려운 처지를 노래한 시도 있다. <삼교일리 三敎一理>에서는 유·불·도가 각기 타당성이 있다고 말하고, <회삼귀일 會三歸一>에서는 3교가 다르지 않은데 서로 다투어 무엇하겠느냐고 했다.
35) 세한 고절(歲寒高節): 추운 겨울에도 변하지 않고 언제나 한 결 같이 푸른, 높은 절개.

‘눈을 맞아서 그 무게로 휘어진 대나무를 그 누가 굽었다고 하느냐? 굽힐 그런 절개라면 찬 눈 속에서도 저렇게 푸를 수가 있으랴. 생각건 대 엄동설한에도 끄떡없이 그 추위를 이겨내는 굳센 절개는 오직 대나 무뿐’이라 하여 권력에 굽히지 않는 지사의 굳은 마음을 비유하고 있 다. 이것은 물론 자신의 뜻을 굽힐 수 없음을 노래한 것이다. ‘충신불사 이군(忠臣不事二君)’이란 선비정신으로 고려의 녹을 먹던 자가 어찌 조선 왕조에 절개를 굽힐 수 있겠느냐는 것이다. 그래서 태종의 간곡한 청 도 끝내 물리쳤던 것이다.

‘원주 원씨’의 중시조이기도 한 원천석의 묘소는 치악산의 정상 비 로봉에서 황골로 하산하여 시내로 나오는 곳에 위치하고 있다.

운곡 원천석 시비와 묘(강원도 원주시 행구동)

<운곡 선생>

태종의 부름에도 불응하여 뜻을 폈고
후손이 태워버린 야사에도 뜻을 펼쳐
불의한 역성혁명을 끝내 수용 않았네.

그런데 예닮아, 너 시조의 형식에 대해서 아니? 시조는 일정한 형식이 있다. 앞에서 본 시조의 형식을 가만히 보렴. 글자수가 일정하지?
시조는 3장 6구 12음보 45자 내외로 구성된 우리 문학 고유의 정형시
이다. 각 음보는 종장 2음보를 제외하고는 3개 또는 4개의 음절로 구
성되는 것이 정격(正格)의 형식이다. 이를 도시해 보면 아래 <표 1>과
같다.

<표 1>

| | 음절수<br>(첫째음보) | 음절수<br>(둘째음보) | 음절수<br>(셋째음보) | 음절수<br>(넷째음보) |
|---|---|---|---|---|
| 초장 | 3 | 4 | 4(3) | 4 |
| 중장 | 3 | 4 | 4(3) | 4 |
| 종장 | 3 | 5~7 | 4 | 3(4) |

위 표의 형식에 맞는 시조 몇 편을 살펴보자.


①

초장 → 오백년(3)/ 도읍지를(4)/ 필마로(3)/ 돌아드니(4)⇒14자

중장 → 산천은(3)/ 의구하되(4)/ 인걸은(3)/ 간데없네(4)⇒14자

종장 → 어즈버(3)/ 태평연월이(5)/ 꿈이런가(4)/ 하노라(3)⇒15자

  → 총43자


②

초장 → 구름이(3)/ 부심탄 말이(5)/ 아바도(3)/ 허링하다(4)⇒15지

중장 → 중천에(3)/ 떠 있어서(4)/ 임의로(3)/ 다니면서(4)⇒14자

종장 → 구태여(3)/ 광명한 빛을(5)/ 따라가며(4)/ 덮나니(3)⇒15자  →

총 44자

③

초장 → 白雪(백설)이(3)/ 자자진 골에(5)/ 구름이(3)/ 머흐레라(4) ⇒15자

중장 → 반가운(3)/ 梅花(매화)는(3)/어느 곳에(4)/ 피었는고(4) ⇒14자

종자 → 夕陽(석양)에(3)/ 홀로 서 있어(5)/ 갈 곳 몰라(4)/ 하노라(3)

⇒15자 → 44자


위에 있는 ①, ②, ③시조 형식에서 보듯이 시조의 형식은 3장 6구 12음보 45자 내외라고 한다 이 말은 45자에서 2자를 더하거나 빼도 된다는 말이다. 곧 위에 든 시조들은 43자에서 44자인데 47자까지 허용이 된다는 말이다. 위의 표를 잘 살펴보면 47자까지 나온다.


## 6. 구름이 무심탄 말이/이존오

구름이 무심탄 말이 아마도 허랑하다
중천에 떠 있어서 임의로 다니면서
구태여 광명한 빛을 따라가며 덮나니


이존오(李存吾, 1341~1371)는 고려 충신으로 본관이 경주이고, 자는 순경(順卿)이며, 호는 석탄(石灘)이다. 용모가 단정하고 재주가 뛰어났으며 성격이 곧고 지조가 높았다. 어려서부터 배움을 좋아 하여 일찍이 부친을 여의고 가정이 어려웠으나 고학으로 학문을 닦았다. 나이 열 살에 한시를 지어 주위 사람들을 놀라게 했다. 가장 젊은 나이로 당시 유명한 학자 정몽주, 박상충, 이숭인, 정도전, 김구용, 김제안 등과 친교를 가졌고 학문이 뛰어나 여러 차례 강론을 거듭하여 석탄의 학문이

탁월함을 사람들은 높이 평가하였다.

석탄은 1360년 공민왕 9년에 문과에 급제하고 수원서기를 거쳐 사한(史翰)에 보직되고 승진하여 감찰규정(監察糾正)에 오르며, 서기 1366년 공민왕 15년 25세 때에는 사간원 우정언에 올랐다. 그러나 공민왕의 신임을 받고 정치를 좌우지하던 신돈의 정치가 변질되면서 세상은 어지럽고 나라는 점차 기울게 되었다. 그러나 신돈의 횡포와 세도에 눌려서 감히 말하는 이가 없었다. 바르게 간언한 사람은 파직되거나 좌천되었다. 그 시기도 석탄은 일신의 생사를 돌보지 않고 귀중한 생명을 초개와 같이 여겨 죽음을 각오하고, 정추라는 사람과 더불어 '신돈은 요물이라 나라를 망치니 그냥 두어서는 아니 되므로 이를 당장에 파면하고 그의 일당을 모조리 엄중히 처단하라'는 강경한 상소를 올렸다. 그 상소를 받아 본 공민왕은 대노하고 상소문을 다 보지도 않은 채 불사르고 석탄을 극형에 처하려고 즉시 문책하기에 이르렀다.

석탄은 왕이 불러서 대궐에 들어가 보니 신돈은 여전히 신하로서의 예절도 무시하고 왕과 같이 앉아 친구처럼 대화하고 있었다. 그 광경을 본 석탄은 의분심에 노기가 충천하여 왕 앞에서 당당하게 "이 늙은 중놈아! 어찌 이 같은 망령된 일을 하느냐!"하고 호통을 쳤다. 신돈은 그 순간 놀라서 겁을 먹고 왕과 같이 앉은 자리에서 내려앉을 겨를도 없이 고개를 돌렸다. 왕은 곧 석탄을 옥에 가두었다.

왕은 석탄을 극형에 처하려 하였으나 목은(牧隱)이색이 극구 변론하여 위기를 모면했다. 이색의 변론 내용은 '고려는 500년이 넘도록 간관(諫官)을 죽인 일은 없다. 만일 이존오를 죽이면 왕의 악평이 나라 안에 가득하리라' 하였다. 왕은 할 수 없이 석탄을 장사감무(長沙監務)라는 벼슬에 좌천시켰다. 그 당시 사람들은 모두 석탄을 '진정 나라의 정언(正

言)’이라 칭송하였다. 그런 일이 있은 후도 왕은 신돈을 파면하지 않았고, 신돈은 여전히 포악한 정치를 계속하여 나라는 날로 쇠퇴하고 백성들은 도탄에 빠졌다.

석탄은 이색과 같은 시대에 살았지만 이색과는 대조적이다. 이색은 신돈의 권좌 안에서 정치세력을 펼쳤고, 반대로 이존오는 신돈의 권좌 안에서 그를 비판했다. 그러니 정치란 정도(政道)를 향한 정도(正道)의 차이는 물론 있겠지만 여·야의 견해 차이인 것도 같다. 이존오는 강직하고 청렴한 성품으로 신돈이 국정을 흐리자 신돈(辛旽)을 공박하고 면박하다가 결국 공직에서 쫓겨났다. 그 후 공주로 물러나서도 신돈의 횡포를 개탄하다 신돈에 의해 31세의 젊은 나이에 처형36)되었으니 예나 지금이나 권력에 맞서 너무 강직해도 보신(保身)하기가 힘들다. 그가 죽은 지 3개월 후 신돈이 주살되자 왕은 석탄의 충성에 느낀 바 있어 석탄의 충성심을 높이 평가하여 성균관 대사성을 추중하였다. 그리고 아들 내(來)가 열 살이었을 때 왕(恭愍王)은 친필로 “간신(諫臣)의 아들 안국”이라 크게 써서 장차직장(掌車直長)이라는 벼슬을 내린 것을 보면 그의 강직하고 청렴한 성품으로 인한 신돈으로부터의 부당한 죽음을 애석하게 여긴 것으로 보인다. 위의 시 외에도 시조 3수가 더 전해진다.

이 시조는 물론 신돈의 횡포를 탄핵한 풍자 시조이다. 구름이 사심이 없다는 것은 허무맹랑한 거짓말이다. 하늘 높이 떠있어 마음대로 다니면서 구태여 밝은 햇빛을 따라가며 덮느냐? 이 시조 또한 상징으로 표현된 노래이다. 구름은 하늘을 떠다니는 자연으로서의 아름다운 구름이 아니다. 임금의 총애를 가리는 신돈을 가리킨다. 신돈의 개혁

---

36) 울분으로 병을 얻어 병사했다고도 나오니 처형이든 병사든 신돈으로 인하여 죽은 것을 사실이다.

정치가 처음부터 민심을 흐렸던 것은 아니다. 권문세족들에게는 악이었지만 일반 국민에게는 서광이었다. 신돈은 공민왕의 뜻에 따라 기득권 세력을 견제하기 위한 인적 쇄신과 민생의 안정에 역점을 두고 개혁을 추진하였다. 이러한 신돈의 개혁 조치는 권문세족 중심의 불교 세력과 입장을 달리하며 성장했던 그가 선택한 당연한 길이었는지도 모른다.

신돈의 등장은 즉위 초부터 시도했던 개혁의 성과에 만족하지 못했던 공민왕에게 기대감을 심어 주었다. 공민왕은 신돈의 원찰(願刹)인 낙산사(洛山寺)에 행차하여 "불초한 내가 나라에 임한 지 15년 동안 홍수와 가뭄의 재해가 끊이지 않았다. 그런데 금년에 풍작이 들었으니, 이는 실로 첨의(僉議)의 선치(善治)로 말미암은 것이리라."라고 신돈을 치하할 정도로 신돈의 개혁 정치에 기대감을 표현했다. 그리고 일반민의 경우는 신돈을 일컬어 '신승(神僧)'이라 하거나 '성인(聖人)이 세상에 났다'고 하였으며, 혹은 '문수의 후신'이라고 하기도 하였다. 그만큼 신돈이 추진한 개혁을 환영하였던 것이다. 일반인에게 그렇게 환영받던 그도 권문세족이나 기득권에게는 악이라 했다 그러니 개혁이 쉬운 것이 아니다. 앞 장에서 살펴보았듯이 자신의 세력을 넓히는 것이 실권을 잡은 자로서 필요했다. 그것이 화근이 된 것이다. 말을 잠간 돌려보자.


구름 한 점도 없는 파란 가을 하늘을 여러분도 본 적이 있을 것이다. 우리나라의 가을 하늘은 높고 푸르고 맑다. 어느 날 필자도 구름 한 점 없는 파란 가을 하늘을 보았다. 책을 보다가 우연히 창밖을 바라보게 되었다. 그때 마주친 가을 하늘은 구름 한 점도 없이 너무나 맑고 파랬다. 파란 하늘 속으로 내 눈은 고정되었다. 그 때 그 상황을 시로 표출한 작품이 있다. 이를 옮겨보면 다음과 같다.

무심히 바라다본 티 없는 가을하늘
한참을 바라보다 빠져버린 눈동자엔
새파란 하늘이 박혀 눈길마다 적시네.

— 이정자, 가을하늘(2005.8.23)

이 날 저녁 뉴스를 보니 서울 남산에서의 가시거리가 개성 송악산까지 보였다고 했다. 그래서 이 시는 작시 날을 명시해서 발표했다. 이정자의 제5시조집 『시조의 향기』에 실려 있다.

이렇게 맑은 하늘을 가리는 것이 구름이다. 구름도 하늘에 드리워진 아름다운 자연이다. 엷은 조개구름이나 하얗게 피어나는 뭉게구름 정도는 낭만적이다. 그런데 비도 오지 않으면서 하늘을 가득 가리는 음침한 구름은 기분조차 가라앉게 한다. 또 추운 겨울 태양을 가리는 구름도 미운 구름이다. 이러한 구름이 바로 신돈의 세력이다. 그것도 중천에 높이 떠 있으니 일반 사람의 힘으로는 어찌할 수 없는 것이다. 그렇게 멋대로 떠다니며 태양, 곧 임금의 낯을 가리니 국민은 임금의 은혜를 입을 수가 없다. 이를 안타깝게 여기며 이존오는 시조 한 수를 남겼다. 이렇게 시인은 시대를 살아가면서 그 시대 상황을 작품으로 표출하여 시대를 반영하며 역사를 남긴다.

이존오는 고려 말의 정치와 사회 속에 몸을 담았다가 신돈(辛旽)에 의해 희생된 충신이다. 신돈은 그 출신이 옥천사(玉川寺)의 사비(寺婢)의 아들이었으나, 김원명(金元明)의 천거를 받아 공민왕의 신임을 얻고 세상에 나왔다. 1365년 공민왕 14년에 진평후(眞平候)에 올랐고, 공민왕의 사부로서 왕의 총애를 한 몸에 받았다. 그러던 그도 권력을 잡고 보니 욕심이 생겨 자기 세력을 넓히려다가 도리어 공민왕의 신임을 잃고 왕에 의해 처형되는 말로를 겪었다. 그렇게 권력을 장악했던 신돈도, 신돈의 권력 앞에서 불의를 책망했던 이존오도 결국은 형장의 이슬로 사라졌다. 권력도 무상하고, 인생도 무상하다.

이렇게 시조 한 편을 감상하는 데에도 행간에 숨겨진 배경 얘기를 다 살펴보면 우리 역사를 꿰뚫을 수 있는 지혜를 얻게 된다. 그래서 '시조 한 수에 역사가 숨 쉬고', '한 수의 시조에 역사가 살아있다'고 말한다.


## <이존오>

신돈의 변태정치 개탄하며 공박하다
연이은 귀양 끝에 30세에 절명하니
권력엔 강직한 성격이 보신(保身)하기 어렵네.

석탄 이존오 선생 충현정 묘(서울시 서초구 우면동)

## 7. 하여가/이방원

이런들 어떠하며 저런들 어떠하리
만수산(萬壽山) 드렁칡이 얽혀진들 어떠하리.
우리도 이같이 얽혀 백년까지 살아보세.


이방원은 조선조 제3대 임금인 태종으로 태조 이성계의 다섯 번째 아들이다. 이방원(李芳遠)은 역성혁명에 동조하지 않는 반대파들을 하나하나 제거하기로 했다. 그래서 자기 아버지인 이성계에게 정몽주를 포함하여 반대파를 모두 죽여 없애자고 주장했는데, 이성계(李成桂)는 정몽주(鄭夢周)만은 절대로 몰아내지 말고 자기들 편으로 만들어 보라고 했다. 그래서 마침 정몽주가 이성계의 병문안을 오게 된 것을 빌미로 주안상을 마련했다. 이런 저런 이야기 끝에 이방원(李芳遠)은 정몽주(鄭夢周)의 마음을 한 번 떠보려고 위의 시조 「하여가」를 읊었다.

"이렇게 살면 어떻고, 저렇게 산들 어떠랴. 만수산 칡덩굴이 이리저리 얽혀서 뻗어나간들 어떠하랴. 우리도 그렇게 얽혀서 100년까지 잘 살아보세"라 하여 고려의 유신 정몽주를 향하여 고려왕조를 고집하지 말고 우리와 함께 뜻을 같이 하여 역성혁명을 일으키는데 힘을 실어달라는 회유시(懷柔詩)이다. 표현상으로 보면 직설적으로 내 비치지 않았지만 자기의 의도를 우회적으로 표출하고 있다. 물론 여기에는 정치적인 복선을 짙게 깔고 있다. 새 나라를 건설해서 백년까지 함께 살아보자는 이방원(李芳遠)의 회유가 그대로 드러난다.

그러면 정몽주는 어떠한 사람인가 알아보자.

정몽주는 고려 말의 유학자이며 훌륭한 정치가이다. 1360년(공민왕

9)에 김득배(金得培)가 지공거, 한방신(韓邦信)이 동지공거인 문과에 응시해서 삼장(三場)에서 연이어 제1인자로 뽑힌 인물이다. 그가 1362년 예문검열이 되었을 때 김득배가 친원파인 김용(金鏞)의 계략에 빠져 안우(安祐)·이방실(李芳實)과 함께 상주에서 효수(梟首) 당했는데 정몽주는 스스로 김득배의 문생(門生)이라 하고 왕에게 청하여 시체를 장사지내주었다. 1364년 이성계(李成桂)를 따라 삼선(三善)·삼개(三介)를 쳤다. 여러 차례 자리를 옮겨 전농사승(典農寺丞)에 임명되었다.

당시 상제(喪制)가 문란해 사대부들도 100일만 지나면 상을 벗었는데 정몽주는 부모상 때 분묘를 지키고, 애도와 예절이 극진했으므로 왕이 그의 마을을 표창했다. 1367년 성균관이 중영(重營)되면서 성균박사(成均博士)에 임명되었다. 당시 우리나라에 들어온 경서는『주자집주(朱子集註)』뿐이었는데 정몽주는 그것을 유창하게 강론하고 다른 사람의 의견보다 뛰어나 많은 사람들이 탄복했다. 당시 유종(儒宗)으로 추앙받던 이색(李穡)은 정몽주가 이치를 논평한 것은 모두 사리에 맞지 않는 것이 없다 하여 그를 우리나라 성리학의 시조로 평가했다.

1385년에는 동지공거가 되어 과거를 주관했다. 1386년 명에 가 명의 갓과 의복을 요청하고 해마다 보내는 토산물의 액수를 감해줄 것을 요청하여 밀린 5년분과 증가한 정액을 모두 면제받고 돌아왔다. 우왕은 이를 치하하여 옷·안장 등을 주고 문하평리(門下評理)에 임명했다. 1388년 삼사좌사(三司左使)에 임명되었고, 예문관대제학이 되었는데, 같은 해 도당(都堂)에서의 사전혁파(私田革罷) 논의 때 의사표시를 하지 않았다. 1389년(공양왕1) 이성계와 함께 공양왕을 옹립하여, 이듬해 익양군충의군(益陽郡忠義君)에 봉해지고 순충논도좌명공신(純忠論道佐命功臣) 호를 받았다. 그러나 그는 공양왕 옹립에는 정도전(鄭道傳)·이성계 같은 역성혁명파와 뜻을 같이했지만, 고려왕조를 부정하고 새로운 왕조를 개창하는 데는 반대했다. 그러니 정몽주의 앞길은 어떻게 될 것인지 짐작이 갈 것이다.

하나의 시를 잘 알고 감상하기 위해서는 먼저 그 시가 탄생한 시기와 시대를 알아야 한다. 그리고 그 시를 쓰게 된 배경을 알아야 한다. 이것이 시대적 배경이다. 그리고 그 작자에 대하서 곧 그 시를 쓴 당시의 작자의 위치와 마음을 알아야 한다. 그러면 그 시의 의미를 바로 알게 되어 감상하기가 쉬워진다. 그래서 그 시대 배경과 이방원에 대해서 얘기한 것이다. 그리고 다시 한 번 읽어보자.

이런들 어떠하며 저런들 어떠하리
만수산(萬壽山) 드렁칡이 얽혀진들 어떠하리.
우리도 이같이 얽혀 백년까지 살아보세.

그러자 정몽주는

이 몸이 주고 죽어 일백 번(一百番) 고쳐 죽어
백골(白骨)이 진토(塵土) 되여 넋이라도 있고 없고
임 향(向)한 일편단심(一片丹心)이야 가실 줄이 있으랴

라 하여 이방원(李芳遠)의 시에 화답 했다. 이를 들은 이방원(李芳遠)은 정몽주(鄭夢周)가 이성계의 역성혁명에 반대하고 동조하지 않겠다는 뜻을 알았다. 그 다음 이야기는 다음 장에서 만나기로 하자.

헌릉, 사적 제194호, 태종과 원경왕후
민씨의 능(서울시 서초구 내곡동)

## <왕자의 난>

장성한 한씨소생 영명하고 건재한데
후실인 강씨 소생 방석에게 세자라니
삼봉의 권력중심에 터져버린 왕자의 난.

## 8. 단심가/정몽주

이 몸이 죽어 죽어 일백 번 고쳐 죽어
백골이 진토 되여 넋이라도 있고 없고
임 향한 일편단심이야 가실 줄이 있으랴.

정몽주영정          정몽주 묘(경기도 용인시 묘현면 능원리)

　이 시조의 작자는 고려 말 정몽주(1337~1392)이다. 호가 포은(圃隱)으로 여말삼은(麗末三隱) 중의 한 사람이다. 당시의 최신 학문인 성리학을 깊이 공부 했다. 이방원이 부른 앞의 시조「하여가」의 화답가로 유명하다.「단심가」라고 한다. 혁명파에 반대하던 정몽주는 결국 선죽교에서 피살 되었다. 그가 죽자 혁명 세력은 곧 바로 조선을 건국 하였다. 이「하여가」와「단심가」는 함께 읽히며 역사를 논하기도 한다.

　이러면 어떻고 저러면 어떠냐는 이방원의 물음에 정몽주는 고려조를 지키겠다는 일편단심을 내비쳤다. 정몽주는 공양왕 옹립에는 정도전(鄭道傳)·이성계 같은 역성혁명파와 뜻을 같이했지만, 고려왕조를 부정하고 새로운 왕조를 세우는 데는 반대했다. 그리하여 기회를 보아 도리어 역성혁명파를 제거하고자 한다. 마침 명나라에서 돌아오는 세자 석(奭)을 배웅하러 나갔던 이성계가 말에서 떨어져 병석에 눕게 된다. 이 기회를 이용하여 조준(趙浚) 등 역성혁명파를 제거하고자 한다. 그러나 이를 눈치 챈 이방원(李芳遠)이 이성계를 급히 개성에 돌아오게 함으로써 모의가 실패로 돌아간다. 정몽주는 다시 정세를 엿보기 위해 이성계를 문병한다. 거기서 이방원의 대접을 받고 시로서 주거니 받거니 하며 서로의 마음을 알아본다. 얼마나 풍미하고 고차원적인 대화술인가.

이방원은 정몽주가 자기들에게로 돌아올 수 없는 인물이라는 것을 알고 정몽주(鄭夢周)를 죽이기로 작정한다. 정몽주(鄭夢周)가 이성계의 집에서 나오던 그 날 저녁, 정몽주(鄭夢周)의 말이 선죽교(善竹橋)에 들어서자마자 이방원의 심복 조영규에 의해 살해된다. 지금도 선죽교에는 그때 흘린 정몽주의 피 흔적이라며 불그스레하게 남아 있다.

그런데 정몽주 시조에 대한 다른 이야기가 전한다.

단재 신채호의 『조선상고사』를 보면 단심가가 포은 정몽주가 지은 것이 아니라 한주가 지었다[37]고 한다. 고구려의 안장왕의 연애전쟁에 관한 이야기에 의하면[38] 한주와 안장왕의 이야기가 나온다.

고구려 안장왕이 태자 시절에 상인행장을 하고 개백(지금의 고양)으로 놀러갔다. 당시 그 지방의 장자인 한씨의 딸 한주는 절세미인이었는데 안장왕이 백제 정찰관의 눈을 피하기 위해 한씨의 집으로 도망을 갔다. 그 집에 숨어 있다가 한주를 보고는 그만 반하였다. 결국 몰래 정을 나누고는 부부가 되기로 약속했다. 그런데 그 후 은밀히 한주에게 "나는 고구려의 태자이니 귀국하면 대군을 거느리고 와서 이 땅을 취하고 그대를 맞이할 것이오."하고는 도망하여 귀국했다.

그 뒤에 문자왕의 뒤를 이어 왕위를 이어받고 장사들을 보내 백제를 쳤으나 늘 실패했다. 그러던 중 백제의 태수가 한주가 미인이라는 소문을 듣고 그 부모에게 청하여 그녀와 결혼하려했으나 한주는 죽기를

---

37) 단심가를 한주의 작으로 인정한다면 시조의 배태기를 삼국시대로 거슬러 볼 수 있는 여지가 있다.
38) 신채호, 조선상고사, 제9편 삼국혈전의 시작 참조.

각오하고 거절했다. 이에 한주의 부모와 태수는 크게 진노했다. 한주
는 하는 수 없이 이미 정을 나눈 남자가 있다고 했다. 태수가 더욱 화를
내며 그 남자에 대해 솔직히 말하지 않는 걸 보면 그 남자는 고구려의
간첩임이 틀림없다고 하며 한주를 옥에 가두었다. 태수는 사형시키겠
다고 위협하며 다른 한편으로는 감언으로 그녀를 꾀이었다. 한주가 옥
중에서 노래한 것이 다음 글이다.

"죽어죽어 일백 번 다시 죽어 백골이 진토 되어 넋이야 있든 없든 임
향한 일편단심이야 가실 줄이 있으랴"

『조선상고사』는 단재 신채호의 대표적인 작품이다. 신채호는 한주
가 지은 것을 포은 정몽주가 불러서 이방원의 시조에 답한 것이고 정
몽주의 자작은 아닌 것으로 생각된다고 하였다. 이를 보면서 이것이
진실이라면 『청구영언』이나 『가곡원류』에 있는 고구려의 을파소와
백제의 성충 등의 작품이 수록되어 있는 것이 아무 근거 없이 후대인
의 의작이라고 할 수 있을 까 하는 의문을 가지게 된다. 사실 그 어느
것도 뚜렷한 증거가 없이 학자들이 여러 가지 정황을 참작하여 내린
결론이기 때문이다. 그러니 시조가 삼국시대부터 있은 것인지도 모른
다. 우리말 구조 자체가 2·3·4 음절어 이기 때문에 한주의 한 줄 글
도 조금만 다듬으면 시조를 가능하게 한다. 그러니 김종식이 서술했듯
이 시조의 발생시기를 삼국시대로 볼 수도 있다는 생각을 하며 을파소
나 성충의 작도 후대인의 의작이라고만 볼 수 있을까 라는 문제도 조
심스럽게 제기해 본다.

임을 향한 두 가지 정황이 같으니 누구의 작(作)이든 상황에 꼭 맞게
불려진 것은 사실이다. 다만 한주는 백제 사람이니 그 당시는 시조형
식은 없었지만 우리말의 구조상 읊다가 보니 시조의 형식이 되었고,
정몽주는 시조의 형식을 빌려 확실하게 작품화했다는데 의미를 두고
싶다. 이렇게 말하고 보니 학자들이 인정하지 않는 을파소의 시조나 성
충의 시조도 우리말의 구조에 따라 읊다가 보니 노래가 되어 구전으로
내려오다가 시조의 형식을 빌려 가집에 올려진 것이 아닌가도 생각된다.

<선죽교>

한치 앞 볼 수 없는 인간사가 역사라네
정의의 규준 또한 견해 따라 달라져도
충신은 피를 흘려도 역사 앞에 남아있네.

선죽교

여기서 잠간 첫째 마당을 마치면서 조선건국과 이방원 곧 제3대 왕
이 된 태종과 조선 건국의 기초를 마련한 그의 업적을 상고하면서 조
선 초기 시조와 그 역사로 넘어가 보자.

　이방원(李芳遠)은 태조 이성계(李成桂)의 다섯째 아들이다. 어머니는 신의왕후 한씨(神懿王后 韓氏)이고 비는 원경왕후(元敬王后)로 민제(閔齊)의 딸이다. 태조의 아들들이 대개 무인으로 성장했지만 이방원은 무예나 격구보다는 학문을 더 좋아했다. 성균관에서 수학하고 1383년(우왕9) 문과에 병과로 급제했다. 1388년(창왕 즉위)에는 정사 이색(李穡)의 서장관(書狀官)으로 명나라에 다녀왔다.

　1392년(공양왕4) 3월 이성계의 낙마사건을 계기로 정몽주(鄭夢周)를 중심으로 한 고려의 중신(重臣)들은 이성계파의 인물들을 유배시키고, 그간의 개혁법령을 폐지하는 등 반격을 시도했다. 이를 미리 알게 된 이방원은 낙마로 눕게 된 이성계를 문병 온 정몽주를 회유하려다 실패하자 수하를 동원하여 정몽주를 살해함으로써 고려 종신(從臣)들의 반격은 실패로 끝났다.

　이에 이방원은 대세를 몰아 아버지인 이성계를 왕으로 추대하는 데에 크게 공헌을 했다. 그러나 역성혁명의 주역자들인 정도전(鄭道傳)·조준(趙浚) 일파의 견제로 이방원은 조선 건국 후 개국공신에도 들지 못했다. 정도전과 조준은 신진 사류 중에서도 급진적인 개혁을 추구한 인물들로 이들의 정책은 이전의 권문세가나 이색을 중심으로 한 온건파의 불만을 야기했다. 이러한 때에 태조 이성계의 첫째 부인 신의황후 한씨 소생의 아들들이 이방원을 비롯하여 장성하여 건재하고 있는데도 불구하고 후실인 강비(康妃) 소생의 어린 왕자 방석(芳碩)이 세자로 책봉되었다. 기개가 넘치는 이방원이 수수방관만 하고 있을 리가 없다. 그 차에 자신의 세력기반인 사병마저 혁파될 상황에 처하게 되었다. 가만히 그대로 당할 수만은 없었다. 이 모두가 신권중심으로 나가려는 정도전의 개혁과 계획에서 비롯된 것이다.

이방원은 사병을 동원하여 정변을 일으킨다. 제일 먼저 정도전·남은(南誾) 등을 제거한다. 그리고 정치적 실권을 장악한다. 이를 '방원의 난' 또는 '제1차 왕자의 난'이라 한다. 이후 정종을 즉위시키고 정사공신 1등이 된다. 개국공신에도 추가로 기록된다. 1400년(정종2)에는 동복형제인 방간(芳幹)이 주동이 된 제2차 왕자의 난이 일어난다. 이를 방원이 진압한다. 그리고 세자로 책봉된다. 11월에 정종이 양위의 형식으로 물러나자 왕위에 오른다. 그리고 태종이 되었다.

태종은 즉위 초반에는 구세력과 공신, 온건개혁파를 등용하고, 안렴사제(按廉使制) 복구 등 복고적인 정책을 집행하기도 한다. 그러나 곧 하륜39)과 함께 이색 계열의 인물을 중용하여 계속 개혁을 추진한다. 그리하여 태종 때 국가체제 전반에 걸쳐 남아 있던 고려의 유제들은 대부분 새로운 체제로 대체된다.

우선 중앙행정기구의 개혁에 착수하여 1401년(태종1) 문하부를 철폐하고, 사평부(司平府)·승추부(承樞府)·3사(三司)·상서사(尙瑞司)와 같은 별도의 재정·인사 기구를 폐지하거나 축소하여 인사는 이조와 병조, 재정은 호조, 군정은 병조로 귀속시키는 등 서무를 의정부와 그 아래의 6조로 통합한다. 속아문제도(屬衙門制度)를 실시하여 각종 관아를 모두 6조 휘하에 소속시켰다. 또 재상권을 약화시키기 위해 6조직계제(六曹直啓制)를 시행하고, 사간원을 독립시킨다.

관리의 인사제도는 태조대에 이어 계속 정비했으며 특히 서얼출신의 관리등용을 더욱 억제40)했다. 지방제도 정비에서는 군현통폐합과 특수촌락·임내(任內)의 혁파를 계속하고, 경기좌우도를 통합하여 경

---

39) 앞 장에서 서술했듯이 하륜은 정몽주와 함께 이색의 문하생이다.
40) 태종이 서얼 출신을 특히 억제한 데는 정도전이 서자 출신이기 때문이다.

기도로 했으며, 양계지역의 장관도 도순문사(都巡問使)에서 도관찰사(都觀察使)로 바꾸어 도의 장관을 통일시켰다. 또한 행정체제의 혼돈을 방지하기 위해 지명에 붙은 주(州)자를 모두 유사한 글자로 바꾸었으며, 감무(監務)도 현감으로 바꾸어 수령의 명칭에 일관성을 기하는 한편 수령의 임무와 규정을 정비했다.

태종은 군사제도에 특별한 관심을 보여 사병을 완전히 혁파하고 군정체제를 정비하여 왕을 발령자로 하고 병조를 군정기관으로 하는 조선 군제의 전통을 수립했다. 지방군도 강화하여 전국의 영진군(營鎭軍)과 수성군(守城軍)을 정비했으며, 수군을 증설하였다. 병선 건조와 개조에도 힘을 기울여 거북선을 만들어 실험하기도 했다. 또 양반·유생·노비 등을 망라하는 잡색군(雜色軍)을 조직하여 총동원체제를 이루었다. 이렇게 정비된 군제를 바탕으로 1418년에는 왜구의 소굴인 쓰시마 섬[對馬島]원정을 단행한다.

한편 1405년부터 전국의 토지를 다시 양전(量田)하여 120만 결의 토지를 확보한다. 또 사전(私田)에 대한 국가의 지배를 강화하여 공신전에도 1/10의 세를 내게 하고, 공신전의 전수를 제한했다. 그밖에 사전의 하삼도(下三道) 이급 등 여러 가지 방법으로 私田을 군자전으로 이속시켜 사전액수의 감소를 꾀했다. 한편 재정절감을 위해 불필요한 관원을 도태시키고 검교직을 폐지했으며 저화 통용에 특별한 관심을 기울여 여러 가지 진흥책을 시행했다. 서울의 시전제도도 정비하고 상공세(商工稅)·공랑세(公廊稅) 등 세제를 마련했다. 또한 곡식의 보존을 위해 전국의 창고제도와 보관규정을 마련하고, 조운(漕運)의 피해를 줄이기 위해 한때 육운(陸運)을 장려하기도 했다.

사회정책으로는 호적과 군적을 정비하고 호패(號牌)법과 인보(隣保)

법을 제정했으며 양천(良賤)불명자, 양천교혼(良賤交婚) 소생 등을 보충군으로 편입시켰다. 그러나 적서(嫡庶)의 구분은 더욱 엄격히 하여 서얼 차대와 한품서용(限品敍用) 규정을 마련했다. 태종이 서얼 차별을 극대화 한 것은 서자출신인 정도전에 대한 강한 반감에서 비롯되었다고 한다. 노비 문제는 태종조에 가장 심각한 사회문제였다. 태종은 한때 1인당 소유노비수를 제한하는 시책까지 고려했으나 이는 시행하지 못하고, 1413년에 노비중분법(奴婢中分法)을 시행하여 오랜 노비소송을 종결시켰다.

한편 유교적 사회질서의 정착을 위해 <가례>를 보급하고 군현의 음사(淫祀)[41] 등 비유교적 풍습을 이사(里社)로 대체했으며 문묘를 중건하고 <홍무예제(洪武禮制)>를 준용하여 예제와 조관복제(朝冠服制)를 정비했다. 반면 억불책을 강화하여 1406년 사원혁파를 단행하고 이로써 얻어진 노비와 전토를 국고에 환속시킨다. 1417년에는 서운관(書雲觀)[42]에 소장된 각종 비기도참서(秘記圖讖書)를 소각했다.

교육·문화 방면에서는 우선 권근을 책임자로 임명하여 성균관과 5부학당(五部學堂)에 대한 지원을 강화하고, 세자도 성균관에 입학하게 함으로써 성균관의 위상을 높였다. 또한 과거 고강법(考講法)을 사장을 중시하는 제술로 바꾸고, 고려 이래 폐단이던 좌주문생제(座主門生制)를 혁파했다. 1403년 주자소를 설치하여 계미자(癸未字)를 주조했으며 1413년 즉위 이후의 개혁사업을 총괄하여 『경제육전』을 재편찬, 『원집상절(元集詳節)』과 『속집상절(續集詳節)』 2권을 완성했다. 1414년에는 정도전이 편찬한 『고려사』를 하륜을 시켜 개찬하게 했으며, 권근·하

---

41) 사신(邪神)에게 제사지냄.

42) 고려때 천문(天文), 역수(曆數), 측후(測候), 각루(刻鏤)의 일을 맡아보던 관아.

륜에게 『삼국사』를 편찬하게 한다.

태종은 정사를 의논할 때 대신들이 형식적인 답변을 하거나 다른 뜻을 품은 우회적인 발언을 하는 것은 싫어했다. 그는 통찰력이 뛰어나고 결단력이 있으며 예리한 판단으로 탁월한 정치력을 발휘했다. 또 여러 정치세력과 신하들의 입장을 정확하게 파악하고 이를 활용했다. 문제를 판단하는 데는 명분이나 인연, 과거의 감정에 얽매이지 않고, 현실적으로 생각하며 신속하게 결단을 내리는 능력이 탁월했다.

태조의 배향공신을 책정할 때도 그러했다. 그때까지 역적으로 규정되어 있던 정도전과 남은을 선발하게 했다. 또 자신에게 항거한 죄로 유배시켰던 황희(黃喜)를 세종에게 추천하여 중용하게 한 것만 보아도 태종은 군자답다. 하지만 대업을 위해선 냉정했다. 장인 민제의 가문이 외척으로 성장하면서 이들이 양녕대군을 지지하고 그 주위에 수구파가 결집하자 장인과 처남들을 과감하게 제거했으며 세종에게 양위한 후에도 세종의 장인 심온(沈溫)을 병권남용의 죄를 들어 전격적으로 처형했다. 1418년 왕세자 제를 폐하고 충녕대군을 세자로 책봉하여 2개월 후 선위하는 등 결단력과 추진력이 뛰어났다. 선위한 후에도 군정과 중요한 정사는 직접 처리하면서 세종의 치세를 위한 토대를 닦았다. 세종대의 흥륭도 실은 태종의 업적이 있었기에 가능한 것이라 본다. 시호는 공정성덕신공문무광효대왕(恭定聖德神功文武光孝大王)이며, 묘호는 태종이다. 능은 서울특별시 서초구 내곡동에 있는 헌릉(獻陵)이다.

많은 피를 보았지만 태종은 훌륭한 군주였다. 태종이 있었기에 세종이 있었고 세종이 있었기에 한글 창제가 가능했다. 태종 자신은 많은 피를 다 담당하고 아버지를 왕으로 세우는데 큰 공을 세우고 조선을 왕권 국가로 정립시키는데도 두 번의 왕자의 난을 겪으면서 신권중심 세력을 다 물리치고 결국은 자신이 제3대 왕으로 등극했다. 그리고 조선조의 정치 문화 사회 교육 등 모든 분야를 재정립하여 국가의 기반을 바로 세웠다.

　태종은 철저히 왕권중심의 정치를 실현했다. 자신이 왕이 된 후도 치국에 방해요인이 된다는 것을 자각하면 가차 없이 외척세력까지도 물리쳤다. 자신이 만든 왕위 계승 장자제도도 엎어버리고 제3자인 충녕에게 왕위를 물려주었다. 상왕으로 앉아 있을 때도 세종의 장인이자 소현왕후의 아버지인 심온까지 곧 세종의 발목을 잡을 만한 구세력을 다 없애고 신진사류들 곧 세종이 부리기에 편안한 사람들을 세종 옆에 두게 했다. 이렇게 치국에 걸림돌이 될 피는 다 아버지인 태종이 담당했기에 세종이 덕치를 펴고 훌륭한 정치를 실현했다고 본다. 그것은 마치 이스라엘의 다윗왕이 많은 피를 손에 묻히며 나라를 평정한 후 그 아들 솔로몬에게 물려주어 솔로몬은 지혜의 왕으로 지혜롭게 정치를 잘하여 부강한 나라가 된 것과도 비유된다.

# 조선 초기(시조문학 제2기)

시조사로 보면 둘째 마당은 제2기에 속한다. 곧 조선 초(1392)부터 성종 말(1494)까지이다. 왕조가 바뀌었을 뿐 아니라 정음창제에서부터 문화적 사업이 이 시기에 이루어졌다.

이성계는 조선을 창건하고 국시를 억불숭유(抑佛崇儒)로 세웠다. 이는 여말 요승(妖僧) 신돈을 비롯한 고려조의 숭불정책에서 온 폐해를 없애기 위함에서였다. 새 왕조를 건국한 태조는 기존의 성균관을 재정비, 명륜동에 성균관 건물을 준공하고 유학을 강의하는 명륜당, 공자를 모신 문묘, 유생들이 거처하는 재(齋)를 두었다.

태종은 땅과 노비를 지급하고 친히 문묘에서 제사를 지냈다. 왕세자의 입학을 명령하는 등 최고 교육기관으로서의 면모를 갖게 하여 성종 때에는 그 규모가 완성되었다. 성균관을 통한 이러한 교육은 인재등용에도 효율적이었다.

세종은 영명한 집현전 학자들과 더불어 민족의 대사업인 훈민정음을 창제하여 조선 500년의 국가를 완성하였을 뿐만 아니라 부처의 공덕을 칭송한 『월인천강지곡(月印千江之曲)』을 세종이 친히 짓기도 했다. 이는 수양대군이 지어올린 『석보상절(釋譜詳節)』의 내용에 맞춘 것으로 불교의 심오한 진리를 예술적으로 승화시키고 석가의 인격과 권능을 신화적으로 미화함으로써 영웅의 일생을 찬탄하는 전형적인 서사시의 구조를 지니고 있다. 그러므로 용비어천가와 함께 최고의 국문시가로서 빛나는 자리를 차지하고 있으며 종교성과 문학성을 조화 통일시킨 장편서사시로서 평가된다.

왕위찬탈의 소용돌이를 겪었으나 세조는 즉위 후 외치와 내치에 그 능력을 발휘하여 야인을 정벌하고 이시애란1)을 평정하였다. 문화사업에도 힘써 신숙주 등에게 명하여 『국조보감(國朝寶鑑)』2)을 편찬하고 최항 등에게 『경국대전(經國大典)』3)을 편찬시켰다.

성종은 학문을 좋아하고 사(射), 예(藝), 서(書), 화(畵)를 잘 하고 문무를 병행하였다. 권농(勸農)과 민치(民治)에 힘썼고 경사백가에 능통하였으며 홍문각(弘文閣), 존경각(尊經閣), 독서당(讀書堂)을 설립하여 학문의 도와 치국의 도를 닦았다. 뿐만 아니라 대학과 향학에 전지(田地)를 내리고 서적을 보내어 학문장려에도 힘썼다. 그리고 『동국통감』, 『동국여지승람』, 『동문선』 등을 편찬케 하는 등 제반 문물제도를 정비하여 초창기의 문화 사업을 완성시켰다.

---

1) 함경도 길주 출생인 이시애가 <이징옥 난> 이후 중앙정권에서 함경도 출신의 관직을 억제하자 자신의 지위에 위협을 느껴 일으킨 난으로 남이장군에 의해 토벌됨.
2) 조선시대 역대 왕의 업적 가운데 선정(善政)만을 모아 후세의 왕들에게 교훈이 되도록 편찬한 역사책.
3) 6권 4책, 인본, 조선 건국 전후부터 1484년(성종15)에 이르기까지 약 100년간의 왕명·교지(敎旨)·조례(條例) 중 영구히 준수할 것을 모아 엮은 법전이다.

　그래서 시조사의 제2기는 조선 초의 제반 문물제도가 꽃피고 정비되었던 시기로써 가사는 정극인의 「상춘곡」과 「불우헌가」 등이 있다. 시조는 회고 송찬 충군 수절의 노래로 성장되어갔다. 그러므로 이시기를 시조문학의 성장기로 칭하기도 한다. 이 시기의 시조를 역사와 함께 살펴보자.


## 1. 삭풍은 나무 끝에 불고/김종서

　삭풍(朔風)은 나무 끝에 불고 명월은 눈 속에 찬데
　만리변성(萬里邊城)에 일장검(一長劍) 짚고 서서
　긴파람 큰 한 소리에 거칠 것이 없어라


　위의 시조는 김종서가 세종 25년에 두만강 하류에 있던 여진족을 몰아내고 국방상 요새지인 종성, 온성, 회령, 경원, 경흥, 부령 등의 여섯 고을에 진(鎭)을 설치할 때 진중(陣中)에서 호기가(豪氣歌) 2수를 지었는데 그 하나가 위의 시조이다.

　'차가운 북풍은 앙상한 나뭇가지에 스치고 밝은 달은 눈 속에서 더욱 차갑게 느껴지는 매서운 날씨에 멀리 떨어진 국경지대의 성루에서 큰 칼을 짚고 서서 긴 휘파람을 불며 크게 외지는 소리 앞에는 아무것도 거칠 것이 없다'고 하여 무인다운 기개를 펼치고 있다. 김종서의 기백이 넘치는 또 다른 하나의 시도 감상해보자.

　　장백산(長白山)에 기를 꽂고 두만강에 말 씻겨

　　썩은 저 선비야 우리 아니 사나이냐

　　어떻다 인각화상(麟閣畵像)을 누가 먼저 하리오


　백두산에 기를 꽂고 두만강에 말을 씻긴다는 것은 북쪽 변경을 굳건히 지키고 있다는 것을 의미하기도 한다. 나라를 지키고 싸우는 것은 무인의 몫이다. 거기에 비하면 문인들이야 입만 가지고 말만 앞선다. 그래서 저 쓸모없는 선비들아, 무인인 우리가 진짜 사나이 대장부가 아니겠느냐? 라며 호기(豪氣)를 부려본다. 그러니 나라에 공이 많은 신하의 얼굴을 그려 건다는 기린각에 과연 누구의 화상이 걸리겠느냐? 당연히 목숨을 걸고 나라를 지킨 무인 대장부가 먼저 자리 잡아야 된다는 것을 은근히 부각시키고 있다.

　여기에서 인각(麟閣)은 기린각(麒麟閣)의 준말이다. 기린각은 중국 전한(前漢)의 무제(武帝)가 기린을 잡았을 때 지은 집인데 후에 효선제(孝宣帝)가 거기에 국가 공신의 화상을 걸었다. 다른 문헌에는 능연각(凌烟閣)으로 되어 있는 데도 있다. 능연각은 당(唐)나라 때 국가에 공을 세운 사람의 화상을 걸었던 집이다. 어느 쪽이든 국가에 공을 세운 사람의 화상을 걸었던 집이므로 의미상 차이는 없다. 기개에 넘치는 무인의 시조 한 수가 그 시대를 반영하며 믿음직스럽게 다가오는 국가의 안보정신이다. 이러한 무인의 기개를 표출할 수 있는 군지도자의 서정을 오늘날에는 볼 수 없을까?…


　김종서(金宗瑞, 1390(공양왕2)~1453(단종1))는 조선 초기의 문신출신·장군이다. 지략이 뛰어나고 강직하였기 때문에 대호(大虎)라는 별명으로도 불렸다. 도총제(都摠制) 추(錘)의 아들이다. 본관은 순천이며. 자는 국경(國卿), 호는 절재(節齋)이다. 1405년(태종5) 문과에 급제하여 상서원 직장(直長), 행대감찰(行臺監察)을 거쳐, 1419년(세종1)에 사간원우정언이 되었다. 이어 두루 타 직책을 거쳐 1426년엔 이조정랑, 1427년엔 사헌부집의·황해도경차관 등에 올랐다.

1433년(세종15)에는 좌대언(左代言)으로서 이부지선(吏部之選)을 맡았다. 이 무렵 북쪽 변경에서 여진족의 침입이 끊이지 않자 그는 북변 강화의 필요성을 강경하게 주장하여, 세종으로 하여금 북방 경영에 적극적으로 대처하게 했다. 마침 1433년 우디거족과 오도리[斡朶里]족이 서로 다투는 등 여진족 사이에 내분이 일어나자 세종의 두터운 신임을 받고 있던 그는 같은 해 12월 함길도관찰사, 1435년 함길도병마도절제사가 되어 7, 8년간 북쪽 변방에서 여진족을 무찌르고 비변책(備邊策)을 올리는 등 6진(六鎭: 종성·회령·경원·경흥·온성·부령)을 개척하여 국토확장에 큰 공을 세웠다.

이로써 1416~43년에 걸쳐 개척된 압록강 방면의 사군(四郡: 여연군·자성군·무창군·우예군)과 함께 우리나라의 국토가 두만강·압록강 상류까지 넓어졌다. 1440년 서울로 돌아와 형조판서·예조판서를 지내고 충청·전라·경상 3도의 도순찰사를 거쳐 1446년 의정부우찬성으로 임명되고 판예조사(判禮曹事)를 겸하였다. 1449년 8월에 달달(達達: Tatar) 야선(也先)이 침입하여 요동지방이 소란해지자 평안도도절제사로 파견되기도 했다. 이렇게 김종서는 문인 장군으로서 세종의 북방정책에 혁혁한 공을 세웠다.

일반적으로 김종서는 6진을 개척한 용장으로 잘 알려져 있지만, 문신출신답게 『고려사』·『고려사절요』·『세종실록』의 편찬 작업을 책임지는 등 학자·관료로서의 능력도 갖추고 있었다. 1451(문종1) 좌찬성 겸 지춘추관사(知春秋館事)로서 편찬한『고려사』는 본래 1392년 (태조1) 정도전(鄭道傳) 등이 편찬한 것을 세종 때 몇 차례(1421, 1424, 1442) 개수한 끝에 완성한 것이다.『고려사』의 편찬에 어려움을 겪었던 것은 조선 왕조 건국의 정당성을 확보할 필요가 있었던 데다가, 정도전 등 몇몇 개인의 가문을 지나치게 부각시키는 등 공정치 못하다는 여론이 있었기 때문이다. 이에 따라 김종서·정인지(鄭麟趾)·이선제(李先薺)·정창손(鄭昌孫) 등이 1449년부터 개찬에 착수하여, 1451년에 세가(世家) 46권, 지(志) 39권, 표(表) 2권, 열전(列傳) 50권, 목록(目錄) 2권의 기전체(紀傳體)의 정사(正史)로『고려사』가 완성되었다. 같은 해 10월 우의정으로 승진, 편년체(編年體) 고려사 편찬을 건의하여, 이듬해인 1452년(단종 즉위년)『고려사절요』편찬에 참여했다. 같은 해『세종실록』편찬의 책임관으로 임명되었다. 그러나 아쉽게도 계유정난(癸酉靖難: 세조의 왕위찬탈사건)으로 위의 제(諸)사서(史書)에서 김종서의 이름 석자는 모두 삭제되었다. 이렇게 김종서의 이름을 삭제하게 된 계유정란에 대해 다음에서 살펴보자.

김종서는 세종 때부터 임금의 신임을 받는 관료로 성장했다. 세종 (1397, 태조6~1450, 세종32)때는 집현전 학자들을 포함해서 유명한 문신도 많았지만 김종서와 같은 기개 있는 장군도 있었기 때문에 나라의 안과 밖이 다 잘 다스려졌던 것이다. 하지만 세종이 붕어(崩御)하고 문종도 병약하여 재위 2년에 세상을 떠나자 정국은 어려운 국면에 이르렀다. 문종은 죽음을 앞두고 영의정 황보인(皇甫仁), 좌의정 남지(南智) 등과 함께 우의정인 김종서에게 어린 단종을 부탁했다. 김종서는 문종

(文宗)의 유명(遺命)으로 12세의 어린 나이에 왕위에 오른 단종(端宗)을
보필했다.

하지만 세종의 여러 왕자들이 다투어 세력 확장을 도모하는 가운데,
수양대군(首陽大君)은 자신이 왕위에 오르려는 야망을 실현시키는 데
가장 장애가 되는 인물로 김종서를 지목하고 제거하고자 하였다. 수양
대군은 한명회(韓明澮)·권람(權擥) 등의 모사(謀士)를 얻은 뒤 홍달손(洪
達孫)·양정(楊汀)·유수(柳洙) 등 무사들을 규합하여 1453년(단종1) 10
월 13일에 거사하기로 하고, 이날 우선 서대문 밖 김종서의 집으로 가
서 양정·임운(林芸) 등이 김종서와 아들 승규(承珪)를 살해한다. 그리고
는 단종에게 아뢰기를 김종서 등이 반역을 도모하였기에 대역모반죄
(大逆謀叛罪)로 우선 죽였다고 한다. 대역 모반이라는 죄명 아래 그의 목
은 베어져 높이 매달려졌다. 김종서의 죽음은 계유정난(癸酉靖難)[4] 첫
번째의 희생이었다. 수양대군은 김종서를 제거한 후 왕명을 빌어 대신
들을 소집한 다음 홍윤성(洪允成) 등을 시켜 황보인(皇甫仁)[5]을 비롯한
조극관(趙克寬)·이양(李穰) 등을 죽였으며, 정분[6]·조수량(趙遂良) 등은
귀양 보냈다. 이렇게 정치의 실권을 장악한 뒤 왕좌를 향해 한 걸음씩

---

4) 1453년에 수양대군이 단종의 보좌세력인 원로대신 황보인·김종서 등 수십 명
   을 살해·제거하고 정권을 잡은 사건.
5) 김종서(金宗瑞)와 함께 북방의 개척 및 방어에 주력했다. 1451년(문종1) 영의정
   부사가 되었고 1452년 단종이 12세의 나이로 즉위하자 좌의정 남지(南智), 우의
   정 김종서와 함께 왕을 보필하면서 의정부에 권력을 집중시켰다. 하지만 수양대
   군(首陽大君)이 계유정난을 일으켜 의정부 대신들을 제거할 때 김종서·정분(鄭
   奔)·조극관(趙克寬) 등과 함께 살해되었다. 단종의 능인 장릉(莊陵) 충신단(忠臣
   壇)에 배향(配享)되었으며 영천의 임고서원(臨皐書院), 구룡포의 경남서원(慶南
   書院), 종성 행영사(行營祠) 등에 재향되었고, 시호는 충정(忠定)이다.
6) 1447년 좌참찬으로 숭례문(崇禮門) 건축공사를 감독했다.

다가가고 있었다.

　1680년(숙종6) 강화유수 이손(李巽)이 김종서의 억울함을 논하여 다행히 1719년(숙종45)부터 그 후손들이 조정에 등용되기 시작하였고 1746년(영조22)에야 그의 벼슬이 회복되어 종성의 행영사우(行營祠宇)에 제향 되었다. 시호는 충익(忠翼)이다. 이래서 사필귀정(事必歸正)이란 말이 있고 그것은 곧 사필귀정(史必歸正)이 된다. 수양대군의 왕위찬탈로 많은 거목들이 억울한 죽음을 당했다. 역사는 승자의 몫이라지만 세월이 지나면 패자의 억울함도 밝혀지게 마련이다. 그래서 역사도 결국은 사필귀정(史必歸正)이 된다.


## <세조>

세조의 왕위찬탈 인륜도 저버리고
국가의 동량지재(棟樑之材) 수없이 죽였으니
왕권은 장악했으나 그 영혼은 가시었네.


## <정치>

정치를 잡고 보면 아편 맛에 길이 들어
정치를 아니하면 죽음과도 같은 지라
여·야가 싸우는 것도 당연지사 아니던가.

김종서의 묘(충남 공주군 장기면 대교리)

## 2. 절의가/성삼문

이 몸이 죽어 가서 무엇이 될고 하니
봉래산 제일봉에 낙락장송 되었다가
백설이 만건곤할 제 독야청청 하리라


사육신과 더불어 성삼문의 절의가는 그 이름과 함께 잘 알려진 시조이다. 모진 고문 가운데에서도 두 눈을 부릅뜨고 의연한 자세로 수양대군을 왕으로 끝까지 인정하지 않고 대감으로 지칭하며 반기를 든 성삼문의 기개는 불사이군의 선비정신이다. 백설이 온 세상을 하얗게 덮을 때도 더욱 푸르게 빛나는 소나무, 그것도 아름다운 봉래산의 제일 높은 곳에 우뚝 솟은 소나무로 태어나겠다는 그의 푸른 절의가 절절이 흐르고 있다.

성삼문(成三問, 1418, 태종18~1456, 세조2)은 단종의 복위를 꾀하다 죽은 사육신 가운데 한 사람으로 조선왕조의 대표적인 절신(節臣)으로 꼽힌다. 본관은 창녕이고. 자는 근보(謹甫) 혹은 눌옹(訥翁)이라 하며 호는 매죽헌(梅竹軒)이다.

아버지는 도총관 승(勝)이다. 외가인 홍주(洪州) 노은골에서 출생할 때 하늘에서 "낳았느냐"하고 묻는 소리가 3번 들려서 삼문(三問)이라 이름 지었다는 일화가 전한다. 1435년(세종17) 생원시에 합격하고, 1438년에 식년시에 응시하여 뒷날 생사를 같이 한 하위지와 함께 급제했다. 집현전학사로 뽑힌 뒤 수찬·직집현전을 지냈다. 1442년 박팽년·신숙주·하위지·이석형 등과 더불어 삼각산 진관사(津寬寺)에서 사가독서(賜暇讀書)를 했고, 세종의 명으로 신숙주와 함께 <예기대문언독 禮記大文諺讀>을 편찬했다.

세종이 정음청(正音廳)을 설치하고 훈민정음을 만들 때 정인지·신숙주·최항·박팽년·이개(李塏) 등과 더불어 이를 도왔다. 특히 신숙주와 함께 당시 요동에 귀양 와 있던 명나라의 한림학사 황찬(黃瓚)에게 13차례나 왕래하며 정확한 음운(音韻)을 배워오고, 명나라 사신을 따라 명나라에 가서 음운과 교장(敎場)의 제도를 연구해오는 등 1446년 훈민정음 반포에 큰 공헌을 했다. 1447년 문과 중시에 장원으로 급제한 뒤 1453년 좌사간, 1454년 집현전부제학·예조참의를 거쳐 1455년 예방 승지가 되었다.

1453년(단종1) 수양대군이 계유정난을 일으켜 황보인·김종서 등 어린 단종의 보필세력을 제거하고 스스로 영의정이 되어 정권·병권을 장악했을 때 정인지·박팽년 등 36명과 함께 집현전 관원으로서 직숙(直宿)의 공이 있다고 하여 정난공신(靖難功臣)의 칭호를 받았다.

1453년 계유정난7)이 일어났을 때 성삼문, 하위지 등은 수양대군에

---

7) 1453년(단종1) 수양대군(首陽大君)이 세종·문종 때부터의 원로 신하들을 없애고 스스로 정권을 잡은 사건.

대해 노골적으로 반대하지는 않았다. 그것은 김종서, 황보인 등 재상 세력들이 지나치게 비대해지는 것을 이들 젊은 학자들에게는 불만의 대상이 되었기 때문이다. 계유정난 후 성삼문이 정난공신 3등에 올라간 것도 수양대군이 성삼문을 자기 세력으로 끌어들이기 위한 조처의 하나라고 볼 수 있다. 1455년 수양대군이 어린 조카인 단종의 왕위를 빼앗을 때 직책상 그 국새를 넘긴 자도 성삼문이다. 그러나 그는 "국새(國璽)는 옮겨졌지만 주상(主上)이 아직 계시고 우리가 있으니 복위를 도모하다가 실패하면 그때 죽어도 늦지 않다"고 다짐하며 단종 복위운동을 결심했다. 그리고 이후 받은 녹봉은 월별로 표시하여 별도로 쌓아두고 손도 대지 않았다. 단종 복위운동은 그를 포함하여 집현전 출신 관료들을 중심으로 전개되었다.

세조의 집권과 즉위에 이르는 과정에서 많이 등용되고 배려를 받았던 그들이 복위운동에 나섰던 것은, 단종에 대한 충절이라는 유교적 명분도 깔려 있지만, 한편으로는 관료지배체제의 구현을 이상으로 삼았던 그들로서는 세조의 독주를 받아들일 수 없었기 때문이라고도 말한다. 특히 세조가 즉위 직후부터 육조직계제(六曹直啓制)를 실시하는 등 왕의 전제권을 강화하려는 조치를 취하자 집현전 출신 유신들은 크게 반발했다. 그러다 결국 성삼문은 아버지 성승, 박중림(朴仲林)·박팽년·유응부·권자신·이개·유성원·윤영손·김질 등과 함께 세조를 제거하고 단종을 복위시키기 위한 구체적 계획을 세웠다.

마침내 이들에게 절호의 기회가 왔다. 1456년 6월 창덕궁에서 명나

---

안평대군(安平大君)을 중심으로 김종서(金宗瑞)·황보인(皇甫仁) 등이 반역을 모의한 것을 평정했다는 명목으로 정난이라는 말을 붙였으나 실상은 수양대군이 왕이 되려는 야심에서 이들을 제거한 정변으로, 이 해가 계유년이어서 계유정난이라 한다.

라 사신을 접대하는 자리에 세조는 단상에서 왕을 호위하는 별운검을 세우기로 하고 성삼문의 아버지인 성승과 유응부를 적임자로 지목하였다. 시해를 모의한 주동자들이 직접 세조를 죽일 수 있는 기회를 잡게 된 것이다.

성삼문 등은 이날을 거사일로 잡고 세조와 세자(세조의 아들), 세조의 측근들을 제거하기 위한 보다 치밀한 계획을 추진해 갔다. 그런데 갑자기 일이 꼬이기 시작했다. 한명회 등이 연회 장소인 창덕궁 광연전이 좁고, 더위가 심하다는 이유로 별운검을 세우지 말고 세자도 오게 하지 말 것을 청하자, 세조가 이를 수용하기로 했다는 소식이 전해졌다.

거사 주모자들 간에는 의견이 엇갈렸다. 유응부 등은 일이 누설될 가능성을 염려하면서 계획대로 일을 추진하자고 했고, 성삼문과 박팽년은 별운검을 세우지 않고 세자가 오지 않는 것은 하늘의 뜻이니 거사 날짜를 다시 계획하자고 하였다.

결국 거사는 연기되었고 유응부 등의 우려대로 내부의 밀고자가 생겼다. 김질이 바로 그 사람이다. 거사가 연기되면서 불안해진 김질은 장인인 정창손을 찾아가 사전에 준비되고 있던 상왕 단종 복위운동의 전말을 알렸다. 정창손은 그 길로 사위와 함께 궁궐에 달려가 세조에게 그 사실을 밝혔다. 즉시 성삼문 등에 대한 체포령이 떨어지면서 단종 복위 운동에 참여한 인사들이 줄줄이 압송되었다. 그 변란은 궁궐을 피바다로 물들였다.

다음날 무서운 국문은 시작되었다. 고문을 당하면서도 성삼문은 세조의 불의를 나무라고 신숙주의 불충(不忠)을 꾸짖는 기개를 보였다. 6월 8일 성승·이개·하위지·유응부·박중림·김문기·박쟁(朴崝)

등과 함께 군기감(軍器監) 앞에서 능지처형을 당했다. 거사 관련자 70여 명은 각각 죄 명에 따라 혹형·처형·유배 등을 당했는데, 그중에서도 성삼문은 멸문(滅門)의 참화를 당했다. 아버지 승을 비롯하여 동생 삼빙(三聘)·삼고(三顧)·삼성(三省)과 아들 맹첨(孟瞻)·맹년(孟年)·맹종(孟終) 등 남자는 젖먹이까지도 살해되어 혈손이 끊기고 아내와 딸은 관비(官婢)가 되었으며, 가산은 몰수되었다.

성삼문은 대역죄인으로 처형을 당했으나 그의 충절을 기리는 움직임은 사림을 중심으로 끊임없이 이어졌다. 김종직·홍섬·이이 등이 그의 충절을 논했으며, 남효온(南孝溫)은 『추강집(秋江集)』에서 그를 비롯하여 단종 복위운동으로 목숨을 잃은 박팽년·하위지·이개·유성원·유응부 등 6명의 행적을 소상히 적어 후세에 남겼다.

이들 사육신은 조선시대의 대표적인 충신으로 꼽혀왔으며, 그들의 신원을 위하여 많은 사람들이 노력했다. 마침내 1691년(숙종17)에 관작이 회복되었으며, 1758년(영조34) 이조판서에 추증되고 충문(忠文)이라는 시호가 내려졌다. 1791년(정조15)에는 단종충신어정배식록(端宗忠臣御定配食錄)에 올랐다. 성삼문 등 사육신의 처형 후 그들의 의기와 순절에 깊이 감복한 한 의사(義士)[8]가 시신을 거두어 한강 기슭 노량진에 묻었다. 현재 노량진 사육신 묘역이 그곳이다. 또 처형 직후 전국을 돌면서 사육신의 시신을 전시할 때, 그의 일지(一肢)를 묻었다는 묘가 충청남도 은진에 있다. 장릉(莊陵: 단종의 능) 충신단(忠臣壇)에 배향되었으며 강원도 영월의 창절사(彰節祠), 서울득빌시 노량진의 의설사(義節祠), 충청남도 공주 동학사(東鶴寺)의 숙모전(肅慕殿)에 제향 되었다. 저서로 <매죽헌집>이 있다.

---

8) 생육신의 한 사람인 김시습으로 전해진다.

이 처참한 역사를 읽다보면 도대체 권력이란? 왕권이란? 무엇이 길래 이렇게 많은 사람을 죽이며 왕위를 찬탈해야 했으며 또 사육신들도 멸족까지 당하면서까지 단종복위를 꽤했어야 했던가 싶다. 앞에서 서술했듯이 그들이 단종 복위운동에 나선 것이 '단종에 대한 충절이라는 유교적 명분도 깔려 있지만, 한편으로는 관료지배체제의 구현을 이상으로 삼았던 그들로서는 세조의 독주를 받아들일 수 없었기 때문이라면' 그 순수성이 희석된다. 그래서 단종에 대한 충절만을 부각시키고 싶다. 단종 복위운동이 성공했더라도 세조를 중심한 왕실의 피는 물론이고 따르는 무리들은 다 제거되기 마련이다. 그래서 권력은 아편이고 거기에 중독되면 먹지 않으면 결국 폐인이 되거나 죽듯이 권력 또한 잡지 못하면 죽은 목숨과 같아서 차라리 죽음을 택한 것과도 같다는 생각이 든다.

작자와 그 시대 상황을 알아보았으니 이제 위의 시조를 감상해 보자. 불교는 윤회전생을 믿고 있다. 조선조가 유교사회였지만 그 마음의 뿌리는 불교사상이 녹아있음을 이 시조에서도 알 수 있다. 죽어서 무엇이 될 것인가를 생각하는 것은 불교의 윤회전생을 은연중에 믿기 때문이다. 기독교는 윤회가 없다. 죽으면 본향인 하늘나라로 간다. 유교는 사후의 일에 대해서는 공자도 모른다고 했다. 그래서 모른다. 시적자아는 죽어서 봉래산 제일 높은 곳에서 낙락장송으로 태어나 천지가 흰눈으로 하얗게 덮여있을 때 저 홀로 파랗게 남아있겠다고 하여 절의와 기개가 넘치는 시의를 표출했다.


성삼문의 시조는 위 절의가 외 한 편이 더 전한다.

수양산 바라보며 이제를 한 하노라
주려 죽을 진들 채미도 하는 것가
비록에 푸새엣 것인들 긔 뉘 땅에 났느냐

이 또한 세조의 녹을 먹지 않는다는 표현이다. 사실 성삼문은 세조를 왕으로 인정하지 않았을 뿐 아니라 위에서도 밝혔듯이 받은 녹봉도 하나도 먹지 않고 곳간에 그대로 쌓아둔 것으로도 유명하다.

다음에 한시로 된 성삼문의 절명시(絶命詩)를 보자. 이는 옥중에서 죽음을 앞두고 쓴 시로 알려진다. 시조와는 사뭇 다르게 담담하게 죽음을 맞이하는 모습이다.

擊鼓催人命 북을 두드려 인명을 재촉하니
西風日欲斜 서풍에 날은 저물어 가는구나
黃泉無一店 황천 가는 길은 주막집 하나도 없다는데
今夜宿誰家 이 밤은 누구의 집에 자고 가리요.

아래 유응부의 시조 또한 계유정란과 관련한 이 시기의 정치 상황을 말해 주고 있다.

간밤에 불던 바람 눈서리 치단 말가
낙락장송이 다 기우러 가노매라
하물며 못다 핀 꽃이야 일러 무엇 하리오.

성삼문 묘와 사당(충남 논산시 가야곡면 양촌리)

## 3. 초당에 일이 없어/유성원

초당(草堂)에 일이 없어 거문고를 베고 누워
태평성대를 꿈에나 보려하니
문전(門前)에 수성어적(數聲漁笛)이 잠든 나를 깨와라.


'별로 할 일이 없어 초당에서 조용히 거문고를 뜯다가, 그 거문고를
베고 누워서 태평성대 곧 세종 임금 시절의 태평하던 세월을 꿈에나
보려고 하였더니, 문 앞에 고기잡이 피리 소리가 시끄럽게 들려 와서
나의 잠을 깨우는구나'이다. 여기서의 고기잡이 피리 소리란 수양대군
일파의 피비린내 나는 권력 투쟁의 시끄러움(녹훈 교서를 쓰라는 협박
등도 포함하여)을 이르는 것이라고 본다. 이렇게 시인은 시조 한 수에
그의 뜻을 은근히 펼칠 수 있어 결국은 시조 한 수에 역사와 함께 시인
의 인생도 살아 숨 쉬고 있음을 본다.

유성원(柳誠源, ?~1456, 세조2)은 사육신(死六臣)의 한 사람이다. 본관은
문화이고, 자는 태초(太初)이며, 호는 낭간(瑯玕)이다. 아버지는 사인(舍

人) 사근(士根)이다. 1444년(세종26) 식년문과에 급제했다. 1445년 집현
전저작랑(集賢殿著作郞)으로『의방유취(醫方類聚)』의 편찬에 참여했으며
1447년 문과중시에 합격했다. 1451년(문종1) 사가독서(賜暇讀書)를 했
고, 다음해에는『고려사절요』를 편찬할 때 최항(崔恒)·박팽년(朴彭年)
·신숙주(申叔舟)·이극감(李克堪) 등과 함께 열전(列傳)을 담당하여 찬
술했으며, 춘추관기주관으로『세종실록』편찬에 참여했다.

　1453년(단종1) 10월 수양대군(首陽大君)이 영의정 황보인(皇甫仁), 좌
의정 김종서(金宗瑞) 등을 살해하고 정권을 잡은 뒤 집현전에 정난녹훈
(靖難錄勳)의 교서(敎書)를 만들도록 명하자, 집현전교리로 있던 그는 혼
자 남아서 협박에 견디지 못하고 교서를 작성했다(계유정난). 이해 11
월 장령으로 정난공신(靖難功臣) 책정의 개정을 요구했으나 받아들여지
지 않았다. 1454년에는『문종실록』편찬에 참여했다.

의절사
(서울 동작구 노량진 사육신 공원내)

　1455년 6월 수양대군이 단종
을 몰아내고 왕위를 빼앗자 그는
박팽년·성삼문 등과 단종의 복
위를 꾀했다. 그러나 1456년 성
균관사예 김질(金礩)의 고변으로
이 사실이 탄로 나자 자결했다.
그 뒤 남효온(南孝溫)이『추강집(秋
江集)』에 육신전을 실어 널리 알
려졌다. 1691년(숙종17) 관작이 회복되었고, 뒤에 이조판서에 주승되
었다. 노량진 민절서원(愍節書院), 홍주 노운서원(魯雲書院), 영월 창절사
(彰節祠) 등에 제향 되었다. 시호는 충경(忠景)이다.

예닮아, 참, 시조의 개념과 명칭에 대해 먼저 말했어야 되는데 순서
가 바뀌었구나.

시조에 대한 정의는 학자마다 언술(言術)의 차이는 있을지라도 특별
하게 그 근원적인 차이는 없이 유사하게 내려지고 있음을 볼 수 있다.
이희승편『국어대사전』에 의하면 '고려 말엽부터 발달하여 온 한국 고
유의 정형시로서 보통 초장 3·4·3(4)·4, 중장 3·4·3(4)·4, 종장
3·5·4·3 등의 격조로 되었으며, 그 형식에 따라 평시조·엇시조
·사설시조·연시조로 나뉘며, 보통은 평시조를 이른다'고 되어 있다.

시조의 명칭은 조선 영조 때 시인 신광수(申光洙)가 지은『관서악부
(關西樂府)』에 의하면 '일반으로 시조의 장단을 배한 것은 장안에서 온
이세춘'이라 한 것이 문헌상으로 나타난 최초의 기록이며 명칭이다.[9]
시조라는 명칭의 원뜻은 시절가조(時節歌調)로 당시에 유행하던 노래라
는 뜻이다. 그러므로 엄밀히 따진다면 음악상의 용어이다. 하지만 오
늘날은 문학상의 용어로 정착되었고 음악상 용어로는 '시조창'이란 명
칭을 따로 쓰고 있다.


## 4. 천만리 머나먼 길에/왕방연

천만리 머나먼 길에 고운 님 여의웁고
내 마음 둘 데 없어 냇가에 앉았으니
저 물도 내 안 같아야 울어 밤길 예놋다.

---

9) 申光洙, 石北集, <關西樂府> 其15, 初唱聞皆說太眞 至今如恨馬嵬塵 一般時調排
長短 來自長安李世春.

　사육신을 중심으로 한 단종(端宗) 복위운동이 김질의 고변으로 실패하자 단종은 강원도 영월 청령포로 유배되었다. 그 뒤 단종에게 사약이 내려졌는데 이때 사약을 가져간 의금부도사가 왕방연이다. 그는 사약을 차마 단종에게 내밀지 못하고 괴로워했다고 한다. 어린 단종을 영월로 유배시킨 후 그 심정을 읊은 것이 바로 위의 시조이다.

　세조의 명을 받아 의금부도사라는 신분으로 단종을 영월(寧越)에 유배시킬 때 호송의 책임은 맡아 그 명은 받들었지만 아무 죄 없는 어린 임금을 절애의 땅 청령포에 남겨 두고 돌아오는 심정을 냇물에 비추어 형상화한 작품이다. '고운 님 여의옵고'라든가 '내 마음 둘 데 없어', '울어 밤길 가누나' 등에서 어린 왕을 향한 단장의 아픔이 잘 표출되었다.

　집권자의 심복이었음에도 불구하고 그가 단종에 대한 애절한 노래를 읊을 수 있었다는 것은, 비록 벼슬은 세조가 준 것이지만 어린 왕에 대한 애끓한 마음이 간절했다. 이는 억울하게 물러났지만 왕으로서 대우한 군신유의(君臣有義)의 대강(大綱)이기도 하다. 그리고 사람의 도리와 신하의 도리를 다한 것이라 보인다. 불의인줄 알면서도 또 신하의 도리를 해야 하는 자신의 모습과 어린 왕에 대한 단장의 심회(心懷)를 냇물에 비추어 종장에서 함축적으로 잘 표출했다.

영월 청령포에 있는 왕방연 시비

　억울하게 왕위까지 뺏기고 죽어간 어린 왕, 단종을 생각하며 청령포를 찾은 적이 있다.

　청령포는 단종(1441~1457)이 세조 2년(1456)에 노산군으로 강등되어 유배되었던 곳이다. 삼면이 깊은 강물로 둘러싸여 있고 한쪽은 험준한 절벽으로 가로막혀 있어서, 배로 강을 건너지 않으면 어디로도 나갈 수 없게 되어 있는 외로운 섬이다. 오늘날 관광객의 입지에서 본다면 풍광이 아름다운 곳이다. 산에는 소나무 숲이 울창하여 공기가 맑고, 삼면으로 맑은 강물에 둘러있어 바라만 보아도 시원함을 더해준다. 하지만 역사를 돌이켜 보면 가슴이 저려온다.

　500여 년 전 어린 왕의 유배와 죽음은 지금도 애달픈 전설이 되어 저 강물에 흐르고 있다. '일광(日光)에 물들면 역사가 되고 월광(月光)에 물들면 전설이 된다'고 했던가. 얼마나 많은 날을 단종은 달을 바라보며 궁중에 홀로 남은 왕비를 그렸을까. 어린 단종의 애달픈 사연은 청령포 곳곳에 그 흔적이 남아있어 찾는 이의 마음을 적신다. 단종은 유배지에서 몇 점의 한시를 남겼다.「寧越郡樓作」은 유배생활 중 죽음을 예견하고 자신의 운명을 한탄하며 통한의 절규를 읊은 것이고,「어제시(御制詩)」와「자규시(子規詩)」는 어린 단종이 처한 모습을 생각게 하는 애잔한 시로 마음이 저려온다.


<寧越郡樓作>

　一自冤禽出帝宮 한번 원통한 새가 궁궐을 쫓겨난 후
　孤身隻影碧山中 외로운 몸과 그림자 푸른 산 속에 있네.
　假眠夜夜眠無假 밤마다 잠을 자려 해도 잠은 오지 않고

窮恨年年恨不窮 무궁한 한은 세월이 가도 끝이 없네.

聲斷曉岑殘月白 소쩍새 울음소리 끊어진 새벽 산봉우리엔 달만 밝고

血流春谷落花紅 피눈물 흘러가는 봄 골짜기에 꽃이 붉게 떨어졌네.

天聾尙未聞哀訴 하늘은 귀먹었는지 애절한 하소연을 듣지 못하고

何奈愁人耳獨聽 어찌하여 수심에 쌓인 내 귀에만 들리게 하느뇨

<御制詩>

千秋恨懷胸 천추의 원한을 가슴 깊이 품은 채

寂寧越荒山 적막한 영월 땅 황량한 산 속에서

萬古一孤魄 만고의 외로운 혼이 홀로 헤매는데

蒼松鬱故園 푸른 솔은 옛 동산에 우거졌구나.

嶺樹三天老 고개 위의 나무는 삼계에 늙었고

溪流得石喧 냇물은 돌에 부딪쳐 소란도 하다

山深多虎豹 산이 깊어 맹수도 득실거리니

來夕掩紫門 저물기 전에 사립문을 닫노라

〈子規詩〉

月白夜蜀魄鳴 달 밝은 밤 소쩍새 울면

含愁情倚樓頭 시름 못 잊어 다락에 기대었네.

爾啼悲我聞苦 네 울음 슬퍼 내 듣기 괴롭구나.

無爾聲無我愁 네 소리 없으면 내 근심 없는 것을

寄語世上苦勞人 이 세상 괴로운 이에게 말을 전하니

愼莫登春三月子規樓 춘삼월 자규루(子規樓)에는 삼가 오르지마소.

그러면 수양대군은 어린 조카를 죽이면서까지 어떻게 왕위에 올랐을까. 조선 왕조는 태조부터 거의 피로써 왕권이 이어지다가 세종대에 와서 안정을 찾고 재위 기간 동안 한글창제, 육진개척 등 국방과 과학 및 경제, 문화 등 모든 분야에 걸쳐 찬란한 업적을 많이 남겨 세종은 위대한 성군으로 추앙받고 있다. 그러나 세종사후 병약한 문종에 이어 어린 왕 단종으로 이어지면서 또 한 번 정국이 소용돌이치기 시작했다.

세종은 말년에 건강이 좋지 못해지자 세자였던 문종(단종의 아버지)에게 섭정을 맡겼다. 그러나 본래 병약했던 문종은 8년간의 섭정에 업무 과중으로 인해 재위 기간을 대부분 병상에서 보내야 했을 만큼 건강이 악화되었다. 결국 문종은 등극 후 2년 반도 채 안 되어 12살인 어린 세자를 남겨 두고 세상을 떠나고 만다. 문종은 병석에 있을 때 단종을 황보인 김종서 등 충신들에게 잘 보필할 것을 당부한다.

단종의 어머니는 문종에게 세 번째로 시집 온 세자빈으로 현덕왕후 권씨이다. 권씨는 본래 세자시절 문종의 후궁이었다. 현덕왕후는 난산 끝에 단종을 출산하다 세상을 떠나고 말았다. 그러니 수양대군의 왕위 찬탈은 쉬워진 셈이다. 당시 왕실에는 단종 내외를 지켜줄 만한 어른이 아무도 없었다. 대왕대비는커녕 대비의 자리에 있었어야 할 어머니마저 돌아가셨으니 외로울 수밖에 없다. 그래서 어린 단종은 자랄 때에도 덕이 높기로 이름 난 세종의 후궁 혜빈 양씨(서열상 단종의 서조모)가 유모가 되어 키웠다. 그러나 후궁인 처지라 혜빈 역시 힘이 없다. 하지만 단종을 위해 혜빈과 그녀의 소생인 세 아들이 단종을 보살폈다(이들 중 장남인 한남군과 3남인 영풍군이 훗날 정조대에 이르러 금성대군과 더불어 단종을 위해 애쓴 6종친(육종영六宗英)에 봉해졌다).

문종이 승하한 후 12세에 즉위한 단종은 정사를 돌볼 수가 없었기에 문종의 유명(遺命)에 따라 김종서 황보인 등이 전권을 장악하게 된다. 이들 세력이 커지는 것은 집현전 젊은 학자들도 원치 않았다. 그러기에 수양대군의 계유정란 때는 수수방관 내지 동조한 것이다.

왕권이 약해지고 신권이 강해지자 세종의 아들(단종의 숙부)들이 세력을 모으기 시작하는데, 그중에서도 특히 두드러진 것이 세종의 차자 수양대군이다. 이렇게 해서 왕실은 왕자의 난 이후 무수히 많은 피를 또 보게 된다. 제1차 왕자의 난도 정도전을 중심한 신권을 몰아내기 위한 방원의 난이었다.

수양대군은 조카인 어린 임금을 보호하겠다는 명목아래 공공연히 전권을 하나하나 잡게 된다. 그래서 결국 그 유명한 계유정난(1453)을 일으킨다. 이때 한명회가 작성한 '살생부'에 따라 안평대군(세종의 3남)을 왕으로 추대하려 했다는 죄명을 붙여 김종서, 황보인 등을 죽이고 안평대군 역시 유배되었다가 사약을 받고 죽게 된다. 이렇게 왕실에는 왕권만 있을 뿐 형제간의 우애는 없다.

그리고 같은 해 정난 이후 일어난 사건 중 '이징옥의 난'이 있다. 함길도 절제사였던 이징옥이 대립 세력인 김종서계 사람임이 맘에 걸렸던 수양대군은 이징옥을 파직하고 후임으로 박호문을 임명한다. 처음에는 이징옥도 인사이동에 수긍해 인수인계까지 한다. 그러나 일을 마치고 도성으로 향하던 중 정난 소식을 들은 이징옥이 발길을 돌려 박호문을 죽이고 난을 일으켜 스스로를 황제라 칭한 후, 여진의 후원을 약속 받고 두만강을 건너려 했다. 하지만 그것은 실패하여 정종, 이행검 등에 의해 아들 3형제와 함께 살해 된다.

이렇듯 신권을 장악한 수양대군은 영의정에 올라 직접 단종을 대신해 서무를 관장하며 왕권까지 장악하기에 이른다. 이 시기에 단종은 여산 송씨 가문에서 중전(정순왕후)을 맞이하고, 숙부였던 수양대군을 믿고 의지했던 예전과는 달리 여러 숙부들과 대신들이 하나 둘 죽어나가는 것을 의심하게 된다. 숙부가 다른 뜻을 품고 있음을 깨닫게 된다. 그래서 왕위를 지키기 위해 나름의 노력을 했지만 번번이 수양대군의 세력에 의해 좌절되고 만다. 그때마다 수양대군은 오직 조카인 단종을 보호하기 위한 것이라 했다. 그러나 측근인 금성대군(세종의 6남)과 궁인, 신하들마저 유배되거나 죽음을 당하게 되자 극도의 두려움을 느낀 단종은 자신과 중전을 해치는 일 만큼은 하지 말기를 청하며 왕위를 내 놓고 상왕으로 물러난다. 수양대군은 그렇게 형제들까지 다 죽인 후 왕위에 올라 조선의 7대 임금 세조가 된다. 물론 이 과정에서 일등 공신은 한명회이다.

그러나 민심은 천심이라 민심은 여전히 어린 임금과 중전에게 있고 충신들의 절개가 요동하고 있었다. 두 임금을 섬길 수 없는 이들의 움직임이 일어나고, 이른바 '단종 복위' 사건(1456)으로 여섯 신하가 죽음을 맞는다. 거사에 동참했던 김질과 그의 장인인 정창손의 밀고로 죽게 된 성삼문, 박팽년, 하위지, 이개, 유응부, 유성원이 목숨으로 절개를 지켰다 하여 '사육신'이라 일컬어지게 된 것이다. 그밖에도 김문기, 권자신 등 여러 선비들까지 조금이라도 가담한 자들은 모두 처형되었다. 또한 목숨은 부지했으나 충심으로 벼슬을 버린 여섯 신하를 <생육신>이라 하는데 김시습(金時習)·원호(元昊)·이맹전(李孟專)·조려(趙旅)·성담수(成聃壽)·남효온(南孝溫)을 말한다. 단종복위운동의 실패로 죽음을 당한 사육신에 비해서 살아서 절개를 지켰다는 의미에서 <생육신>으로 부른다.

　그러나 이런 훌륭한 뜻이 있었음에도 불구하고 이로 인해 단종은 노산군으로 강등(1457)되어 영월에서 유배 생활을 시작한다. 이 때 다시 만날 것을 소망하면서 중전과 헤어지며 건넌 다리가 바로 '영도교'(청계천에 위치)이다. 하지만 영영 못 보게 되었다. 그것은 같은 해 유배되어 있던 금성대군이 단종 복위를 계획하다 발각되어 단종은 아예 서인으로 강등되고 결국 한 달 뒤 수양대군(세조)이 보낸 사약을 마시고 세상을 떠나고 만다.


　주공은 수양대군과는 아주 대조적인 인물이다. 형인 무왕이 죽자 주위에서는 그를 왕으로 세우려 했지만 주공은 이를 다 물리치고 또 직접 왕권을 장악하라는 주변의 유혹도 과감하게 다 뿌리치고 오직 무왕의 어린 아들 성왕(成王)을 보좌하는 길을 택했다. 성왕에게 오히려 통치기술을 가르치며 왕도를 가르치기도 했다. 주공이 왕을 계승하지 않고 어린 조카에게 왕위를 계승하자 이에 불만을 품은 주공의 세 동생 관(管)·채(蔡)·곽(霍)과 몰락한 은(殷)의 후계자 무경(武庚)이 이끄는 대규모 반란이 일어났다. 이때도 주공은 앞장서 반란을 진압하면서까지 어린 왕인 조카를 지켰다.

　이렇게 주공은 어린 조카에게 한편으론 왕도를 가르치면서 7년 동안 섭정한 후 성왕이 친정을 베풀 수 있을 때 쯤 스스로 자신의 지위에서 물러났다. 그래서 주공의 성공은 곧 성왕의 성공이고, 성왕의 업적은 곧 주공의 업적이 되어 주나라는 주공으로 인하여 예의 나라, 인의 나라의 모범이 되었다. 그래서 후대인은 周公을 성인의 반열에 놓기도 한다.

수양대군은 사육신, 생육신을 내면서까지 어린 조카를 죽이고 왕위에 오른 패륜을 저질렀기에 평생토록 그 업을 지니고 살았고 역사에서도 떳떳하지 못하다.

단종은 나이도 어렸거니와 서로 헤어져 있었음으로 중전인 정순왕후와의 사이에 후사는 없다. 수양대군(세조)은 중전마저 없앨 생각으로 어떻게든 구실을 잡으려 했지만 민심과 백성들의 보살핌으로 중전은 80세를 넘겼을 정도로 장수를 누렸다. 아마 후사가 없어서 그나마 가능했을 것으로 본다.

다음은 야사로 전해오는 이야기이다.

세조는 평생토록 피부병과 꿈에 시달렸다.

세조의 꿈에 단종의 어머니이자 형수인 현덕왕후 권씨가 나타났다. "네가 왜 나의 아들을 그렇게 했느냐?"며 호통을 치고는 "더러운 것"하며 얼굴에 침을 뱉었다. 그 후 세조에게는 피부병이 생겼다. 그 후에도 세조는 꿈에서 현덕왕후의 혼백에 시달렸다. 의경세자(요절한 세조의 장남, 예종의 형)가 죽자 세조는 현덕왕후의 무덤을 파헤치는 패륜까지 범했다. 그리고 한명회의 두 딸을 아들인 예종의 비(장순왕후)와 손자인 성종의 비(공혜왕후)로 맞았지만 모두 후사가 없이 요절하였다. 이 때 백성들은 '임금(세조)도 부원군(한명회)도 벌을 받는 것'이라고 수근 거렸다.

세조는 피부병으로 시달리다 못해 정책은 억불이면서도 정작 왕실은 부처의 힘을 빌어보려고 속리산 법주사를 찾곤 했다. 어가(御駕)가 소나무 가지에 닿자 소나무 가지가 저절로 올라가더란다. 나무도 임금을 알아본다고 하여 그 소나무에게 정이품 벼슬을 내렸다. 그래서 속리산 <정2품 소나무>는 천년기념물 103호로 지정되어 지금도 여러 개의 지팡이를 짚고는 있지만 멋있는 모습으로 건재하고 있다.

정이품 소나무(천년기념물 103호)


## <주공>

주공은 조카에게 왕도를 가르치며
주나라 왕실을 반석위에 놓았기에
그 이름 성인의 반열에 자랑스레 놓이네.


## <세조>

세조는 어린조카, 동생까지 다 죽이고
왕위를 찬탈하여 왕권은 누렸지만
평생에 업보를 지고 법주사를 찾았네.

## 5. 대추 볼 붉은 골에/황희

대추 볼 붉은 골에 밤은 어이 떨어지며
벼를 벤 그루터기 게는 어찌 내려오나
술 익자 체 장사 오니 아니 먹고 어쩌리.


대추가 빨간 것을 얼굴에 비유하여 볼이 붉다고 했다. 대추만으로도
좋은 데, 밤이 뚝뚝 떨어진다고 했다. 풍성한 농촌이다. 이렇게 먹을 게
많은데 벼를 다 벤 논에는 또 참게들이 기어 다닌다. 지금은 농약과 공
해로 거의 다 없어 졌지만, 4~50년 전만 해도 추수 마친 논에는 게가
많이 나와서 아이들에겐 맛있는 간식거리이며 반찬도 되어 즐거운 먹
거리였다. 옛날엔 집에서 손수 술을 빚어 먹었다. 그래서 빚어놓은 술
이 다 익었는데 마침 체 장수가 왔다. 술 마실 모든 조건이 이루어졌으
니 한 잔 하지 않을 수 없겠느냐는 것이다. 평화롭고 풍족한 농촌의 모
습을 그린 듯하다. 이는 새로 건국한 조선 왕조의 태평스럽고 풍요로
운 모습을 드러내고자 한 작가의 의도가 깔려있다고 볼 수 있다. 또 평
화롭고 풍족한 농촌에서 술기운이 거나한 노후의 행복한 생활 모습이
그려지는 작품이기도하다.

고려가 기울어가던 공민왕 12년(1363)에 태어난 황희는 공양왕 2년
인 1390년에는 성균관학록에 제수되나 1392년 이성계의 역성혁명으
로 고려가 망하자 강원도 두문동으로 숨게 된다. 그러나 조선의 태조
인 이성계의 부름과 두문동 선비들의 권유로 인하여 세상에 나온 그는
90세로 세상을 떠날 때까지 무려 60여년의 관직생활과 18년에 걸친
영의정을 역임하였다. 조선시대 최고의 명재상이며 가장 청렴한 청백

리라는 칭호를 한 몸에 받는 인물이다. 조선조 역사에서 영의정을 가장 오랫동안 지낸 이름난 정승이기는 하지만 불의를 참지 못하는 성품으로 젊은 시절에는 여러 번 부침(浮沈)을 거듭하기도 했다. 하지만 이런 과정을 거치면서 자신을 절대적으로 믿어주었던 군주인 세종을 만났기 때문에 그의 능력을 마음껏 발휘할 수 있었던 것으로 본다. 정치에 일생을 바친 몸이라 시조작품은 다만 한가로운 농촌의 가을 풍경을 그림처럼 그려낸 위의 시조 한편이 전하여 올 뿐이다.

고려가 망하자 두문동으로 은거했던 그가 세상에 나온 뒤로도 세상의 부귀와 공명을 가까이 하지 않은 것을 볼 때 위 시조를 농촌의 한가로운 풍경과 태평성대를 노래한 것으로만 볼 것이 아니라는 이설도 있다. 시인 자신이 가지고 있는 마음의 뿌리를 드러낸 것이라고 보기도 한다. 그러면서도 세상을 달관한 듯 한 처세술은 황희에 얽힌 몇 가지 얘기에서도 볼 수 있다.

그것은 조선조 사회의 명재상으로만 인식할 것이 아니라 고려의 멸망을 가슴 아파하면서도 백성의 안일과 세상의 평안을 위해 할 수 없이 세상으로 나왔던 시적 자아의 심정이 "아니 먹고 어이리"라는 마지막 구절에 고스란히 담겨있다고 보기 때문이다. 자신이 태어났던 시대의 왕조인 고려를 따르려는 마음이 뿌리를 이루면서도 백성을 편안하게 해야 한다는 선비 정신이 공존했기에 세상을 떠날 때까지 재물에 대한 욕심이 없었던 것으로도 볼 수 있기 때문이다. 사실 황희는 청백리로 유명하다. 그렇게 오랫동안 정치에 몸담아 있었고 재상의 자리에 앉아 있었음에도 불구하고 그는 치부를 하지 않았을 뿐 아니라 검소한 생활로 일관되게 일가를 이루었다.

그를 기리는 유적으로 남아있는 것은 두 가지인데, 경기도 파주시

문산읍에 있는 반구정(伴鷗亭)과 강원도 원덕읍 노곡리에 있는 소공대비(召公臺碑)가 그것이다. 반구정은 임진강변에 있는 조그만 정자인데, 갈매기를 짝한다는 의미를 지닌 이름이다. 소공대는 세종 5년(1423) 동해안 지방에 흉년이 들어 백성들이 굶주리자 관찰사로 부임하여 식량을 나누어주며 어려움을 구해준 황희 정승의 은덕을 기리기 위해 백성들이 산 위에 돌을 모아 쌓은 것이다. 나중에 비석을 세워서 소공대비라 했으니 백성을 사랑하는 명정승의 면모를 잘 보여주는 유적이라 할 것이다.

황희정승에 대한 얘기는 많이 있다. 그 중에 한 가지를 들어보자.

황희정승이 벼슬길에 오르지 않았을 때 길을 가다가 길가에서 쉬고 있었다. 그 때 농부가 두 마리의 소로 끌게 하면서 밭을 갈고 있었다. 그것을 보던 황희 정승은 농부에게 "어느 소가 더 낫소?"하고 말을 걸었다. 농부는 아무 말도 않고 자기 일만 했다. 일을 다 끝내고 나서 길손한데 오더니 귀에다 대고 "이 쪽 소가 낫소."하고 가늘게 대답을 했다. 황희정승은 이상하게 생각하고 "왜 귀에다 대고 말하시오?"하니 그 농부 왈, "아무리 축물이라도 그 마음은 사람과 같은 지라 이것이 낫고 저것이 못하다하면 이것을 듣는 소는 어찌 불평하는 마음이 생기지 않겠소."했다. 이 말을 들은 황희 정승은 크게 깨달은 바가 있었다. 그래서 황희정승은 그 이후로는 사람들의 장단점을 말하지 않았다고 한다. 이 말은『지봉유설』에 나온다.

황희의 묘(경기도 기념물 34호)

신도비각

예닮아, 시조의 형식과 한국어의 언어 구조에 대해 알아보자.

시조는 우리 민족의 언어구조와 그 특질에 바탕을 두고 있다. 우리의 말은 대개가 2음절 3음절 4음절로 이루어져 있다. 예를 들면

「웃으면(3) 복이 와요.(4) 모두모두(4) 웃어 봐요.(4)
신나게(3) 웃다보면(4) 모든 근심(4) 달아나요(4)
모두들(3) 웃음보따리(5) 풀어 놓고(4) 웃어요.(3)」

위의 문장을 풀어 보면 <2음절>, <3음절>이다. 4음절은 2음절이 2개 모여서 이루어진 것을 알 수 있고, 5음절은 2음절과 3음절의 결합이다. 이러한 언어 구조로 이루어진 한국어의 특질이 시조의 형태를 가능하게 하는데 결정적인 요인이다. 이 형태는 다른 어떤 언어로도 살릴 수가 없다. 이것이 우리 시조의 정체성이다 곧 한국어의 언어 구조가 <시조 장르>를 가능하게 했다. 각 음절의 자수에 약간의 변화를 허용하는 것이 정형속의 절제된 자유이다. 우리 고유의 시조 형식을 고수하면서 현대 감각을 살리는 것이 현대시조이다.

# 6. 있으렴 부디 갈다/성종

있으렴 부디 갈다 아니 가든 못할소냐
무단히 네 싫더냐 남의 말을 들었느냐
그래도 하 애닯고야 가는 뜻을 일러라


이를 좀 더 쉽게 풀이해보면 다음과 같다.


있으려므나 꼭 가야겠느냐 아니 가면 안되겠느냐
공연히 네 스스로 싫은 거냐 아니면 남의 말을 들었느냐
그래도 너무 슬퍼구나 가는 뜻을 말하여라.

선릉(성종릉, 강남구 삼성동)

성종(成宗, 1457~1494)은 신하들을 아끼고 사랑하였다. 유호인(兪好仁, 1445, 세종27~1494, 성종25)이 노모가 시골에 홀로 계시어서 성종에게 귀향하여 노모를 뫼시게 해 달라는 간청을 하였다. 그러나 성종은 그의 재주를 아껴 이를 허락하지 않았다. 그러던 어느 날 유호인은 벼슬자리를 내놓고 귀향하게 되었는데 성종은 친히 송별연의 자리에서 술을 따라주며 이 글을 지었다. 신하를 아끼고 서운해 하는 군왕의 애정이 잘 표출되어 있다.

　그러면 유호인은 어떠한 신하이기에 임금이 그렇게 아꼈는지에 대해 알아보자.

　유호인(兪好仁, 1445, 세종27~1494, 성종25)은 조선 전기의 문신·시인으로 본관은 고령(高靈)이고, 자는 극기(克己)이며, 호는 임계(林溪)이다. 아버지는 음(蔭)이며, 김종직(金宗直)[10]의 문인이다. 1474년(성종5) 식년문과에 합격하여 봉상시부봉사(奉常寺副奉事)가 되었다. 1478년 사가독서(賜暇讀書)를 했으며, 1480년 거창현감이 되었다. 이어 공조좌랑·검토관을 거쳐, 1487년 노사신(盧思愼) 등이 찬진한 『동국여지승람』 50권을 다시 정리해 53권으로 만드는 데 참여했다. 그 뒤 홍문관교리로 있다가 1488년 의성현령으로 나갔으나, 시 읊기를 좋아하여 잠시 관직을 떠나기도 했다. 그리고 곧 『유호인시고(兪好仁詩藁)』(1490)를 편찬 했다. 1494년에는 장령을 거쳐 합천군수로 나갔다. 그러나 안타깝게도 부임한지 1개월도 안 되어 병으로 죽었다.

　유호인은 시·문장·글씨에 뛰어나 당대의 3절(三節)로 불렸다. 특히 성종의 총애가 지극했음은 위의 시조와 함께 회자되고 있다. 위의 시는 유호인이 어머니를 봉양하기 위해 외관직(外官職)을 청하여 나가게 되자 성종이 직접 읊어 헤어짐을 아쉬워했다. 그래서 유호인은 효자로도 알려져 있다. 그리고 다정다감한 시인이며 문장가이기에 문학저서로 『임계유고』가 있다. 장수 창계서원(蒼溪書院), 함양 남계서원(藍溪書院) 등에 제향 되었다.

---

10) 조선 초기의 문신·학자로 재지사림(在地士林)의 주도로 성리학적 정치질서를 확립하려 했던 사림파의 사조(師祖)이다. 세조의 즉위를 비판하여 지은 <조의제문>으로 인해 무오사화를 불러일으켰다.

다음은 위 시조의 작자인 성종에 대해 알아보자.

성종은 세조의 큰아들인 덕종(德宗)의 둘째아들이다. 어머니는 한확(韓確)의 딸 소혜왕후(昭惠王后)이다. 비(妃)는 영의정 한명회(韓明澮)의 딸 공혜왕후(恭惠王后)이며, 계비(繼妃)는 우의정 윤호(尹壕)의 딸 정현왕후(貞顯王后)이다. 1461년(세조7) 자산군(者山君)에 봉해졌다가 1468년 잘산군(乫山君)으로 개봉(改封)되었다. 이해 세조가 죽고 예종이 19살의 나이로 즉위하게 되자 세조의 즉위 때 공을 세운 신숙주·정인지·한명회 등의 훈신(勳臣)들이 이시애(李施愛)의 난을 진압한 공으로 정치적 지위가 급상승한 남이 세력을 제거하고 권력을 장악했다. 이에 따라 왕권이 상대적으로 약화된 가운데, 1469년 예종이 죽자 병약한 형 월산군(月山君)을 대신하여 13살의 어린 나이로 왕위에 올랐다.

7년간 정희대비(貞熹大妃: 세조의 妃)의 수렴청정을 받아 독자적으로 정국을 운영하지 못했으며, 훈신세력이 모든 군국사무를 주도했다. 훈신세력은 성종이 즉위하던 해 가장 위협적인 정적이던 구성군(龜城君) 준(浚)을 유배시킴으로써 권력을 더욱 안정시킬 수 있었다. 1476년(성종7) 친정(親政)을 시작했으나 세조와 같은 전제권을 확립하지는 못했다. 이해 공혜왕후가 아들이 없이 죽자 윤기견(尹起畎)의 딸 숙의윤씨(淑儀尹氏)를 왕비로 삼아 연산군을 얻었다. 그러나 윤씨의 투기가 매우 심해 왕의 얼굴에 상처를 입히는 사건까지 일어나자 1479년 윤씨를 폐위하고 1482년 사사(賜死)했다.

성종은 친정을 시작하면서 신진사림세력을 등용하여 훈신세력을 견제하고 왕권을 강화시키고자 했다. 사림세력은 성종 대에 이르러 훈구세력을 비판하면서 기존의 훈구세력에게 장악된 향촌질서를 성리학적 향촌질서로 재편하고, 나아가 중앙정계에 진출하여 그들의 이상이었던 도학정치(道學政治)를 실현하고자 했다. 이러한 사림세력의 정치적 지향은 성종의 왕권강화 노력과 많은 부분 일치했으므로, 성종대에는 김종직·김굉필·정여창·김일손·유호인 등 사림이 정계에 진출하였고 세조 때 폐지되었던 유향소(留鄕所)가 부활(1488)됨에 따라 조선 중기 사림정치의 막을 열었다. 그러나 사림의 정계진출 및 급속한 성장은 훈구세력과의 필연적 마찰을 불러일으켜 연산군 때부터 시작된 4대 사화(士禍)로 이어졌으며 지방에서는 유향소의 지배권을 둘러싼 대립으로 나타나게 되었다.

또 성종은 재위 기간 동안 선왕들의 통치제도 정비작업을 법제적으로 마무리하는 한편, 숭유억불의 정책을 더욱 굳건히 펴 나갔다. 조선왕조 통치체제의 기본방향을 제시하는 『경국대전』은 세조 때 건국초의 법전인 『경제육전』의 원전(原典)과 속전(續典), 그리고 그 뒤의 법령을 종합하여 편찬되기 시작하여 원래 예종 때 반포될 예정이었으나 예종의 죽음으로 보류되었다. 성종은 즉위 이후 『경국대전』의 편찬사업을 이어받아 1471, 1474년 2차례의 수정을 거쳐 1485년 이를 최종적으로 완성·반포한다. 이어 이극증(李克增) 등에게 명하여 1492년 당시 사회 실정에 비추어 『경국대전』과 불일치를 보이는 부분을 보완, 『대전속록(大典續錄)』을 편찬한다. 이로써 '경국대전체제'라고 불리는 조선 일대(一代)의 통치이념과 국가체제가 완성된다.

한편 성종은 불교를 통제하기 위해 1471년 간경도감(刊經都監)을 폐지한다. 이어 1469년 사족(士族) 부녀가 승려가 되는 것을 금지하고 1471년에는 도성 안에 있는 사찰을 도성 밖으로 철거한다. 1492년에는 도첩(度牒)의 법을 중지시켰다. 이러한 억불정책으로 불교 및 사원세력은 세조대에 비해 위축되었다. 반면 유학을 장려하기 위해 1475년 존경각(尊經閣)을 세워 왕실소장의 경서를 보관하여 열람하게 했으며 수차례에 걸쳐 성균관과 각도의 향교에 학전(學田)과 서적을 지급하고 유생들의 군역을 면제시켜 주었다. 특히 1466년 겸예문관제도(兼藝文館制度)를 확충하여 사령(辭令)을 제찬(製撰)하는 고유한 임무에 더하여 경연관(經筵官)·고제연구(古制研究)·편찬사업 등 옛 집현전의 기능까지 겸하게 했다. 1478년에는 단순한 장서(藏書) 기관에 불과하던 홍문관을 예문관의 집현전적인 기능을 편입시켜 명실상부한 학문연구기관으로 개편했다. 이밖에도 유학의 진흥과 깊은 관련을 가지는 편찬사업에도 힘써『동국여지승람』·『동국통감』·『악학궤범』·『국조오례의』 등을 간행했으며, 1484년에는 갑진자(甲辰字) 30여 만 자를 주조하여 인쇄술을 발전시켰다.

그 외도 조선의 수조권(收租權) 분급제도인 과전법은 1466년 현직관리에게만 과전을 지급하는 직전법으로 바뀌었다. 이에 관료들이 퇴직 후의 생활보장을 위해 현직에 있을 때 농민을 수탈하고 토지를 겸병하는 폐단이 발생하게 되었다. 이러한 폐단을 시정하기 위해 1470년 관수관급제[11]를 실시했다. 그 내용은 국가가 농민으로부터 직접 조세를 거두어들인 다음 관리들에게 녹봉을 현물로 지급하는 것이다. 관수관급제의 실시로 우리나라 토지제도의 한 축이 되었던 수조권적 토지지배가 소멸하게 된다. 한편 국방대책에도 힘을 기울여 윤필상(尹弼商)으로 하여금 1479년 압록강 이북의 건주야인(建州野人)의 본거지를 정벌하게 하고, 1491년에는 허종(許倧)을 도원수로 삼아 두만강 이북의 우

---

11) 직전세(職田稅)라고도 한다. 1470년(성종1) 직전제(職田制)의 전조(田租)수취방식을 개혁하여 전조를 관(官)에서 직접 수취하여 전주(田主)에게 지급함으로 지방 관료들의 백성 수탈을 막았던 제도.

디거 부락을 소탕했다.

이상에서 살펴본 바와 같이 성종은 태종대에 본격적으로 정비되기 시작한 조선봉건국가체제를 완성시킨 대왕으로 불린다.

능은 선릉(宣陵)으로 서울특별시 강남구 삼성동에 있다. 시호는 강정(康靖)이다.


## 7. 추강에 밤이 드니/월산군

추강(秋江)에 밤이 드니 물결이 차노매라
낚시 드리워도 고기 아니 무노매라
무심한 달빛만 싣고 빈 배 저어오노라.


만추의 서늘함을 느끼게 하는 시의이다. 낚시를 드리워도 고기 하나 물지 못하고 무심한 달빛만 싣고 오는 시적자아의 모습은 체념의 삶에서 무욕(無慾)의 경지를 보는 듯하다.

월산대군(1454, 단종2~1488, 성종19)의 이름은 정(婷), 자는 자미(子美), 호는 풍월정(風月亭)으로 추존된 덕종(德宗)의 맏아들이며, 성종의 형이다. 빈은 병조판서 박중선(朴中善)의 딸 상원군부인(祥原君夫人)이다. 왕세자로 책봉된 아버지가 1457년(세조3)에 죽자 할아버지인 세조의 사랑을 받으며 궁중에서 자랐다. 1460년 월산군에 봉해졌고, 1468년(예종 즉위) 동생인 잘산군(乽山君: 뒤에 성종)과 함께 현록대부(顯祿大夫)가 되었다. 1471년(성종2) 월산대군으로 봉해지고, 이해 3월에는 좌리공신(佐理功臣) 2등에 책록되었다. 그의 좌리공신 책록은 성종의 장인인 한명회(韓明澮) 등 권신들이 당시 종실의 대표격인 구성군(龜城君) 준(浚)을 제거하고 그들의 지위를 확보하기 위해 취한 조처의 일환이었다. 왕위계승에서 가장 유리한 위치에 있었던 그는 이처럼 권신들의 농간을 겪게 되자 양화도(楊花渡) 북쪽에 망원정(望遠亭)을 짓고 풍류로 여생을 보냈다. 1473년 덕종이 추존되어 부묘(祔廟)되기 전에 덕종의 별묘를 세우고 봉사(奉祀)했다. 어머니인 인수왕후(仁粹王后)의 병을 간호하다 죽었다. 부드럽고 청아한 문장을 많이 지어 『속동문선(續東文選)』에 여러 편이 수록되었으며, 그의 7대손인 경(絅)이 그의 유고를 모아 『풍월정집』을 간행했다. 시호는 효문(孝文)이다.

　월산대군은 세조의 맏손자이자 적(嫡)손자이다. 그가 당연히 왕위에 오를 위치에 있었다. 아버지 의경세자가 임금이 되기 전에 죽어 작은 아버지인 예종이 세조를 이어 임금이 되었다. 예종은 임금에 오른 지 불과 1년 남짓 만에 승하하니 후사가 문제였다. 이때 왕이 될 수 있는 인물은 예종의 아들인 제안대군(4세), 월산대군(16세), 잘산군(13세) 등 3명이었다. 제안대군은 어리고 당연히 월산대군이 왕위를 계승해야했다. 그런데 역사는 어긋났다. 가장 왕이 될 가능성이 적은 잘산군이 형인 월산대군과 예종의 적장자인 제안대군을 제치고 왕위에 올랐다. 이분이 성종이다.

　이렇게 성종이 왕이 된 데에는 자신의 아들을 왕으로 삼으려는 인수대비 한씨의 야심과 당시 실권자인 한명회의 이해가 적중했기 때문이라는 것이다. 성종의 비가 한명회의 딸(공혜왕후 한씨, 후사 없이 젊어서 죽음)이기도 하니 한명회로서도 마땅한 선택이었을 것이다.

　결국 원자와 형이 권력의 중심에서 밀려난 것이다. 다행스러운 것은 임금이 된 성종은 제안대군과 월산대군에게 각듯이 대우했다. 왕실의 중요 행사가 있을 때마다 그 두 분을 모셨고 그들도 자신의 본분을 넘어서지 않고 왕실의 모범을 보였다.

그러나 제안대군이나 월산대군 모두 삶 자체는 평탄치 못했다. 제안대군의 경우 장차 자라 야심을 품을 경우 왕실을 위협하는 화근(禍根)이 될 수도 있었다. 그래서 정희왕후와 훈구세력은 제안대군을 세종의 일곱째 아들인 평원대군 이림의 양자로 입적시켜 적통(嫡統)의 명분을 지워버렸다. 게다가 어머니 안순왕후(예종 비)에 의해 첫 번째 부인 김씨가 자식을 낳지 못한다는 이유로 강제로 이혼을 해야 하는 개인적인 어려움을 겪는다. 그리고 2년 후 한명회의 심복인 박중선의 딸과 강제 결혼을 한다. 하지만 마음이 맞지 않아 그들 사이는 불화가 심했다. 결국 헤어진 지 6년만인 성종16년에 제안대군과 김씨의 재결합을 성종은 허락했다. 왕위를 빼앗긴 제안대군은 부인마저 빼앗길 수는 없었던 것이다.

월산대군의 경우 동생 성종의 즉위와 함께 궐 밖으로 나와야 했다. 그의 집은 현재의 덕수궁 자리에 있었다. 훗날 임진왜란이 일어나 궁궐이 다 불탔을 때 의주에서 돌아온 선조는 월산대군의 집에서 생활하였으며 이때 덕수궁이라 이름 했다. 월산대군은 시에 기대어 인생의 시름을 삭힌 셈이다.

월산대군 사당과 묘(경기 고양시 덕양구 신원동)

# 조선 중기(1)(시조문학 제3기)

시조사에서 연산군(1495)부터 임진왜란 직전(1591)까지를 시조의 제3기로 정한다. 그리고 이 시기를 시조의 발전기로 말한다. 이 100여 년 간은 당파싸움과 사화는 있었지만 대외적인 전쟁은 없었기에 그래도 문물이 정비된 태평시대라 일컫는다. 그래서 작품에서도 세상을 그리고, 자기를 그려 개성을 나타내고 자연의 미를 발견하려했다. 곧 시조문학의 진가를 발휘하게 된 시기이다. 강호가도의 선구자인「면앙정」의 송순, 주옥같은 작품을 펼친 황진이, 송도 3절의 하나인 서경덕, 황진이 무덤에 술 한 잔 드리고 관직에서 물러난 임제,「한림별곡」같은 사대부의 작품까지도 빈축하며 도문일치의 문학관에서 지었지만 천석고황은 지키겠다는「도산십이곡」의 퇴계 이황, 고산구곡담을 아름나운 미적세계로 승화시킨「고산구곡가」의 율곡 이이, 가사의 대가이기도 하지만 시조에서도 제2인자의 위치에 선「훈민가」의 송강 등은 이 시대가 낳은 걸출한 인물들이다. 이들 유학자들이 시조문학의 중추적 역할을 담당했다. 그러므로 제3기는 시조문학의 발전기라 할 만하다. 이를 다음에서 살펴보자.

## 1. 청산리 벽계수야/황진이

　청산리(靑山裏) 벽계수(碧溪水)야 수이 감을 자랑마라
　일도창해(一到滄海)하면 돌아오기 어려오니
　명월(明月)이 만공산(滿空山)하니 쉬어 간들 어떠리.


　황진이(1511~1541)는 조선 중종 때 개성의 기생으로 시조시인으로
잘 알려져 있다.

　당시 근엄하기가 이를 데 없어 여자를 멀리 하였을 뿐 아니라 명성
높은 황진이 소문을 듣고도 일소에 붙였다는 종실(宗室) 사람 벽계수가
있었다. 그가 송도에 온다는 말을 듣고 벽계수의 친구와 황진이가 내
기를 했다. 황진이가 벽계수를 유혹하느냐? 못 하느냐?이다. 벽계수가
동산에 산책을 오른다는 소식을 듣고 황진이가 뒤따라 시동(侍童)과 함
께 동산에 올라 자리를 잡았다. 황진이는 가야금을 탔다. 벽계수는 별
반응을 보이지 않고 산책을 마치고는 산을 내려 집으로 가고 있었다.
취적교를 건너기 전에 유혹을 하여야 황진이가 내기에 이기는 것이다.
황진이는 조선 최고의 명기로서 자존심도 상했다. 불현듯 시조 한 수
를 읊었다. 그 시조가 바로 '청산리 벽계수야…'이다. 이 시조창을 듣던
벽계수는 고개를 갸웃했다. 벽계수는 자기의 호인데 수이감을 자랑말
라니… 그것도 일도창해하면 돌아오지 못한다고 했다. 명월은 황진이
의 호이다. 명월 곧 밝은 달이 산에 가득하니 쉬어간들 어떠냐고 한다.
벽계수와 명월, 계곡을 흐르는 맑고 맑은 푸른 물과 동산에 가득한 밝
은 달은 벽계수와 황진이를 나타내는 이중적인 의미를 가지고 있다.
자기를 두고 애절하게 읊고 있는 그 노래에 벽계수는 그만 다리 위에

서 뒤를 돌아보고 말았다. 앗차! 하는 순간 그만 타고 가던 말에서 떨어졌다. 이런 실수라니…체면이 말이 아니었다.

황진이가 내기에서 이긴 것이다. 그리고는 벽계수 친구에게 말하기를 "벽계수는 선비가 아니라 한량에 지나지 않는다."고 과소평가 했다. 한 편 벽계수는 자기의 실수에 자존심이 상해서 집에 와서 통곡을 했다고 전한다. 그 뒤 그래도 두 사람은 좋은 관계로 사귀었다고 한다. 이상의 이야기는 영조 때 구수훈의 이순록(二旬錄)에 전하는 이야기이다.

한편 서유영(徐有英, 1801~1874)의 『금계필담(錦溪筆談)』에 의하면 좀 다르게 전해진다. 종실(宗室) 벽계수가 황진이를 만나기를 원하였으나 '풍류명사(風流名士)'가 아니면 어렵다기에 손곡(蓀谷) 이달(李達)에게 방법을 묻는다. 이달(李達)이 말하기를 "그대가 소동(小童)으로 하여금 거문고를 가지고 뒤를 따르게 하여 황진이의 집 근처 루(樓)에 올라 술을 마시고 거문고를 타고 있으면 황진이가 나와서 그대 곁에 앉을 것이오. 그때 본체만체하고 일어나 재빨리 말을 타고 가면 황진이가 따라올 것이오. 취적교(吹笛橋)를 지날 때까지 뒤를 돌아보지 않으면 일은 성공일 것이오, 그렇지 않으면 성공하지 못할 것이오"했다.

벽계수가 그 말을 따라서 작은 나귀를 타고 소동으로 하여금 거문고를 들게 하여 루에 올라 술을 마시고 거문고를 한 곡 탄 후 일어나 나귀를 타고 가니 황진이가 과연 뒤를 따랐다. 취적교에 이르렀을 때 황진이가 그가 벽계수임을 알고 "청산리 벽계수야…"를 읊었다. 청아한 그 노래에 매료되어 벽계수가 그만 고개를 돌리다 나귀에서 떨어졌다. 황진이가 웃으며 "이 사람은 명사가 아니라 단지 풍류가일 뿐이다"라며 가버렸다. 벽계수는 부끄럽고 한스러워했다고 전한다.

어느 이야기가 진실이든 간에 말에서 떨어진 건 사실이고 두 사람이

만난 것도 사실이다. 벽계수와 명월에 얽힌 이 이야기는 예나 지금이
나 회자되어 시조 한 수에 얽힌 역사와 함께 옛 사람들의 풍류가 멋스
럽게 다가온다.

　황진이에 대한 이야기는 허균(許筠, 1559~1618)의『성옹지소록(惺翁識
小錄)』, 이덕형(李德泂, 1566~1645)의『송도기이(松都記異)』, 김시민(金時敏,
1681~1747)의『조야휘언(朝野彙言)』, 이덕무(李德懋, 1741~1793)의『청비
록(淸脾錄)』, 김이재(金履載, 1767~1847)의『중경지(中京誌)』, 김택영(金澤
榮, 1850~1927)의『숭양기구전(崧陽耆舊傳)』등에 부분적으로 나타난다.
이들을 종합해 보면 다음과 같다.

　『성소부부고(惺所覆瓿藁)』 24권,『성옹지소록』하에 의하면 진랑(眞
娘)은 개성(開城)에 살던 장님 여자의 딸로 성품이 남자 같았으며 거문
고를 잘 타고 노래를 잘했다.『조야휘언』에서도 장님의 딸로 나타난
다. 그런데 이와 달리『송도기이』에서는 '이름 난 창기'라고 하였고,
『중경지』에서는 '진현금(陳玄琴)'이라 하였으며,『숭양기구전』에서는
황진사의 서녀로서 모친은 역시 '진현금(陳玄琴)'이라고 하였다. 현금(玄
琴)은 거문고를 뜻한다. 그러니 황진이는 맹인 진현금의 딸이라고 할
수 있다.

　황진이의 생존연대는 여러 일화들을 종합해볼 때 중종조와 인종조,
명종조까지 생존하였던 것으로 본다. 일화에 등장하는 인물들은 송순
(宋純), 서경덕(徐敬德), 소세양(蘇世讓), 벽계수(碧溪守), 이달(李達), 이사종
(李士宗) 등이다.

　진랑은 평생 화담(花潭: 徐敬德)의 사람됨을 사모하였다. 거문고와 술
을 가지고 화담정사를 자주 찾았다. "지족선사(知足禪師)는 30년을 면벽

(面壁)하여 수양했으나 지조가 꺾였는데 오직 화담 선생은 여러 해를 가깝게 지냈지만 흐트러지지 않으니 참으로 성인"이라 했다. 일찍이 화담에게 가서 아뢰기를, "송도(松都)에 삼절(三絶: 세 가지 뛰어난 것)이 있습니다."하니, 화담이 "무엇인가?"라고 물었다. "박연폭포와 선생님, 그리고 저입니다."하니, 화담이 웃었다.

황진이가 기생이 된 계기를 말해주는 일화가 『숭양기구전』에 전한다. 15살 때 이웃에 어떤 서생이 있었는데, 황진이를 엿보고 사랑하였다. 사통하고자 하였지만 인연을 이룰 수 없어 그만 병이 나서 죽게 되었다. 관이 황진이 문 앞에 이르자 말이 슬피 울며 가지 않았다. 앞서 서생이 병이 난 것에 대해 그 집에서 사실을 알고는 사람을 시켜 황진이에게 간청하여 황진이의 저고리를 얻어서 관을 덮어주었다. 그제야 말이 움직였다. 황진이는 이에 감동하여 기생이 되었다.

일찍이 산수(山水)를 유람하여, 풍악산(楓岳山)에서 태백산(太白山)과 지리산(知異山)을 지나 금성(錦城)에 도달하였다. 마침 고을 원이 절도사(節度使)와 함께 한창 잔치를 벌이는데, 풍악과 기생이 좌석에 가득하였다. 진랑은 해진 옷에 씻지 않은 얼굴로 잔치 상에 끼어 앉아 태연히 노래하고 거문고를 타면서 조금도 부끄러워하지 않으니, 여러 기생이 기가 죽었다.

죽을 무렵에는 집사람에게 부탁하기를, "출상(出喪)할 때에 곡하지 말고 풍악을 잡혀서 인도하라."하였다.

임제가 평안도사가 되어 부임하는 도중 황진이의 무덤에 제사를 지내면서 지었다는 "청초 우거진 골에…"로 시작되는 시조가 전한다. 이로 인해 임제는 파직되었다.

황진이는 "동짓달 기나긴 밤을…"로 시작하는 시조를 포함해 모두

6수의 시조를 남겼다. 「별김경원(別金慶元)」·「영반월(詠半月)」·「송별
소양곡」·「등만월대회고(登滿月臺懷古)」·「박연(朴淵)」·「송도(松都)」 등
의 한시가 전한다.

다음에서 황진이의 다른 시조 두어 편도 감상해 보자.

청산(靑山)은 내 뜻이오 녹수(綠水)는 님의 정(情)이
녹수(綠水) 흘러간들 청산(靑山)이야 변(變)할손가.
녹수(綠水)도 청산(靑山)을 못 잊어 우러예어 가는고.

山은 옛山이로되 물은 옛 물 아니로다.
주야(晝夜)에 흐르니 옛 물이 있을 소냐.
인걸(人傑)도 물과 같아야 가고 아니 오더라.

황진이의 묘(황해도 개성)

## 2. 청초 우거진 골에/임제

청초(靑草) 우거진 골에 자는다 누웠는다
홍안(紅顔)은 어디 두고 백골만 묻혔나니
잔(盞) 잡아 권할 이 없으니 그를 슬허하노라


평생 황진이를 못내 그리워하고 동경하던 임제는 마침 평안도사가
되어 가는 길에 송도에 들렀다. 그러나 황진이는 이미 이 세상 사람이
아니었다. 절망한 그는 그길로 술과 잔을 들고 무덤을 찾아가 눈물을
흘리며 위의 시조를 지어 황진이를 애도했다. 임제뿐이랴. 뭇 사람의
가슴에 사모의 정을 남긴 황진이도 세상과 이별하니 이렇게 잡초가 우
거진 무덤에 백골만 묻혔는가하며 덧없는 인생을 한탄하며 애끓는 심
정을 표출한 백호(白湖) 임제(林悌)는 사람들로부터 비난을 받았다. 조정
의 벼슬아치로서 체통을 돌보지 않고 한낱 기생을 추모했다 하여 빈축
을 사고 급기야 파직을 당하고 말았다.

이 후 사색당쟁의 벼슬길을 스스로 버리고 야인으로 일생을 마치게
되었다. 평소 사모하였던 사람의 무덤에 술 한 잔 올린 것이 무슨 죄랴
만 그 사연으로 관직까지 떠나 사림에 묻히게 되었다. 하지만 그런 사
연으로 인해 "인생은 짧고 예술은 길다"하였듯이 사람은 가고 없으나
수백 년이 지난 지금도 임제의 〈청초 우거진…〉이 시조는 국문학사에
길이 남을 것이니 얼마나 귀하고 아름다운 삶인가.

황진이를 평생 사모만 한 임제(林悌, 1549~1587)는 조선 중기 명종4
~선조20까지 살다간 문신이며, 시인이다. 자는 자순(子順)이고, 호는
백호(白湖)·풍강(楓江)·소치(嘯痴)·겸재(謙齋) 등이지만 백호로 통한

다. 본관은 나주(羅州)이며, 속리산에 있던 성운(成運) 문하에서 수학하다가 1576년(선조9) 생원시·진사시에 합격하고 이듬해 알성문과에 급제했다, 병마사·예조정랑 등을 거쳐 지제교(知製敎)를 지냈다. 그러나 동서 양당으로 나뉘어 서로 비방하며 다투는 당시의 정계를 보고 비분강개하여 벼슬을 버리고 명산을 찾아다니면서 여생을 마쳤다.

그는 벼슬에 있으면서도 숱한 일화를 남겼다.

서도병마사로 임명되어 부임하는 길에 황진이(黃眞伊)의 묘를 찾았다가 파직당한 얘기며, 기생 한우(寒雨)와의 화답시에 얽힌 일화는 유명하다. 임제는 문장과 시에 뛰어나 당대의 명문장가로 이름을 떨쳤으며 호방하고 쾌활한 시풍을 지녔다. 젊어서부터 방랑과 술과 친구를 좋아하고 호협한 성격으로 유명하였다.

죽을 때는 자식들에게 "사해제국(四海諸國)이 다 황제라 일컫는데 우리만이 그럴 수 없다. 이런 미천한 나라에 태어나 어찌 죽음을 애석해하겠느냐"며 곡을 하지 말라고 유언을 남긴 일이며 당시 평양에서 제일가는 기생 일지매(一枝梅)가 전국을 다녀도 마음에 드는 이가 없던 차에 마침 밤에 어물상으로 변장하고 정원에 들어온 임제의 화답시(和答詩)에 감동되어 인연을 맺은 일이며, 영남 어느 지방에서 화전놀이 나온 부인들에게 육담(肉談)적인 시를 지어주어 음식을 제공받고 종일 더불어 질탕하게 놀던 일이며, 박팽년 사당에 짚신을 신고 가 알현한 일 등은 임제의 호방하고 자유로운 모습을 볼 수 있다.

39세의 젊은 나이에 요절한 그는 조선시대 최고의 풍류객으로 사랑도, 세상도, 인생도 뜬 구름 같이 여기며 살다갔다.


북천이 맑다커늘 우장 없이 길을 나니

산에는 눈이 오고 들에는 찬비로다
오늘은 찬비 맞았으니 얼어 잘까 하노라


위는 임제의 시조이다. 곧 북쪽하늘이 맑기에 날씨가 좋을 거라 생각하고 아무런 우장도 준비 않았는데 눈도 오고 비가 와서 오늘은 찬비를 맞았으니 얼어 잘 수밖에 없다고 했다.


이에 답한 것이 기생 한우(寒雨)의 다음 화답시이다.


어이 얼어 자리 무슨 일로 얼어 자리
원앙침 비취금을 어디 두고 얼어 자리
오늘은 찬비 맞았으니 녹여 잘까 하여라.


이렇게 옛 사람들은 수많은 말보다 시조 한 수로 서로의 마음을 더 진하게 전했음을 볼 수 있다. 그래서 시조 한 수에는 역사와 함께 작자의 마음도 가득 담겨 있음을 본다.


임제는 저서로 『수성지(愁城誌)』, 『화사(花史)』, 『원생몽유록(元生夢遊錄)』 등 3편의 한문소설을 남겼으며. 시조 3수와 『임백호집』이 있다.
『수성지(愁城誌)』는 마음의 세계를 의인화한 작품으로 당시 조선 사회의 부조리를 없애고 간신을 몰아내어 밝은 사회를 만들이야 한다는 작가 의식을 나타내었으며 『화사(花史)』는 식물세계를 의인화하여 국가의 흥망성쇠를 그렸고, 『원생몽유록(元生夢遊錄)』은 원생이 꿈속에서 옛 임금인 단종과 순절한 충신들을 만나, 억울하고 원통했던 지난 일을 시로써 토로하면서 인간사의 부조리에 대한 회의(정치권력을 비판)를 하는 내용이다. 『백호집(白湖集)』에 실려 있다.

임제의 기념관과 물곡비(勿哭碑)

백호 임제의 묘(전남 나주 신걸산)

## 3. 마음이 어린 후니/서경덕

마음이 어린 후니 하는 일이 다 어리다.
만중운산(萬重雲山)에 어느 님 오랴마는
지는 잎 부는 바람에 행여 긘가 하노라.

서경덕은 황진이와 사제지간(師弟之間)으로 지냈다고 한다. 도학자 서경덕에게도 제자로서의 두터운 정이 생겨나 은둔 생활 중 마음으로 서로를 기다리고 있는 심정을 꾸밈없이 표출하였다.

시적자아는 초장에서 어리석은 자신을 고백의 형식으로 표현하고 중장에서는 님과의 사이에 가로 놓인 눈 덮인 첩첩 산중에 누가 올 수 있으랴마는 님에게로 향한 그리움이 못내 사무쳐 종장에서 낙엽 지는 소리와 바람 부는 소리가 들려도 그리는 님의 발자국 소리로 착각할 만큼 애틋한 마음을 담아내었다.

서경덕(徐敬德, 1489~1546)은 조선 중기의 유학자로서 주기론(主氣論)의 선구자이다. 본관은 당성(唐城)이며, 자는 가구(可久)이고, 호는 화담(花潭)이며, 시호는 문강(文康)이다. 부위(副尉) 서호번(徐好蕃)의 아들로서 화담이란 호는 송도의 화담에 거주했으므로 그 때 사람들이 그를 존경하여 부른 데서 연유했다.

송도(松都, 개성) 화정리(禾井里)에서 태어났으며 그의 집안은 양반에 속했으나 남의 땅을 부쳐 먹을 정도로 형편은 어려웠다. 그는 18세에 『대학』을 읽다가 격물치지(格物致知) 장에 이르러 "학문을 하면서 사물의 이치를 파고들지 않는다면 글을 읽어 어디에 쓰겠는가?"라고 하며 독서보다 격물이 우선임을 깨달아 침식을 잊을 정도로 그 이치를 연구하는 데 몰두했다.

1519년 조광조에 의해 실시된 현량과에 으뜸으로 천거되었으나 사양하고 화담에 서재를 지어 연구를 계속했다. 1522년 다시 속리산 · 지리산 등 명승지를 구경하고, 기행시 몇 편을 남겼다. 그는 당시 많은 선비들이 사화로 참화를 당하는 것을 보았기 때문에 과거에 뜻을 두지 않았다. 그러나 부모의 마음은 그게 아니었다. 자식이 출사하기를 바랐다. 그래서 어머니의 원을 풀어드리기 위해서 1531년 생원시에 응시하여 합격은 했다. 그러나 벼슬길에는 나가지 않았다. 1540년에는 김안국(金安國) 등에 의해 또 조정에 추천되었다. 1544년에는 후릉참봉에 제수되었으나 사양하고 계속 화담에 머물면서 성리학 연구에 전력했다.

한 편 조식(曺植) · 성운(成運) 등 당대의 처사(處土) 들과 지리산 · 속리산 등을 유람하면서 교유하였으며 학문경향은 궁리(窮理)와 격치(格致)

를 중시하였다. 선유의 학설을 널리 흡수하고 자신의 견해는 간략히 개진하였다. 또한 주돈이(周敦燎)・소옹(邵雍)・장재(張載) 등 북송(北宋) 성리학자의 학문에 많은 관심을 보였다. 화담이 정치에는 뜻을 두지 않았기 때문에 학문에만 전념할 수 있었고 그로인해 주기철학을 정리할 수 있었다고 본다.

단편 논저로는 『원리설(原理說)』, 『이기설(理氣說)』, 『태허설(太虛說)』, 『귀신사생론(鬼神死生論)』 등 네 편이 있다. 이들 논저에는 '이(理)'보다는 '기(氣)'를 중시하는 주기철학의 입장이 정리되어 있다. 『태허설』에서는 우주의 근본원리를 태허 또는 선천(先天)이라 하고 태허에서 생성 발전된 만상(萬象)을 후천(後天)이라 하였으며, 『귀신사생론』에서는 인간의 죽음도 우주의 기에 환원된다는 사생일여(死生一如)를 주장하여 기의 불멸성을 강조하였다. 그리하여 불교의 인간 생명이 적멸한다는 논리를 배격하였다. 대표적 문인으로는 허엽(許曄)・박순(朴淳)・민순(閔純)・박지화(朴枝華)・서기(徐起)・한백겸(韓百謙)・이지함(李之菡) 등이 있으며, 그의 학문은 남인과 북인의 분당기에 북인의 사상을 형성하는 데 큰 영향을 주었다.

황진이・박연폭포와 함께 개성을 대표한 송도3절(松都三絶)로 지칭되기도 하는 화담에게서 뭣보다 도학자다운 면모로 회자되는 것은 황진이의 유혹을 물리친 일화이다. 그로 인해 황진이는 화담을 더욱 존경하고 사모하게 되었고, 황진이의 정성으로 사제지간으로 발전할 수 있었다. 화담 또한 황진이를 제자로서 사랑하고 아꼈음을 위의 시조에서도 볼 수 있다. 그래서 황진이와 서화담의 일화는 위 시조 작품 하나에도 진하게 녹아있음을 알 수 있다.

화담은 노장사상으로 대표되는 도가사상(道家思想)에도 관심을 보여

박연 폭포(북한 천년기념물 388호)

도가의 행적을 기록한 『해동이적(海東異蹟)』에는 그의 도가적인 성향이 두드러지게 소개되었다. 따라서 그의 학풍은 조선 전기의 사상계의 흐름이 주자성리학 일색만이 아니었음을 보여준다. 그것은 그의 문인들 또한 양명학자나 노장사상에 경도된 인물이 나타나는 것을 보아도 알 만하다.

한 편 북한에서는 화담의 주기철학을 유물론의 원류로 평가하여 높이 평가하고 있다. 개성의 숭양서원(崧陽書院)과 화곡서원(花谷書院)에 제향되었으며, 문집으로는 『화담집(花潭集)』이 있다.

다음엔 시조의 구조적 특성에 대해 알아보자.

시조는 4음보절의 길이를 기준으로 2개의 음보가 짝을 이룬다. 곧 '이 몸이/죽고 죽어//일백번/고쳐 죽어///백골이/진토되어//넋이라도/있고 없고///임향한/일편단심이야//가실 줄이/있으랴'라 했을 때/은 두 개의 음보가 짝을 이룬 것이고//은 두 개의 음보가 구를 나타낸 것이다. 곧 연첩을 형성함으로써 시조의 율격 구조를 이룬다. 그리고///은 각 장을 나타낸다. 곧 각 장은 짝을 이룬 두 음보가 2번씩 나타나 4보격이다. 그래서 시조의 구조적 특성은 장(章)의 형식이나 율독의 형식이나 3장 형식이 종결 징표를 나타낸다.

## 4. 효빈가(效顰歌)/이현보

> 귀거래(歸去來) 귀거래(歸去來) 말뿐이오 가는 이 없네.
> 전원이 장무(將蕪)하니 아니 가고 어쩔고
> 초당(草堂)에 청풍명월이 나명들명 기다리나니.

효빈가는 도연명의 귀거래사를 본받아 지은 노래라는 뜻으로 '추녀가 미인의 웃는 모습을 본뜬다'는 고사에서 나온 말이다. '고향에 돌아가리라고 말로만 할 뿐 실제로 가는 이가 없구나. 전원이 황폐해 지려고 하니 아니 가고 어쩔 것인가. 때 따라 초당을 들리는 청풍명월이 기다리고 있으니 아니가고 어쩌랴'라 하여 도연명의 귀거래사를 본받아 지었지만 자신의 심회를 읊은 것이기에 『농암가』와 함께 고향의 정서를 잘 표출해 낸 작품이다. 다음에서 농암가도 함께 감상해 보자.

> 농암(聾巖)에 올라보니 노안(老眼)이 유명(猶明)이로다.
> 인사(人事) 변한들 산천이야 가실소냐.
> 암전(巖前)의 모수모구(某水某丘) 어제 본 듯 하여라.

농암(聾巖) 이현보(李賢輔, 1467~1555)는 조선중기의 문신이자 청백리이며 문학가로 국문학에 지대한 영향을 끼쳐 자연을 노래하는 이른바 '강호문학'의 형성에 결정적인 기여를 하였다. 벼슬에서 물러나 낙향한 후 이현보는 전원생활의 즐거움을 아름다운 노래로 표현하였는데 특히 전래되던 「어부가(漁父歌)」의 매력에 사로잡혔다.

한문에다 우리말이 덧붙여진 이 노래는 이전의 한문시가(漢文詩歌)와 달리 우리의 정서를 진솔하게 담아내었다. 꽃피는 아침, 달뜨는 저녁마다 이 노래에 심취한 이현보는 노랫말의 순서와 내용을 바로잡고 다듬어 새로운 「어부가」를 만들었다.

이현보의 이런 문학 활동은 영남 지역 가단(歌壇)의 형성에 큰 영향을 미쳤고 나아가 윤선도의 「어부사시사(漁父四時詞)」로 이어지는 조선시대 강호시가(江湖詩歌)의 발전에도 크게 기여하였다.

이현보의 세계(世系)인 영천이씨(永川李氏)는 고려초에 평장사(平章事)를 지낸 문한(文漢)을 시조로 한다. 문한의 7세손인 극인(克仁)이 고려 신종 때 반란을 진압한 공으로 익양군(益陽君)에 봉해졌는데 봉지(封地)인 익양이 뒤에 영천(永川)으로 바뀐 관계로 이후 본관을 영천으로 하였다.

농암문중이 예안(禮安)에 뿌리를 내린 것은 이현보의 고조인 소윤공(少尹公) 헌(軒)이 벼슬에서 물러나 이곳에 정착하면서부터인데 소윤공의 4세손인 이현보대에 이르러 확고하게 명문가의 반열에 올랐다. 이 집안의 명문가로서의 명성은 무엇보다도 선조(宣祖)가 농암의 여섯째 아들에게 써준 '적선(積善)'이라는 휘호가 잘 말해준다. 소학의 '적선지가 필유여경(積善之家 必有餘慶: 적선하는 집안에는 반드시 경복이 남아있다)의 뜻으로 착한 일을 계속하면 복이 자신뿐만 아니라 자손에게도 이어진다는 말을 전한 것이다.

이현보의 자는 비중(棐中)이며, 호는 농암(聾巖)이다. 아버지는 참찬 흠(欽)이고, 어머니는 안동권씨(安東權氏)이다. 1498년(연산군4) 식년문과에 급제한 뒤 교서관, 검열을 거쳐 1504년 정언으로 있을 때 서연관의 비행을 공박했다가 안동으로 유배되었다. 그 뒤 중종반정으로 지평에 복직되어 밀양부사·안동부사·충주목사를 지냈으며, 1523년(중종18) 성주목사 때 선정을 베풀어 왕으로부터 표리(表裏)를 하사받았고, 그 뒤 병조참지·동부승지·부제학·경상도관찰사·호조판서·자헌대부를 역임했다.

1542년 76세에 지중추부사에 제수되었으나 건강을 이유로 사양하고 고향에 내려와 고향의 하늘 아래서 자연과 더불어 글을 쓰며 자연을 소재로 시조를 지은 대표적인 문인이다. 따라서 농암은 국문학 사상 중요한 자리를 차지하고 있는 인물이다. 홍유달의 문하에서 공부했으며, 김안국·정사룡·조광조·이황 등과 교유했다. 일찍이 실천유학에 뜻을 두어 중용사상, 특히 경(敬) 사상을 바탕으로 수양했다.

이현보 종손가 소장문적은 보물 1202호로 지정되어 있다. 이 문적류들은 농암 이현보(1467~1555)와 그의 종손가에서 소장하고 있는 교지 고문서와 전적류, 회화류 등이다.

고문서류인 교지는 총 23매로 연산군 4년(1498)에서 명종15년(1560) 사이의 것으로 이현보(14매), 이파(1매), 이문량(8매)과 관련된 교지들이다. 전적류로서는 『애일당구경첩』으로 모두 2책으로 되어있다. 한 책은 당시 명사들의 친필로 쓴 시를 모아 하나의 첩으로 만든 것이고, 『애일당구경별록』은 생일가를 포함한 국문가사 등 이현보의 작품과 행적을 별도로 모아 편성한 것이다. 또한 회화류의 『은대계회도(銀臺契會圖)』는 이현보가 동부승지로 재직시 승정원 관원 10명과 계모임하는 모습을 그린 것이다.

현재 전하는 시조는 8수이다. 「효빈가(效嚬歌)」·「농암가」·「생일가(生日歌)」 3수는 귀향하여 자유로운 삶 속에서 자연과 더불어 도의(道義)를 즐기는 독락(獨樂)의 세계를 그렸다. 전해오던 잡가 「어부가」를 9장으로 개작하고, 10장으로 된 단가는 5장의 시조로 고쳐 지어 읊기기도 했다. 강호생활의 흥취를 더하여 당대 유학자들에게 고려의 속요와

차원이 다른 새롭고 신선한 노래로 받아들여졌다. 이 작품들은 모두 후서(後序)가 붙어 있어서 창작 경위와 동기를 분명하게 알 수 있다. 그 밖에 5편의 부(賦)와 다수의 한시문이 전한다. 농암은 당시 영남 사림파에게 정신적·문학적 영향을 주어 영남가단(嶺南歌壇)을 형성하게 했다. 그래서 그는 시조작가로서 또 문학사적인 측면에서 중요한 위치를 차지한다. 곧 그는 조선 초기 시가에서 조선 중기 시가로 넘어가는 과정에서 그 발전의 기틀을 다지고 마련한 작가로서의 교량역할에 일익을 담당했다. 저서로는 『농암문집』이 전한다. 시호는 효절(孝節)이다.

농암

애일당 현판

국립중앙박물관(관장 김홍남)은 2007년 11월 20일(화)부터 2008년 1월 27일(일)까지 국립중앙박물관 역사관에서 특집전시 <때때옷의

선비, 농암(聾巖) 이현보(李賢輔)>를 개최했다. 전시 유물은 이현보 초상화(보물 제872호) 등 총 20건 30점이다. 농암 이현보 집안의 종택 유물들로 이루어진 본 전시는, 역사적으로 가치 있는 문중 소장품을 널리 소개하고, 이들 유물에 내재한 우리 역사의 여러 면을 보여주었다.

전시는 이현보의 삶에서 시간적인 순서로 7개의 주제로 구성되었다.

첫 번째 '새내기 사관(史官)'에서는 소신에 찬 당당한 관리의 면모를
보여 주었고
두 번째 '소주 담은 질그릇'에서는 호방하고 질박한 외모와 맑은 인
품, 그리고 동료 관리들과의 관계를 보여주고자 하였다.
세 번째 주제 '보내고 싶지 않은 사또'에서는 청렴한 지방관 이현보
의 모습을 보여주었으며
네 번째 '이런 효도'에서는 가슴에서 우러난 이현보의 지극한 효심을
살폈으며
다섯 번째 주제 '낙향'에서는 벼슬에서의 은퇴와 낙향에서의 생활
효성심을 실었다.
여섯 번째 '강호에서'는 만년의 지조와 강호지락(江湖之樂)을
일곱 번째 '남겨진 노래'에서는 그 문학적 성과와 임종에 대해서 엮
었다.

전시에 출품된 농암종택 유물 중에는, 16세기 전반에 그려진 이현보 초상화(보물 제872호)를 비롯하여, 은대계회도(銀臺契會圖)와 홍패를 포함한 다수의 전적류(보물 제1202)와 일반에 잘 알려져 있지 않은 이현보 만년의 편지와 중종(中宗)이 하사한 금서대(金犀帶) 등이 들어 있다. 이들 외에도 표암 강세황의 도산도(陶山圖, 보물 제522호)를 비롯한 국립

중앙박물관 소장품 일부와 『동각잡기(東閣雜記)』 등 국립중앙도서관 소
장품도 함께 전시되었다.


## 5. 훈민가/정철

아버님 날 나으시고 어머님 날 기르시니
두 분 곳 아니시면 이 몸이 살았으랴
하늘같은 가 없은 은혜 어찌 다해 갚아오리.


위 시조는 정철의 「훈민가」 16수중의 첫째 수이다. 창작 배경은 정
철이 강원도 관찰사로 재직하였던 1580년(선조13) 정월부터 이듬해 3
월 사이에 백성들을 계몽하고 교화하기 위하여 지은 작품이다. 이는
송나라 때 진고령(陳古靈)이 백성이 마땅히 지켜야 할 도리를 조목별로
쓴 '선거권유문(仙居勸諭文)' 13조목에다, 군신(君臣), 장유(長幼), 붕우(朋
友) 3조목을 추가하여 각각 한 수씩 읊은 것으로, 유교의 윤리 강령을
주제로 한 교훈시이다.

「훈민가」는 그 제목에서도 알 수 있듯이 계몽적이고 교훈적인 노래
이다. 하지만 세련된 문학으로 설득력이 강한 이유는 무엇보다도 그
언어 선택에 있다고 본다. 유교적 윤리관에 바탕을 둔 바람직한 생활
규범을 밍링이 아닌 권유하는 형식을 취하여 설득력 있게 표현했다는
것이다. 그리고 일상어를 시어로 사용함으로써 청자인 백성들이 이해
하기가 쉽고 가까이 접할 수 있는 바람직한 좋은 표현이라는 것이다.
특히 한문에서 온 한자 낱말이 거의 없으며 어법에 있어서도 청유 형

식을 위주로 하여 친근감이 있다. 지은이가 이런 언어 형식을 취한 것
은 통치자로서의 태도를 버리고 인간적으로 그들에게 다가가 설득하
려는 태도를 보였다고 할 수 있다. 그래서 정철의 「훈민가」는 훈민(訓
民)이라는 의도를 갖고 지어진 것이지만 가장 설득력 있고, 친근감을
주는 작품으로 평가 받고 있다.

곧 "아버님이 나를 낳으시고 어머님께서 나를 기르시니/두 분이 아
니셨더라면 이 몸이 어찌 살아 있었겠는가/하늘 같이 높으신 은덕을
어찌 다 갚아드릴까"이다.

부모의 은혜를 어찌 다 갚을 수 있으랴. 그래서 내리 사랑이라고 한
다. 내려가면서 그 은혜를 주는 것이다. 곧 자식에게 그 은혜를 물려주
는 것이다. 그래도 물론 자식은 부모에게 할 수 있는 것은 해 드리는 것
이 도리이다.

다음에서 훈민가의 몇 수를 더 감상해 보자.

오늘도 다 새었다 호미 메고 가자꾸나.
내 논 다 매거든 네 논 좀 매여 주마.
올 길에 뽕을 따다가 누에 먹여 보자꾸나.

"오늘도 날이 다 밝았다, 호미를 메고 나가자꾸나./내 논을 다 매거
든 너의 논을 조금 매어 주마./일을 마치고 돌아오는 길에 뽕을 따다가
누에에게 먹여 보자꾸나."라 하여 근면함과 상부상조와 양잠을 권면하
는 목민의 자세를 볼 수 있다.

이고 진 저 늙은이 짐 풀어 나를 주오
나는 젊었으니 돌이라 무거울까
늙기도 서럽다커던 짐조차 지실까.

"머리에 이고 등에 짐을 진 저 늙은이, 짐을 풀어서 나에게 주오./나는 젊었거늘 돌인들 무겁겠소/늙는 것도 서럽다 하는데 무거운 짐까지 지실까."이다. 노인을 생각하는 마음이 한껏 묻어나는 작품이다. 이러한 경로사상이 지금도 우리나라는 그래도 존재하고 있음을 본다. 지하철에서나 길을 가면서도 젊은 사람들이 자리를 양보한다든지 무거운 짐을 들고 가는 노인들이 있으면 들어주는 것을 보게 된다. 현대 사회가 각박하다 하지만 그래도 우리나라가 인심이 좋고 경로사상이 있어 외국인들이 호감을 가지는 것 중의 하나이다.

송강 정철(松江 鄭澈, 1536~1593)은 조선 선조(14대) 때의 명신이면서 문인으로서 자는 계함이며, 호는 송강이고, 시호는 문청이다. 율곡 이이와 동갑나기인 정철은 돈녕부 판관을 지낸 정유침의 아들로서 서울에서 출생하였다. 어린 시절 송강은 두 누이가 각각 인종의 귀인이자, 계림군 유의 부인이었던 관계로 궁중에 자주 출입하며 경원대군(훗날 13대 명종)의 동무가 되기도 했다. 명문세가의 자식으로서 유복하게 지냈던 그의 어린 시절은, 송강이 10살(명종 즉위년, 1545년)이 되던 해에 을사사화가 터지면서 끝이 났다. 을사사화로 인해 계림군 유는 죽임을 당했고, 송강 정철의 형은 모진 매를 맞고 먼 곳으로 귀양 가던 길에 죽었으며, 아버지는 함경도 정평으로, 다시 경상도 영일로 유배되었고 정철도 북으로 남으로 아버지를 따라 유배지를 떠돌았다. 6년

후 유배에서 풀린 그의 아버지는 한양 생활을 정리한 후, 온 가족을 데리고 할아버지의 산소가 있었던 전라남도 담양 땅으로 내려간다. 이때 송강의 나이 16세이다.

그래서 송강은 16살 되던 해까지 귀양살이 아버지를 따라 다니느라 체계적인 학문을 배우지 못했다. 그러다 김윤제에 의해 발탁되어 10여 년 동안 고봉 기대승, 하서 김인후, 송천 양응정, 면앙정 송순 등 호남 사림의 여러 학자들에게서 학문을 배웠으며, 석천 임억령에게서 시를 배웠다. 그 10년간이 송강에게는 그 일생에서 가장 귀한 시기이며 학문과 출사의 기틀을 마련한 시기이다. 곧 담양에서의 생활은 송강의 일생에서 가장 안정적이고 따스한 시기였다고 할 수 있다.

송강은 우리나라 시가사상 고산 윤선도와 쌍벽을 이루는 가사문학의 대가이다. 그가 52세 때 향리인 담양에서 지은 사미인곡과 속미인곡은 조선 선조 임금을 그리워하는 마음을 노래한 것으로 유배가사의 일종이라고 할 수 있는데, 서포 김만중은 『서포만필(西浦漫筆)』에서, 중국 초(楚)나라의 굴원(屈原)이 지은 「이소(離騷)」에 비겨, '동방의 이소(離騷)'라고 절찬하기도 했다.

전라남도 담양군 남면의 경치 좋은 광주호 주변에 있는 식영정과 호남의 명산인 무등산 북서쪽의 원효계곡 자락에 있는 성산(별뫼)의 모습을 연결시켜 노래한 「성산별곡」은 정극인의 「상춘곡」, 면앙정 송순의 「면앙정가」, 정해정의 「석촌별곡」으로 이어지는 호남 가단의 중요한 맥을 형성하고 있다. 송강 정철은 강원도 관찰사로 있으면서 관동지방의 해금강, 내금강, 외금강 등의 절승지와 관동팔경을 중심으로 한 기행가사인 「관동별곡」을 짓기도 했다.

송강 정철은 성질이 곧아서 바른 말을 잘하는 데다 당시 조정의 당파 싸움에 연루되어 거의 평생을 귀양살이로 살았다. 하지만 학문이 깊고 시를 잘 지어 그의 작품들은 오늘날도 국문학사에서 중요한 부분을 차지한다. 송강의 시비(詩碑)가 강원도 원주시 치악 예술관 입구에 있는데, 이는 송강이 강원도 관찰사로 있으면서 도민(道民)을 교화하기 위해 「훈민가(訓民歌)」 16수를 짓고 「관동별곡」을 지었기 때문이다. 송강은 사후 담양 창평의 송강서원(松江書院)과 경남 영일의 오천서원(烏川書院) 별사(別祠)에 제향(祭享)되었다.

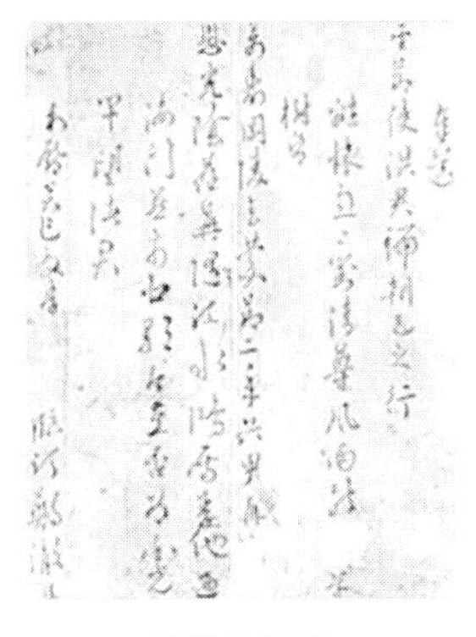

| | |
|---|---|
| 정철의 글씨 | 정철의 묘(충북 진천군) |

　송강문화선양회는 2009년 11월 12일 "송강의 묘와 사당이 있는 유서 깊은 송강사(충북 진천군 문백면 봉축리)에 시비를 세웠다. 시비 앞면엔 송강 선생의 훈민가 2수가 새겨졌고 뒷면엔 시비 건립 취지와 송강의 충효사상과 정신, 한글을 널리 보급한 것 등이 국·영문으로 소개됐다.

송강의 시비(충북 진천군 문백면 봉죽리 송강사 내)

# 6. 도산십이곡/이황

이런들 어떠하며 저런들 어떠하랴
초야우생(草野愚生)이 이렇다 어떠하랴
하물며 천석고황(泉石膏肓)을 고쳐 무엇하랴.


위 시조는 「도산십이곡」의 제1곡으로 서곡(序曲)에 해당하는 부분이
다. 시적자아가 세상의 명리(名利)를 떠나 자연에 묻혀 한가로이 사는

모습을 표출한 것이다. 이미 세속의 명리(名利)를 떠났으니 이렇게 자연에 묻혀 아무렇게나 산들 무슨 상관이 있으랴. 자신을 겸손하게 낮추어 '초야우생(草野愚生)'으로 지칭하며 자연에 묻혀 사는 몸이니 거리낄 것이 무엇이 있으랴. 자연을 사랑하는 마음이 병이 될 정도로 된 그 '천석고황(泉石膏肓)을 고쳐서 무엇하랴.'하여 지극한 자연애(自然愛)의 사상을 나타내었다.

이황(李滉, 1501~1570)은 조선 명종, 선조 시대의 명신이다. 정치보다는 학자 지향형 인물로 자는 경호(景浩)이고, 호는 퇴계(退溪 - 퇴거계상[退居溪上]의 줄임말)이다. 본관은 진성(眞城)이며, 시호는 문순(文純)이다.

이황은 조선 연산군 7년(1501년)에 경북 예안군(오늘날의 안동)에서 이식의 7남 1녀 중 막내로 태어났다. 그의 아버지는 그가 태어난 지 7개월 만에 마흔 살의 나이로 사망하여, 이황은 홀어머니 밑에서 자랐다. 이황은 열두 살 때부터 숙부인 송재 이우에게서 학문을 배웠다. 송재는 그때 관직에 있었는데, 바쁜 일과 중에도 퇴계를 가르쳤다. 1527년에 소과에 입격하고 1534년에 문과에 급제하였다. 사헌부 지평, 성균관 사성, 단양 군수, 풍기 군수 등을 역임하였는데, 풍기 군수 시절에 소수서원(당시 백운동서원) 사액을 실현시켰다. 선조 즉위 직후 임금에게 올린 성학십도가 성리학에 대한 깊은 이해를 나타낸다.

조선 정치사에서 특히 남인(南人) 계열의 종주가 되었고, 사후 의정부 영의정에 증직되었으며 광해군 치세인 1609년에 문묘(文廟)에 배향되었나. 이이와 더불어 한국의 성리학 발전에 커다란 발자취를 남겼다.

친구로서 호남의 대학자 하서 김인후와 사마시에 같이 급제한 김난상 등과 교류하였다.

일본 에도시대에 퇴계 이황의 영향을 받은 학파로 기몬(崎門) 학파와 구마모토(熊本) 학파가 있다.

도산십이곡은 작자 이황(1501, 연산군7~1570, 선조3)이 향리(鄕里) 안동(安東)에 물러가 도산서원(陶山書院)을 세우고 후진을 양성하며 자신의 심경을 읊은 12수의 연시조이다. 전 6곡은 '언지(言志)' 후 6곡은 '언학(言學)'으로 되어 있다.

이 노래는 지은이가 명종 20년에 도산서원에서 후진을 가르치던 때에, 지은 것으로 전 6곡은 언지(言志)로서 이는 때를 만나 사물에 접하여 일어나는 감흥을 읊은 것이며, 후 6곡은 언학(言學)으로서 학문과 수련의 실제를 읊었다.

한양을 떠나 산수가 수려한 향리 도산서원에서 자연과 더불어 사색하고 침잠하며 학문도 연구하고 후진도 양성하는 생활 모습을 솔직 담백하게 표출했다. 이 작품 끝에 붙인 발문(跋文)에서 그는『한림별곡』같은 사대부의 작품까지도 빈축하며 우리 시가를 평하여 도산십이곡을 짓게 된 동기와 그의 문학관을 밝히고 있다.

'우리 가곡이 무릇 음란한 노래가 많아서 이야기할 만한 것이 못 되고『한림별곡』같은 것도 문사의 입에서 나왔지만 긍호방탕(矜豪放蕩)하고 설만희압(褻慢戲狎)하여 군자가 숭상할 바가 아니다'라 하여 도덕성과 윤리성에 치중하여 남녀간의 사랑이나 해학성 등 인간성을 무시하여 지나친 도문일치 사상의 문학관을 펼쳤다. 그러면 다음에서 도산십이곡 전 곡을 감상하며 퇴계 사상에 빠져보자.


<제2곡>

연하(煙霞)에 집을 삼고 풍월(風月)로 벗을 사마

태평성대(太平聖代)에 병으로 늙어가니

이 중에 바라는 일은 허물이나 없고야.

'안개와 놀을 집으로 삼고 풍월을 친구로 삼아

태평성대에 병으로 늙어가지만

이 중에 바라는 일은 사람의 허물이나 없었으면 좋겠다.'고 하여 자연과의 동화에서 자연 속에 묻혀 늙어가는 도학자의 자세를 그리고 있다.

<제3곡>

순풍(淳風)이 죽다하니 진실(眞實)로 거짓말이

인성(人性)이 어지다 하니 진실로 옳은 말이

천하에 허다영재(許多英才)를 속여 무엇하랴.

'예로부터 내려오는 순수한 풍습이 죽어 없어지고 사람의 성품이 악하다고 하니 이것은 참으로 거짓말이다. 인간의 성품은 본디부터 어질다고 하니 이것이 참으로 옳은 말이다. 그러므로 착한 성품으로 순수한 풍습을 이룰 수 있는 것을 그렇지 않다고 많은 슬기로운 사람(영재)을 속여서 말할 수 있을까?'라 하여 미풍양속이 사라졌다고 탄식하거나, 인간의 본성은 악하다고 말하는 사람들에게 순박한 풍습이 아직 남아 있다면서 순박하고 후덕한 풍습을 담았다.

<제4곡>

유란(幽蘭)이 재곡(在谷)하니 자연(自然)이 듣기 좋아

백설(白雪)이 재산(在山)하니 자연(自然)이 보기 좋아

이 중에 피미일인(彼美一人)을 더욱 잊지 못해.


'그윽한 난초가 골짜기에 피어 있으니 자연이 듣기도 좋고

흰눈이 산에 가득하니 자연이 보기도 좋구나.

이 중에 저 아름다운 한 사람을 더욱 잊지 못하네.'라 하여 자연에 몰입해 있으면서도 완전히 자연에 귀의하지 못하고, 나라에 대한 걱정과 임금님을 생각하는 연군의 심정을 토로하고 있다. 벼슬을 떠나 자연 속에 묻혀 지내면서도 마음 한 구석에 늘 연군(戀君)의 정이 떠나지 않음을 읊었다.


<제5곡>

산전(山前)에 유대(有臺)하고 대하(臺下)애 유수(有水)ㅣ로다.

떼 지어 갈매기만 오며가며 하거든

어찌타 교교백구(皎皎白鷗)는 멀리 마음 두는고.


'산 앞에 높은 대가 있고, 대 아래에 물이 흐르는구나.

떼를 지어 갈매기는 오락가락 하거든

어찌하여 희고 깨끗한 갈매기는 나로부터 멀리 마음을 두는고'라 하여 자연을 등지고 있는 현실을 개탄하였다.


<제6곡>

춘풍(春風)에 화만산(花滿山)하고 추야(秋夜)애 월만대(月滿臺)라.

사시가흥(四時佳興)이 사람과 한가지라.

하물며 어약연비(魚躍鳶飛) 운영천광(雲影天光)이야 어찌 끝이 있을고.

'봄바람이 부니 산에 꽃이 만발하고 가을밤에는 달빛이 대에 가득하구나.

사계절의 아름다운 흥취가 사람과 마찬가지라.

하물며 물고기가 뛰고 솔개가 날며 구름이 그늘을 짓고 태양이 빛나는 이러한 자연의 아름다움이 어찌 다함이 있겠는가'라 하여 사계절의 변화를 사람에 비기어서 계절의 순환도 마치 사람의 흥취와 같기 때문에 아름다운 자연 현상도 끝이 없다는 자연의 아름다움을 노래했다.

<제7곡>

천운대(天雲臺) 돌아들어 완락재 소쇄(瀟灑)한대

만권 생애(萬卷 生涯)로 낙사(樂事) 무궁(無窮)하애라.

이 중에 왕래풍류(往來 風流)를 일러 무엇 할고.

'천운대를 돌아 들어간 곳에 있는 완락재(玩樂齋)는 깨끗한 곳이니,

거기에서 많은 책에 묻혀 사는 즐거움이 무궁하구나.

이런 가운데 이따금 바깥을 거니는 재미를 말해 무엇 하겠는가.'라 하여 자연을 산책하며 느끼는 흥겨움과 학문 수양의 즐거움을 표출했다.

<제8곡>

뇌정(雷霆)이 파산(破山)하여도 농자(聾者)는 못 듣나니

백일(白日)이 중천(中天)하야도 고자(瞽者)는 못 보나니
우리는 이목(耳目) 총명(聰明) 남자(男子)로 농고(聾瞽) 같이 마르리.


'우레 소리가 산을 깨뜨릴 듯이 심하게 울려도 귀머거리는 못 듣네.
밝은 해가 하늘 높이 올라도 눈 먼 사람은 보지 못하네.
우리는 귀와 눈이 밝은 남자이니 농고같이 말자'라 하여 잘 듣고 잘
보고 잘 깨우쳐 독서와 학문의 즐거움을 즐기자고 했다.


<제9곡>

고인(古人)도 날 못 보고 나도 고인(古人) 못 뵈.
고인(古人)을 못 뵈도 예던 길 앞에 있네.
예던 길 앞에 잇거든 아니 예고 어쩔고.


'옛 어른도 나를 보지 못하고 나도 그 분들을 보지 못하네.
하지만 그 분들이 행하던 길은 지금도 가르침으로 남아 있네.
이렇듯 올바른 길이 우리 앞에 있는데 따르지 않고 어쩌겠는가.'라
하여 옛 어른의 가르침을 따르려는 뜻을 펼쳤다.


<제10곡>

당시(當時)예 예던 길을 몇 해나 버려두고
어디 가 노닐다가 이제사 돌아 온고
이제나 돌아오나니 딴 데 마음 마르리.

'그 당시 학문 수양에 힘쓰던 길을 몇 해씩이나 버려두고

벼슬길을 헤매다가 이제야 돌아 왔는고

이제라도 돌아왔으니 다시는 딴 마음을 먹지 않으리.'라 하여 벼슬을 버리고 학문에 정진할 뜻을 밝혔다.

작자는 젊었을 때 뜻을 세우고 힘쓰던 학문과 수양의 길을 저버리고 벼슬길에 올랐던 자신을 탓하며 이제라도 학문 수양에 전념하겠다는 결의를 표명한 내용이다. 퇴계(退溪)는 23세에 태학(太學)에 들어가 진사로 출발하여 대제학(大提學)까지 지내고, 귀향(歸鄕)한 것은 69세 때였다. 그러니 젊었을 때 품었던 학문에 대한 뜻을 소홀히 하고 벼슬길에 올랐다가 이제야 돌아오게 됨을 안타까워하면서 스스로 학문에 전념할 뜻을 다짐한다.


## <제11곡>

청산(靑山)은 어찌하야 만고(萬古)에 푸르르며
유수(流水)는 어찌하야 주야(晝夜)애 그치지 아니한고
우리도 그치지 마라 만고상청(萬古常靑)하리라.


'푸른 산은 어찌하여 영원히 푸르며

흐르는 물은 또 어찌하여 밤낮으로 그치지 않는가?

우리도 저 물같이 그치는 일 없이 저 산같이 언제나 푸르게 살리리.'라 하여 학문 수양을 향한 변함없는 의지와 덕을 닦으려는 결의가 '萬古常靑'하리라는 종장에서 함축적으로 표출되었다. 곧 청산(靑山)은 만고(萬古)에 푸르러 영원하며, 유수(流水)도 주야로 그치지 않아 영원하니 우리도 저 청산같이 저 유수같이 끊임없는 학문 수양으로 영원한 진리

의 세계에 살 것을 다짐했다.

## <제12곡>

우부(愚夫)도 알며 하거니 긔 아니 쉬운가?
성인(聖人)도 못다 하시니 긔 아니 어려운가?
쉽거나 어렵거나 중에 늙을 줄을 몰라라.

'어리석은 자도 알아서 행하니 학문의 길이 얼마나 쉬운가.
그러나 성인도 다하지 못하는 법이니 그것이 얼마나 어려운가.
쉽든 어렵든 간에 학문을 닦는 생활 속에 늙는 줄을 모르겠다.'라 하여 영원한 학문 수행의 길을 밝혔다.

도산십이곡의 결사(結詞)에 해당하는 부분으로 끝없는 학문의 길만이 자신이 걸어야 할 길임을 밝혔다. 이렇게 학문을 좋아하여 이룩한 퇴계의 학문이며 학자다운 태도로 연구 활동에 깊게 몰입하는 학문에 대한 자세를 표출했다. 학문은 하고자하는 마음만 있으면 누구나 다 할 수 있는 것이다. 그러나 그 세계는 너무 깊고도 넓어 그 누구도 다 알지 못한다. 그러기에 만고상청하며 끝없이 이어져 연구되는 것이다. 그러니 쉽거나 어렵거나 간에 학문을 닦는 이 길만이 영원한 길임을 밝혀 진정한 학자의 길을 표출했다.

이황(李滉) 퇴계(退溪)선생과 매화(梅花)에 얽힌 이야기

퇴계 선생이 단양군수 시절 그 곳의 명기 두향과의 사랑 이야기가 있다. 퇴계가 48세이고 두향의 나이 18세였다. 두향은 첫눈에 퇴계 선

생의 인품에 마음을 빼앗기지만 퇴계 선생은 좀처럼 마음을 쉽게 열어 주지는 않았다. 하지만 그 당시 부인과 아들을 잇달아 잃었던 퇴계 선생으로서는 시(詩)와 서(書)에 능한 두향을 받아들이지 않을 수 없었다. 그러나 그것도 잠간이었다. 두 사람의 사랑은 겨우 9개월 만에 끝나게 되었다. 퇴계 선생이 경상도 풍기 군수로 옮겨가야 했기 때문이다. 짧은 인연 뒤에 찾아온 갑작스런 이별은 두향에겐 견딜 수 없는 충격이었다. 하지만 어찌하랴 그것이 두향의 운명인 걸.

두향이가 말없이 먹을 갈고 붓을 들었다. 그리고는 시 한 수를 썼다.


이별이 하도 설워 잔 들고 슬피 우니
어느 듯 술 다 하고 임마저 가는 구나
꽃 지고 새 우는 봄날을 어이할까 하노라


두 사람은 1570년 퇴계 선생이 69세의 나이로 세상을 떠날 때까지 21년 동안 한 번도 만나지 않았다. 하지만 그 흔적은 두 사람의 마음을 이어 주었다. 그것은 퇴계 선생이 단양을 떠날 때 그의 짐 속엔 두향이가 준 수석 2개와 매화 화분하나가 있었기 때문이다. 퇴계 선생은 평생토록 이 매화를 가까이 두고 정성껏 돌보며 바라보았다. 두향을 가까이 두지는 않았지만 두향을 보듯 매화를 애지중지했다.

선생이 나이가 들어 모습이 초췌해지자 매화에게 그 모습을 보일 수 없다면서 매화 화분을 다른 방으로 옮긴 것을 보아도 매화에 두향의 모습을 심은 것이다.

한 편 퇴계 선생을 떠나보낸 뒤 두향은 간곡한 청으로 관기에서 빠져나와 퇴계 선생과 자주 갔었던 남한강가에 움막을 치고 평생 선생을 그리며 살았다.

퇴계 선생은 그 뒤 부제학, 공조판서, 예조판서 등을 역임했고 말년엔 안동에 은거했다.

그리고 세상을 떠날 때 퇴계 선생의 마지막 한 마디는 이것이었다. "매화에 물을 주어라."

선생의 그 말속에는 선생의 가슴에도 두향이가 가득했다는 증거이다.

퇴계 선생의 부음을 들은 두향은 4일간을 걸어서 안동을 찾았다. 한 사람이 죽어서야 두 사람은 만날 수 있었다. 그리고 다시 단양으로 돌아온 두향은 결국 남한강에 몸을 던져 생을 마감한다. 두향의 사랑은 한 사람을 향한 지극히 절박하고 준엄한 사랑이었다. 그 때 두향이가 퇴계 선생에게 주었던 매화는 그 대(代)를 잇고 이어 지금 안동의 도산서원 입구에 그대로 피고 있으니 사람은 가고 없어도 그 영혼은 영원하다고 봐야겠다.

퇴계 선생은 여러 편의 매화시를 남겼다. 그 한 편을 소개하고 마친다.


내 전생은 밝은 달이었지(前身應是明月).
몇 생애나 닦아야 매화가 될까(幾生修到梅花).

도산서원
(경북 안동시 도산면 토계리 680(사적 제170호))

## 7. 묏버들 가지 꺾어/홍랑

묏버들 가지 꺾어 보내노라 님에게
주무시는 창밖에 심어두고 보소서
밤비에 새잎 나거든 나인 줄로 여기소서.


이 시조는 조선 선조 때의 기녀(妓女) 홍랑의 작이다.

홍랑은 함경남도 홍원 출생으로 홍원의 관기(官妓)로 있던 중 당대의 시인이며 조선 전기 삼당시인12)(三唐詩人)의 한 사람인 최경창(崔慶昌)과 만나게 된다. 최경창이 과거 급제 후 함경북도 경성에 평사로 부임하면서 경성으로 향하던 중 홍원에 잠시 머물 때이다. 홍랑을 만나자 둘은 시문에서 정신적 교류를 갖게 되고 이는 사랑으로 발전하게 된다. 홍랑을 만난 최경창의 나이는 34세였다. 최경창이 여러 궁리를 해 홍랑을 경성(함경북도)에 데려가려 하였으나 여의치 않아 혼자 가게 된다. 이에 홍랑은 최경창을 사모하는 마음을 이기지 못하여 남장을 하고 경성으로 향한다. 그리고 경성에서 동거를 하게 된다. 이로써 둘의 사랑은 시에 대한 둘의 사랑만큼이나 깊어 갔다.

그러다 최경창은 북평사의 소임을 다하고 한양으로 부임을 받게 된다. 꿈만 같았던 6개월의 사랑이 이별을 맞게 되었다. 이에 홍랑은 쌍성(지금의 영흥)까지 따라가 배웅을 한다. 그 때 읊은 시가 바로 위의 시이나. 이별에 대한 아쉬움과 애틋한 그리움을 실은 한 수의 연시이다.

한편 서울로 돌아온 최경창은 병으로 자리에 눕게 되는데 이 소식을 들은 홍랑은 7일 밤낮을 걸어 한양에 도착한다. 이 두 사람의 이야기가

---

12) 백광훈, 최경창, 이달.

조정에 들어가 최경창은 결국 파직을 당하고 만다. 당시 명종비의 죽음으로 국상기간이었다. 이유야 어찌됐건 국상기간에 기생을 방에 불러들인다는 것은 동·서로 나뉜 당쟁 정치에서 반대붕당에 비난을 받기에 충분한 빌미를 제공한 것이 된다. 그리고 양계(兩堺)의 禁(함경도, 평안도 사람들의 도성출입을 금함)을 어겼다는 죄목으로 홍랑 또한 홍원으로 돌아갈 수밖에 없었다. 이때 최경창이 시로서 홍랑을 위로하며 보낸다. 아래 시이다.

玉頰雙啼出鳳城 (옥협쌍제출봉성)
曉鶯千囀爲離情 (효앵천전위이정)
羅衫寶馬河關外 (나삼보마하관외)
草色迢迢送獨行 (초색초초송독행)

－ 送別, 최경창

두 줄기 눈물 흘리며 한양을 떠나가니
새벽 꾀꼬리 이별의 정한에 한없이 울고 있고
비단 옷 천리마로 하관 넘어 가는 길
풀빛은 까마득히 외로이 가는 길을 배웅하네.


위의 시를 이해하기 위해서는 홍랑의 시가 인용되어야 하고 이들의 사랑 이야기가 이어져야 시인의 심상을 읽을 수 있다. 이 이별을 마지막으로 둘은 영원히 만나지 못한다. 그것은 최경창이 변방으로 떠돌다 한양으로 올라오던 중 45세의 나이로 객사하기 때문이다.

한 편 최경창이 죽었다는 소식을 들은 홍랑은 행여 누가 자신을 범할까 스스로 얼굴을 상하게 하고 그의 무덤에서 시묘살이를 시작한다. 세수도 않고 머리도 안 빗으며 조석(朝夕)으로 상식(上食)을 올리며 3년이라는 세월을 보낸다. 그러다 임진왜란이 일어났다. 홍랑은 최경창의 시를 지고 피난하여 병화를 면하게 한 후 돌아와 최경창의 묘 옆에서 죽었다.

  해주 최씨 문중은 그녀를 한 집안 사람으로 여겨 장사를 지내주었다. 그리고 최경창 부부의 합장묘 바로 아래 홍랑의 무덤을 만들어 주었다. 이는 홍랑을 문중의 사람으로 받아들인다는 뜻이다. 바로 홍랑의 사랑이 완고한 양반가문의 마음을 열게 한 것이다.

  당대최고의 문장가며 풍류객인 고죽 최경창과 재색을 겸비한 기생 홍랑의 사랑은 오늘날도 많은 사람들의 가슴을 적시고 있다.

최경창과 홍낭의 묘

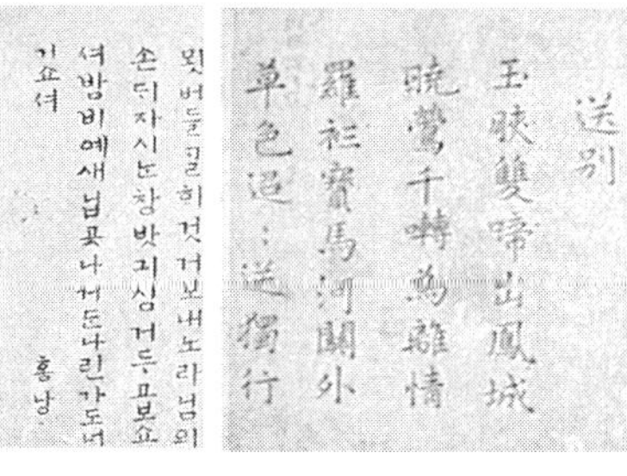


홍랑과 최경창의 친필 연시

# 조선 중기(2)(시조문학 제4기)

시조문학 제4기는 임란(1592, 선조25)·호란(1636, 인조14)을 겪은 시기로부터 현종 말(1674)까지이다. 이 시기는 선조 후기, 광해군, 인조, 효종, 현종의 시기로 선조 25년 임진왜란을 겪고 또 인조반정으로 물러난 광해군의 폭정을 거쳐서 인조 때의 병자호란과 봉림대군으로 청나라에 인질로 갔다가 돌아와 임금이 된 효종의 북벌계획 등으로 점철된 정치적 혼란기이다.

또 임란과 호란이란 민족의 대란을 겪은 후 정치적 사회적으로 큰 변화가 있은 것은 사실이고 이로 인하여 기득권에 대한 서민의 불신과 그들의 의식이 깨어난 시기이기도 하다. 이러한 혼란기에 도도히 나타난 고산의 시조문학, 무인의 기개를 가졌음에도 조홍시가를 비롯한 시조 68수를 남긴 박인로, 이덕형 이항복 이순신 강백년 김상헌 등이 주옥같은 작품을 남겼다. 이 시기는 양란으로 인한 정치적인 아픔은 있었지만 시조의 최고봉인 고산이 활동한 시기이고 작가가 많이 배출한 시기이다. 그러므로 이시기를 시조문학의 융성기라 칭한다.

## 1. 한산섬/이순신

한산섬 달 밝은 밤에 수루(戍樓)에 혼자 앉아
큰 칼 옆에 차고 깊은 시름 하는 적에
어디서 일성호가(一聲胡茄)는 남의 애를 끊나니,

이 시조는 임진왜란 때의 진중작(陣中作)으로, 선조 28년(1595)에 지은 작품이다. 고시조 중에 무장(武將)의 작품이 더러 있다. 김종서의 '삭풍은 나무 끝에 불고'와 남이의 '장검을 빼어 들고' 등이 있으며 임진왜란 때의 박인로의 시조 등이 보인다. 이러한 시조들은 다 같이 무장의 호기로움과 웅혼한 기상이 깃들어 있음을 본다. 그런데 이순신의 상기 작품은 깊은 우수와 고뇌를 담고 있다. 하지만 절대적인 열세에서도 대군에 맞서 이길 수 있었던 이순신의 위대한 힘의 원천에는 이러한 깊은 우수와 고뇌로부터 발현하여 내면 깊숙한 곳에서 솟아난 호연지기가 자리하고 있었으리라.

이순신(1545, 인종1~1598, 선조31)은 삼도수군통제사(三道水軍統制使)를 지내며 나라가 존망의 위기에 처했을 때 바다를 제패함으로써 전란의 역사에 결정적인 전기를 이룩한 명장이다. 모함과 박해의 온갖 역경 속에서도 일관된 그의 우국지성과 고결하고 염직한 인격은 온 겨레가 추앙하는 의범(儀範)이 되어 우리 민족의 사표(師表)가 되고 있다.

이순신의 본관은 덕수(德水)이다. 자는 여해(汝諧)이고, 아버지는 정(貞)이며, 어머니는 초계변씨(草溪卞氏)이다. 그의 가문은 고려 때 중랑장(中郞將)을 지낸 이돈수(李敦守)의 후손으로 조선에 들어와 7대손 변(邊)이 영중추부사와 홍문관대제학을 지내는 등 주로 문관벼슬을 이어온 양반계급의 집안이다. 그러나 할아버지인 10대손 백록(百祿)이 기묘사화의 참변을 겪게 된 뒤 아버지 이정은 관직의 뜻을 버리고 평민으로 지냈다. 따라서 가세가 기울어졌다.

이순신은 1545년 3월 8일(양력 4월 28일) 당시 한성부 건천동에서 셋째 아들로 태어나 어머니의 엄격한 가정교육 하에서 성장했다. 그가 죽은 후 정경부인(貞敬夫人)의 품계에 오른 보성군수 진(震)의 딸인 부인 상주 방씨(尙州方氏)와의 사이에 회(薈)·열(苅)·면(葂) 등 3형제와 딸을 두었고, 서자로 훈(薰)·신(藎) 그리고 2명의 딸을 두었다. 노량해전에 참전했던 회는 현감, 열은 정랑(正郞)이었으며 면은 난중에 왜적과 싸우다 전사했으며, 훈과 신은 무과에 올랐다. 두 형이 모두 죽었기 때문에 이순신은 조카들을 친자식과 같이 극진하게 대했다.

임진왜란이 일어나기 1년 전인 1591년 2월 진도군수에 임명되었으나 부임 전에 다시 전라좌도수군절도사로 임명되어, 2월 13일 정읍을 떠나 전라좌수영(全羅左水營: 지금의 여수)에 부임했다. 유성룡(柳成龍)은 이이(李珥)가 이조판서로 있을 때 이순신의 이름을 소개한 바 있었으나, 이순신은 이이가 자기와 성씨가 같은 문중이라 하여 그의 재직시에 찾아가기를 사양했다.

이순신은 부임 후 왜구의 내침을 염려하여 바로 영내 각 진의 군비를 점검하는 한편, 후일 철갑선(鐵甲船)의 세계적 선구(先驅)로 평가될 거북선[龜船]의 건조에 착수했다. 『난중일기(亂中日記)』에 따르면 그는 찾아오는 막하 장령들과 공사를 논의하며 새벽 닭 우는 소리를 들었고, 출전하지 않는 날에는 동헌에 나가 집무했으며, 틈을 내어 막료들과 활을 쏠 때가 많았다. 그는 이러한 진중생활 속에서도 술로 마음을 달래며 시가(詩歌)를 읊었고, 특히 달 밝은 밤이면 감상에 젖어 잠 못 이루는 때가 많았다. 또 가야금의 줄을 매었고, 그 감상에 취하기도 했다. 그의『난중일기』는 난중 상황을 기록하고 당일의 날씨까지 밝힌 7년 전란의 진중 일기이다. 거기엔 어머니를 그리는 회포와 달밤의 감상, 투병생활, 또 애끓는 정의감과 울분, 박해와 수난으로 점철된 기록이 고스란히 밝혀져 있다. 그 기록내용이 지니는 사료학적 가치는 물론 일기 문학으로서도 훌륭한 자료이다.『난중일기』는 그 친필원본이 61 편의 장계(狀啓)와 장달(狀達)을 담은 필사원본『임진장초(壬辰狀草)』와 함께 국보 제76호로 지정되어 현재 아산 현충사에 보존되어 있다.

이순신의 문필은『난중일기』와 더불어 몇 편의 시가와 서간문이 남아 있어 그의 문재(文才)를 후세에 전하고 있다.『이충무공전서』의 권1에는「수사 선거이(宣居怡)」와 작별하는 시・「무제육운(無題六韻)」・「한산도야음(閑山島夜吟)」그리고 말미에 24자로 한역(漢譯)된「한산도가」가 수록되어 있다. 조경남(趙慶男)의「난중잡록(亂中雜錄)」에는 한산도의 작품이 20수나 있었는데 그중에 "바다에 맹세함에 고기와 용이 느끼고, 산에 맹세함에 초목이 아네(誓海魚龍動 盟山草木知)"라는 구절이 있다.

이순신은 초상화가 없기 때문에 그의 풍모를 짐작할 수가 없다. 유성룡은『징비록』에서 "순신은 말과 웃음이 적은 사람이었고, 그의 바르고 단정한 용모는 수업 근신하는 선비와 같았으나, 내면으로는 담력이 있었다"하여 그의 인품과 용모를 전하고 있다. 또 당시 현감으로 이순신의 진(陣)에 머문 일이 있었던 고상안(高尙顏)은 이순신의 언론과 지혜로움에 탄복하였다고 하였다. 그런가하면 수개월간 진을 같이했던 진린은 '이순신은 천지를 주무르는 재주와 나라를 바로잡은 공이 있다(李舜臣有 經天緯地之才 補天浴日之功)'고 했으며, 명나라 황제에게 이순신의 공적을 자세히 보고하여 명나라 조정에서 도독인(都督印)을 비롯한 팔사품(八賜品)을 내렸다고 했다.

　이순신의 상여는 마지막 진지였던 고금도를 떠나 12월 11일경에 아산에 도착, 이듬해인 1599년 2월 11일에 아산 금성산(錦城山) 밑에 안장되었으나, 전사 16년 후인 1614년(광해군6) 지금의 아산시 음봉면(陰峰面) 어라산(於羅山) 아래로 천장(遷葬)했다. 전사 후 우의정이 증직되었고, 1604년 10월 선무공신(宣武功臣) 1등에 녹훈되고 풍덕부원군(豊德府院君)에 추봉되었으며 좌의정에 추증되었다. 1643년(인조21) 충무(忠武)의 시호가 추증되었고, 1704년 유생들의 발의로 1706년(숙종32) 아산에 현충사(顯忠祠)가 세워졌다. 1793년(정조17) 7월 1일 정조의 뜻으로 영의정(領議政)으로 추증, 1795년에는 역시 정조의 명에 따라『이충무공전서(李忠武公全書)』가 규장각 문신 윤행임(尹行恁)에 의해 편찬, 간행되었다. 이렇게 이순신은 모함과 박해 속에서도 일편단심 구국정신으로 임진왜란을 승리로 이끌었기에 사후에 그는 거듭거듭 보상을 받아 최고 관직인 영의정까지 추증되었음을 볼 수 있다.

이충무공유적
(사적 제114호, 전라남도 완도군 고금면)

## 2. 조홍시가(早紅柿歌)/박인로

반중(盤中) 조홍(早紅) 감이 고아도 보이나다.
유자(柚子)ㅣ 아니라도 품은적도 하다마는.
품어 가 반길 이 없으니 그로 설워 하노라.


쟁반 가운데에 놓인 일찍 익은 감(홍시)이 곱게도 보이는구나.
유자가 아니라 해도 품어 가지고 갈 마음이 있지만
품어가도 반가워 해 줄 부모님이 안 계시니 그것이 서럽구나.


‘早紅柿歌(조홍시가)’라 이름하는 이 시조는 지은이가 선조 34년 9월
에 한음(漢陰) 이덕형(李德馨)을 찾아가 조홍시를 대접 받았을 때, 회귤(懷
橘: 귤을 품안에 지니다) 고사(故事)를 생각하고 돌아가신 어버이를 슬퍼하
여 지은 효도의 노래이다.

　작자는 퇴관하여 은일 생활을 존경하여 한음 이덕형 선생을 자주 찾
았다. 반가운 손님을 대접하기 위해 소반에 받쳐 내놓은 조홍감을 보
자, 불현듯 회귤 고사가 생각나 돌아가신 어머니가 가슴에 떠올랐던
것이다. 이미 돌아가신 어머님을 그리고 생각하는 애절한 심정이 가슴
을 울려주고, 작자의 어버이에 대한 효성심이 눈앞에 생생하게 떠오른
다. 한마디로 풍수지탄(風樹之嘆)을 연상하게 하는 노래이다.

　상(床)에 오른 때깔 고운 홍시를 보며 돌아가신 부모님을 떠올리는
효성스런 마음이 담긴 이 시조는 조선 중기의 문인(文人)이자 무인(武人)
인 박인로(朴仁老, 1561~1642년)가 지었는데 <조홍시가(早紅柿歌)>라는
제목으로 ‘노계집(蘆溪集)’ 권3에 전한다.

　박인로는 임진왜란에 직접 참전한 무장으로서 전쟁 이후 무너진 인

륜(人倫)을 걱정하며 도덕성(道德性) 회복(回復)을 위해 「오륜가(五倫歌)」 등 교훈성(教訓性)이 짙은 작품을 많이 남겼다.

위 시조의 밑바탕에는 중국의 고사(故事)가 있으니 '유자'가 그것이다. 삼국시대 때 오나라에 육적(陸績)이라는 가난한 소년이 있었다. 원술(袁術)이라는 사람이 귤을 먹으라고 주었는데 귤을 받아든 육적이 그 자리에서 먹지 않고 품에 간직하기에 물었더니 어머니께 드리고자 한다고 대답했다. 그래서 회귤(懷橘)의 고사는 곧 효도를 뜻한다.

가난에 찌든 소년이 이처럼 맛있는 과일을 얻자 어머니를 먼저 생각했던 것처럼 박인로도 홍시를 보고 부모를 떠올렸던 모양이다. 하지만 그의 부모는 이미 세상을 떠났으니 홍시를 품어다 바치고 싶어도 정작 반길 사람이 없어 서러운 것이다.

박인로는 1561(명종16)~1642(인조20) 조선 중기의 문인인 동시에 무인이다.

본관은 밀양이고, 자는 덕옹(德翁)이며, 호는 노계(蘆溪)이다. 9편의 가사와 70여 수의 시조를 남겼으며, 정철·윤선도와 더불어 조선 3대 시가인으로 불린다. 아버지 석(碩)은 승의부위(承議副尉)를 지냈고 어머니는 참봉 주순신(朱舜臣)의 딸이다. 박인로의 일생 중 전반기에 대한 기록은 소략해 학문의 연마 정도와 교우관계를 알 수 없다. 그러나 비록 미비한 향반의 후예일지라도 "이 세상에 남길 만한 이름은 효도·우애·청백이며 가슴속에 간직한 것은 충과 효 두 글자'라 하면서 수기치인(修己治人)의 이상을 실현하는 전형적 사대부의 삶을 추구했다.

임진왜란이 일어나자 38세의 나이에도 불구하고 강좌절도사 성윤문(成允文)의 막하에 들어가 그의 명으로 「태평사(太平詞)」를 지었는데, 긴 전쟁이 끝난 뒤의 상황을 "들판에 쌓인 뼈는 산보다 높고 큰 도읍,

큰 고을이 여우굴이 되었다.”고 표현했다. 또 자신의 시대를 여전히 임
금의 덕화(德化)가 두루 미치는 태평성대로 인식하고 전쟁 동안 소홀히
했던 오륜을 적극적으로 실천할 것을 강조했다. 39세 때 문과에 급제
해 조라포만호(助羅浦萬戶)로 부임했다. 41세 때 이덕형을 향리에서 만
나「조홍시가(早紅枾歌)」를 지었다.

45세 때 부산의 통주사(統舟師)로 부임해「선상탄(船上嘆)」을 지어 무
인다운 기개와 자부심을 표현했다. 51세 때 용진강 사제에 은거해 있
던 이덕형을 찾아가 그의 뜻을 대신해「사제곡(莎堤曲)」을 지었으며,
「누항사(陋巷詞)」에서는 향촌에 묻혀 사는 자신의 궁핍한 생활을 노래
해 안빈낙도하고자 하는 뜻을 밝혔다.「사제곡」은 박인로가 갈망하던
사대부적 삶의 전형을 보여주며, “어리석고 못나기는 나보다 더한 사
람이 없다”는 자조적 고백으로 시작되는「누항사」는 곤궁한 현실과 그
개선의 가능성마저 무산되고 마는 갈등의 과정을 생생히 보여주었다.

53세부터는 유가와 주자학에 몰입했다. 1630년(인조8) 노인직(老人
職)으로 용양위부호군(龍驤僞副護軍)을 받았다. 75세 때는 영남의 안절사
이근원의 덕치를 찬미하는「영남가(嶺南歌)」를 지었다. 76세 때에는 노
계에 안거할 택지를 마련하고「노계가(蘆溪歌)」를 지었다. 이렇게 노계
는 무인과 문인의 길을 확실히 걸었다. 그의 생애 전반부는 임진왜란
에 종군한 무인으로서의 면모가 두드러지며, 후반부에는 향리에서 유
가서를 읽으며 안빈낙도를 즐기며 문인으로서의 길을 실천했다. 3권 2
책의『노계선생문집』이 전한다.


노계(蘆溪) 박인로(朴仁老) 선생 시비(詩碑) 와 도계서원
영천시 북안면 근처에 노계 선생을 배향한 도계서원과 시비(詩碑)가

있다, 영천시에서 한적하고 굽이가 심한 좁은 포장길을 따라 10여 km 달리면 노계 선생이 배향된 서원의 모습이 드러난다. 뜰아랜 수초가 가득 덮인 제법 큰 연못이 펼쳐져 있고, 뒤론 솔숲이 울창한 작은 언덕이 병풍처럼 둘러 서 있다. 그리고 노계 선생 시비(詩碑)가 뜰에 세워져 있다. 시비 뒷면엔 시조 "반중 조홍감이 고와도 보이나다"로 시작되는 조홍시가(早紅柿歌)가 새겨져 있다. 이 시비는 뜻있는 이들의 성금으로 최근에 세워졌다.

연못 건너편에 선생의 묘소가 있다. 국문학사에서 차지하는 선생의 위치에 비해선 조촐한 묘소이다. 묘소 앞에 비석 하나가 서 있다.

도계서원은 노계(蘆溪) 박인로 선생의 위패를 모시고 향사를 드리는 곳이다. 이 서원에는 노계 선생의 문집을 인쇄한 목판각인 박노계집판목(朴蘆溪集板木, 유형문화재68호)이 보관되어 있다. 선생은 조선 명종 16년(1561년)에 영천군 북안면 도천리에서 태어났다. 나면서도 총명하여 배우지 않아도 글을 알고 남이 글을 읽는 것을 들으면, 모두 기억하는 뛰어난 재주를 가지고 있었다. 그 글재주는 뛰어나 앞에서도 서술되었지만 임진왜란 때 「태평사(太平詞)」를 지어 사졸들을 위로한 것을 비롯하여, 「선상탄(船上嘆)」, 「사제곡(莎堤曲)」, 「누항사(陋巷詞)」, 「독락당(獨樂堂)」, 「영남가(嶺南歌)」, 「노계가(蘆溪歌)」 등 여러 가사를 남겼다. 더군다나 천성이 지효(至孝)하여 부모상에 다같이 3년 씩 여묘(廬墓)를 살았다. 선생의 효심을 가장 잘 나타내고 있는 것은 선생이 지으신 시가에서 찾아볼 수 있다. 「조홍시가(早紅柿歌)」와 「부자유친가(父子有親歌)」는 부모님께 효도할 것을 깨우쳐주는 참으로 좋은 교훈 시가이다. 선생은 벼슬을 지내고 나서 훗날 이곳에 은거하여 저술활동에 전력하였다.

뒷날 노계선생의 학덕과 충효사상을 경모(敬慕)하여 사림(士林)에서 이곳에 도계서원을 세웠다. 그리고 해마다 춘추로 향사를 받들었는데 오늘날에도 계속해오고 있다.

도계서원 전경

선생의 묘

## 3. 오우가/윤선도

내 벗이 몇이나 하니 수석(水石)과 송죽(松竹)이라.

동산에 달 오르니 긔 더욱 반갑구나.

두어라 이 다섯 밖에 또 더하여 무엇 하리.

— 서수(序首)

「오우가」는 산중신곡(山中新曲)의 마지막에 있는 작품으로 고산 56세 때이다. 이것은 영덕 유배지로부터 귀향하여 금쇄동에서 자연을 즐기며 생활하던 때에 제작된 것이다.

위 시조는 오우가의 서수이다. 서수는 오우의 소개와 이에 만족감을 나타낸 서시이다. 시적 자아의 벗은 '물과 돌, 소나무와 대나무, 그리고 동산에 떠오르는 달이다. 이 다섯이면 벗으로서 족하지 않는가. 또 더 누구를 벗으로 구하겠는가.'라 하여 이 다섯이면 벗으로서 충분하고 만족하다고 했다. 이렇게 서수는 자연 속에 살고 있는 작자의 자연애와 관조의 표백이다. 세속을 떠나 오직 산수간에서 자연을 벗하여 자연을 사랑하고 자연과 더불어 생활하는 작자의 심경을 서수에 담아냈다.

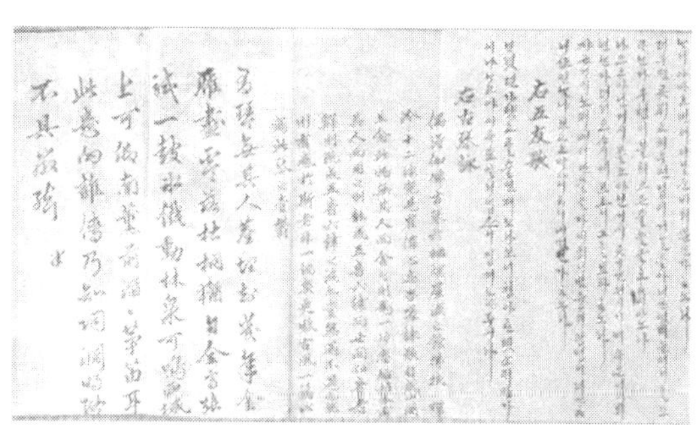

윤선도의 글씨. 〈명가필보〉에서

고산 윤선도(1587, 선조20~1671, 현종12)는 정철·박인로와 더불어 조선 3대 시가인(詩歌人)의 한 사람이다, 서인(西人) 송시열에게 정치적으로 패배하여 유배생활을 했다. 자는 약이(約而)이며, 호는 고산(孤山)이다. 부정공(副正公) 유심(唯深)의 둘째 아들이었는데, 8세 때 백부인 관찰공(觀察公) 유기(唯幾)의 양자로 가서 해남윤씨의 대종(大宗)을 이었다.

11세부터 절에 들어가 학문연구에 몰두하여 26세 때 진사에 급제했다. 1616년(광해군8) 이이첨1)의 난정(亂政)과 박승종·유희분의 망군(忘君)의 죄를 탄하는 상소를 올렸다가 유배를 당해, 경원(慶源)·기장(機張) 등지에서 유배생활을 하다 1623년 인조반정이 일어나 풀려났다. 고향인 해남에서 조용히 지내던 중 1628년(인조6) 봉림(鳳林)·인평(麟坪) 두 대군의 사부가 되면서 인조의 신임을 얻어 호조좌랑에서부터 세자시강원문학(世子侍講院文學)에 이르기까지 주요요직을 맡았다. 그러나 조정 내 노론파의 질시가 심해져 1635년 고향에 돌아와 은거했다.

1636년 병자호란이 일어나자 가복(家僕) 수백 명을 배에 태워 강화로 떠났으나, 이미 함락되었다는 소식을 듣고 다시 남한산성을 향해 가다가 이번에는 환도했다는 소식을 들었다. 세상을 등질 결심을 하고 뱃머리를 돌려 제주도로 향해 가던 중 보길도의 경치를 보고 그 자연 경관에 취하여 부용동(芙蓉洞)이라 이름하고 여생을 마칠 곳으로 삼았다.

1638년 인조의 부름에 응하지 않은 죄로 영덕(盈德)으로 유배를 당해 다음해 풀려났다. 보길도로 돌아와 정자를 짓고 시(詩)·가(歌)·무(舞)를 즐기며 예술인으로 살았다. 효종이 즉위한 이래 여러 차례 부름이 있었으나 벼슬길에 나가지 않았다. 무민거(無憫居)·정성당(靜成堂) 등 집을 짓고, 정자를 증축하며, 큰 못을 파는 등 호화로운 생활을 즐기었다.

1659년 효종이 승하하자 산릉(山陵)문제와 조대비복제(趙大妃服制)문

---

1) 대북(大北)의 영수로서 정인홍(鄭仁弘) 등과 광해군대의 정국을 주도했다.

제가 대두되었다. 남인파인 윤선도는 송시열·송준길 등 노론파에 맞서 상소로 항쟁했다. 그러나 그 성정이 너무 과격하다고 하여 삼수(三水)로 또 유배를 당했다. 1667년(현종9) 그의 나이 81세에 이르러 겨우 석방된 뒤 여생을 한적히 보내다가 1671년(현종12) 85세에 낙서재(樂書齋)에서 세상을 마감했다.

고산은 성품이 강직하고 시비를 가림에 타협이 없어 반생을 유배로 살았다. 하지만 그는 음악을 좋아하고 시를 좋아하는 풍류인이기도 했다. 지금도 보길도에 가면 그에 얽힌 숨은 이야기들을 그 곳 사람들로부터 구전되어온 것을 들을 수 있다.

그가 남긴 시조 75수는 국문학사상 그를 시조의 최고봉으로 만든 훌륭한 작품들이다. 그의 시문집으로는 정조 15년에 왕의 특명으로 발간된 『고산유고』가 있다. 이 시문집의 하별집(下別集)에 시조 및 단가 75수가 「산중신곡(山中新曲)」 18수, 「산중속신곡(山中續新曲)」 2수, 기타 6수, 「어부사시사(漁父四時詞)」 40수, 「몽천요(夢天謠)」 5수, 「우후요(雨後謠)」 1수 순서로 실려 전한다. 「산중신곡」 18수 가운데 「오우가(五友歌)」도 실려 있다. 「어부사시사」는 효종 때 부용동에 들어가 은거할 무렵에 지은 것으로, 봄·여름·가을·겨울을 각각 10수씩 읊었다.

그의 시조는 시조의 일반적 주제인 자연과의 화합을 주제로 담았다. 우리말을 쉽고 간소하면서도 자연스럽게 구사하여 한국어의 예술적 가치를 발현시켰다는 평가를 받고 있다. 숙종 때 이조판서(吏曹判書)에 추증되었다. 시호는 충헌(忠憲)이다.

작자가 56세 때 해남 금쇄동(金鎖洞)에 은거할 무렵에 지은 『산중신곡(山中新曲)』 속에 들어 있는 6수의 시조로 수(水)·석(石)·송(松)·죽(竹)·월(月)을 다섯 벗으로 삼아 서시(序詩) 다음에 각각 그 벗들의 특성과 특질을 들어 자신의 자연애(自然愛)와 관조를 표백하였다.

이는 어부사시사와 더불어 고산 시가의 대표작이라 할 만한 것으로 우리말의 아름다움을 잘 표출하여 시조를 절묘한 경지로 이끈 백미(白眉)이다.

다음에서 오우가 전수를 감상하면서 고산의 철학과 자연의 오우에게서 느낀 미의식도 함께 감상해 보자.2)

구름빛이 좋다하나 검기를 자주한다
바람소리 맑다하나 그칠적이 참 많구나
좋고도 그칠새 없기는 물뿐인가 하노라.

- 물

꽃은 무슨 일로 피면서 쉬이 지고
플은 어이하여 푸르는 듯 누르나니
아마도 변치 않을 손 바위 뿐인가 하노라

- 석(石)

더우면 꽃피고 추우면 잎 지거늘
솔아 너는 어찌 눈서리를 모르는가
구천(九泉)에 뿌리 곧은 줄을 그로하여 아노라

- 송(松)

나무도 아닌 것이 플도 아닌 것이

---

2) 이정자, 『시조문학 연구론』 "고산시가의 미학론", 국학자료원, 2003, 참조.

곧기는 뉘 시기며 속은 어이 비었는가

저러고 사시에 푸르니 그를 좋아 하노라

- 죽(竹)


작은 것이 높이 떠서 만물을 다 비추니

밤중의 광명이 너만 하 니 또 있으랴

보고도 말아니하니 내 벗인가 하노라

- 월(月)


고산의 「오우가」에 나타난 미의식은 '대상과 내'가 혼연일체가 된 무아의 경지에서 자연을 관조함으로써 대상 자체의 일반적인 현상과 개념은 상실되고, 관조에 의한 순수한 감정이입으로 영상 된 일체의 내용은 대상 자체의 고유 가치로서 자연미의 기능을 다하는 동시에 기호화된 시어의 융화는 예술미로 승화된다.

부단(不斷) 불변(不變) 불굴(不屈) 불욕(不欲) 불언(不言)으로서의 수(水)·석(石)·송(松)·죽(竹)·월(月)의 고유 가치는 동(動)을 부정한 정(靜)적인 존재다. 이는 같은 양식의 지속 감정으로 관념에 의한 추상적 양상이다. 이 추상적 양상은 정적 존재이다. 이 정(靜)의 양상은 선을 추구하는 이상적 관념과 더불어 나온 고산 자신의 실존적 양상이기도 하다. 맹자는 사람이 자신의 선성(善性)을 탐구함에 있어 올바르고 꿋꿋한 마음가짐을 징(靜)이라고 했다.

경국제민(經國濟民)의 유가 사상에서 밀려난 고산은 금쇄동 깊은 골에서 자연과 더불어 살았다. 여기서 고산은 자연의 오우를 만듦에 있어 이에 내재된 고유가치를 미적 관조에 의한 미적 체험으로 이루었다. 미적 관조는 순수한 감정이입으로 이루어진다. 이 순수한 감정이입은 모든 현세적인 것에서 떠난 물아혼연일체의 무아경에서 가능하다. 그리고 미의 내용은 선의 감각적 표현이다. 그러므로 미의 향수는 곧 선의 탐구가 된다. 이것은 미의 어원과 그 의미와도 유관하다. 따라서 오우에 내재된 정(靜)의 양상은 선을 추구하는 고산 자신의 실존적 양상이 된다. 이리하여 고산은 자연의 오우에게 다섯 가지 불변의 정적 지속 감정을 이입시킴으로써 자기 정화와 자의식에 대한 의지를 표출했다.

인간은 전지전능한 신(神)의 존재 앞에서는 약하고도 보잘 것 없는 유한의 존재이다. 하지만 관념에 의한 추상적 양상으로는 무한의 가능성을 추구할 수 있다. 고산은 그것을 자연의 오우에 접하여 미적 관조에 의한 순수한 감정이입으로 오우가에서 완성시켰다. 따라서 미적 가치는 대상 중에 나타나는 생명 가치로서 이는 미적 관조로 말미암아 체험하는 대상의 고유 가치이다. 그러므로 대상 자체 곧 '수·석·송·죽·월'의 고유 가치는 불변의 정적 양상으로 통일되었다. 그리고 관념에 의한 추상적 양상으로 완성시킨 이 정신적인 위력은 숭고미를 자아낸다.

세연정(보길도)과 고산의 묘(전남 해남 금쇄동)

고산과 풍수에 얽힌 이야기

"윤선도는 풍수지리 학문에 관해 신안(神眼)의 실력을 갖추었다."

고산 윤선도에 대해 정조는 풍수의 최고 단계인 '신안'이라고 극찬했다(주간동아, 353호와 448호 참조).

시조의 최고봉으로 잘 알려진 고산은 풍수학사에서도 상당한 비중을 차지하는 인물이다. 명당으로 알려진 그의 고가(전남 해남 녹우당)와 무덤엔 지금도 사람들의 발길이 이어지고 있다. 풍수지리에 정통한 고산은 효종이 승하하자 좌의정 심지원의 추천으로 왕릉 선정에 참여했다. 그는 여러 곳을 답사하고 난 뒤 수원 땅을 최고의 길지로 추천했다. 하지만 정치적으로 반대당인 노론의 송시열, 송준길 등이 반대하여 성사되지는 않았다. 훗날 정조는 고산이 추천한 곳이 길지임을 알고 아버지 사도세자의 묘를 이곳으로 이장하였다. 그곳이 바로 수원 옆 화성의 융릉(隆陵)이다.

정조가 '신안'으로 인정한 고산의 풍수학맥은 이의신(李懿信)과의 만남을 통해서이다. 이의신은 해남 맹진 출신으로 1600년 선조 임금 의 부인 의인왕후 박씨가 세상을 떴을 때 왕릉 선정에 참여하면서 선조에게서 능력을 인정받았으며, 광해군 때는 경기도 파주 교하로 도읍지를 옮기자는 '교하천도론'을 주장하기도 했다.

이의신과 고산 사이의 '명당 빼앗기' 이야기는 풍수가들 사이에서 회자되는데 구체적인 내용은 다음과 같다.

"이의신이 고산의 집에서 기거하고 있을 때, 밤중이면 몰래 말을 타고 집을 빠져나가 새벽녘이면 슬그머니 돌아오곤 했다. 고산은 이의신이 명당을 찾았음을 짐작하고 어느 날 그에게 술을 많이 마시게 해 일찍 잠에 빠지게 했다. 잠이 든 것을 확인한 고산은 평소 이의신이 타던 말을 앞세우고 집을 나섰다. 말은 밤중이면 언제나 가곤 하던 그 길을 따라 한참을 가다 어느 지점에 멈추었다. 자리를 살펴보니 과연 천하의 명당이었다. 고산은 주변에서 썩은 나무막대 하나를 찾아 그 자리에 묻고 집으로 돌아왔다. 이튿날 고산은 이의신에게 자신이 잡아놓은 자리가 하나 있으니 한번 봐달라고 했다. 이의신이 따라가본 곳은 다름 아닌 자신이 잡아놓은 자리였다. 이의신이 '명당에는 임자가 따로 있다'면서 고산에게 양보하였다."

금쇄동의 면적은 120여만 평으로서 지금까지 종가 소유로 전해온다.


## 4. 청석령/봉림대군

청석령(靑石嶺)3) 지났느냐 초하구(草河溝)4)는 어드매오.
호풍(胡風)5)도 차도 찰사 궂은비는 무슨 일로
뉘라서 내 행색(行色) 그려 내야 님 계신 데 드릴고.


효종이 즉위하기 전, 대군 시절 병자호란을 겪으면서 조선이 당한

---

3) 만주 요령성 동북쪽에 있는 고개 이름.
4) 청석령과 더불어 효종이 병자호란 때에 심양에 볼모로 잡혀갈 때 지나간 만주의
   고장 이름.
5) 오랑캐 땅에서 부는 차디찬 바람.

치욕은 이루 말할 수가 없다. 청나라에 굴복한 조선 왕조는 이듬해 소현세자와 봉림대군을 청나라에 볼모로 보낼 수밖에 없었다. 볼모로 청나라 심양에 끌려가면서 그 비참함과 처절한 심정을 읊은 노래가 바로 위 시조이다.

구중궁궐에서 곱게만 자란 일국의 왕자가 적국으로 인질로 끌려가는 처절한 정경이다. 음산한 호풍에 궂은비까지 내리니 그 행색이 어떠했으랴. 비에 젖은 마음은 처절하고 참혹하기 이를 데 없다.

봉림대군1619(광해군11)~1659(효종10)은 제17대 효종이다 북벌계획을 강력히 추진하여 군제를 개혁하고 군비를 강화했으며, 임진왜란과 병자호란 이후 붕괴위기에 처한 경제의 재건에도 많은 노력을 기울였다. 인조의 둘째 아들로 어머니는 인열왕후(仁烈王后)이다. 비(妃)는 우의정 장유(張維)의 딸 인선왕후(仁宣王后)이며 1526년(인조4)봉림대군(鳳林大君)에 봉해졌다. 1636년 병자호란이 일어나자 인조의 명으로 아우 인평대군(麟坪大君)을 비롯한 왕족을 거느리고 강화도로 옮겨 장기 항전을 꾀했으나, 남한산성에 고립되었던 인조가 이듬해 청나라에 항복함에 따라 형 소현세자(昭顯世子)와 홍익한(洪翼漢)·윤집(尹集)·오달제(吳達濟) 등 강경 주전론자(主戰論者)들과 함께 청나라에 볼모로 잡혀가 심양(瀋陽)에 8년 동안 머물렀다.

1645년 2월에 먼저 귀국했던 소현세자가 그해 4월 갑자기 죽자 5월에 청나라로부터 돌아왔다. 당시 대다수의 중신들은 원손의 세자 책봉을 주장했으나 국유장군론(國有長君論)을 내세운 인조의 강한 의지에 따라 세자로 책봉되었다. 1649년 5월 인조의 뒤를 이어 즉위했다.

효종은 청나라에서 당한 치욕을 씻고자 북벌을 최우선 과제로 삼았다. 즉위 후 정권을 장악하고 있던 김자점(金自點) 등 친청파(親淸派)를 조정에서 몰아내고 김상헌(金尙憲)·김집(金集)·송시열(宋時烈)·송준길(宋浚吉) 등 서인계 대청(對淸) 강경파를 중용하여 북벌계획을 추진했다. 이들은 청을 군사적으로 응징하는 것은 군부국(君父國)인 명에 대한 신자국(臣子國)의 당연한 의무라는 복수설치(復讐雪恥)의 논리로 효종의 북벌을 이념적으로 지원했다. 아울러 이러한 북벌론은 양란 이후 체제 붕괴위기를 극복하기 위한 지배층의 내실자강책(內實自强策), 즉 '국가재조(國家再造)'라고 하는 대내적인 지배안정책의 의미를 갖고 있는 것이기도 했다. 그러나 궁지에 몰린 김자점 등의 친청 세력이 역관(譯官) 이형장(李馨長)을 통해 일련의 북벌계획을 청나라에 알려 청의 간섭을 유도함에 따라 즉위 초기에는 적극적인 군사계획을 펼 수 없었다.

1651년(효종2) 조선에 대하여 강경책을 펴던 청나라의 섭정왕 도르곤[多爾袞]의 죽음은 북벌계획을 추진시켜나가는 데 좋은 계기가 되었다. 이에 친청파에 대한 사림세력의 대대적인 공세가 시작되고 그해 12월에는 조귀인옥사(趙貴人獄事)6)를 계기로 김자점 등의 친청파에 대한 대대적인 숙청이 단행되었다. 이후 본격적인 군비강화가 추진되기 시작했는데 효종은 이완(李浣)·유혁연(柳赫然) 등 무신을 특채하여 군사양성의 실제 임무를 맡겼다. 이러한 군 인사 정책은 이전에 훈신·종척(宗戚) 등을 임명하던 것과는 다른 파격적인 것으로 효종의 북벌 군사강화책 중 가장 성공적인 것으로 평가받고 있다.

1652년 북벌의 선봉부대인 어영청(御營廳)을 대대적으로 개편·강화했으며, 금군(禁軍)의 기병으로의 전환, 모든 금군의 내삼청(內三廳) 통

---

6) 인조의 후궁 조귀인(趙貴人: 효명옹주의 어머니)이 그의 며느리인 숭선군(崇善君)의 아내 신씨(申氏)를 저주한 사건으로 조귀인을 사사(賜死)하는 한편, 김자점 및 그의 손자이며 조귀인의 사위인 김세룡(金世龍)을 국문하여 이들을 처형하였다. 이로써 친청파인 김자점의 일파는 완전히 숙청되었다.

합, 수어청(守御廳)의 재강화 등 제반 군제개혁을 통해 군사강화책을 모색했다. 이와 함께 금군의 군액을 1,000, 어영군을 2만, 훈련도감군을 1만으로 증액시키고자 했다. 어영군은 많은 군사를 확보하고 3명의 보인제(保人制)를 통하여 재정적인 난점을 극복함으로써 군사 증강에 성공을 이루었다. 하지만 아쉽게도 훈련도감은 재정이 뒷받침되지 못하여 실패했다.

한편 1654년 3월 유명무실했던 영장제(營將制)를 강화, 각 지방에 영장을 파견하여 직접 속오군(束伍軍)을 지휘하게 함으로써 지방 군사력의 약화를 시정하는 한편, 1656년에는 남방지대 속오군에 보인(保人)을 지급하여 훈련에 전념하도록 했다. 1655년에는 능아청(能兒廳)을 설치하여 무장들에게 군사학을 강의하기도 했으며, 평야전에 유리한 장병검(長柄劍)의 제작, 표류해온 네덜란드인 하멜을 통해 조총 제작 등 무기의 개량에도 힘을 기울였다. 그러나 이러한 군비강화에도 불구하고 국제정세가 호전되지 않은데다가 효종도 일찍 죽어 북벌을 실천으로 옮기지는 못했으며 다만 청의 요청에 따른 2차례의 나선(羅禪: 러시아) 정벌에서 군비강화의 성과가 나타났다.

효종은 경제재건에도 많은 노력을 기울였다. 당시 조선사회는 여러 차례에 걸친 전란으로 진전(陳田)이 증가하고 농업생산력이 급격히 감소하는 한편, 농민들은 파산하여 유리(流離)하는 등 국가체제를 유지하기 힘들 정도로 경제·사회질서가 붕괴 위기에 놓여 있었다. 효종은 이러한 위기를 부세제도의 개혁, 농업생산력의 증대, 사회윤리의 강화로 극복하려고 했다. 우선 김육(金堉) 등의 건의를 받아들여 대동법(大同法)[7]의 실시지역을 확대해 1652년에는 충청도, 1653년에는 전라도 산

---

7) 조선 중기 이후 공물을 미곡으로 통일하여 바치게 하던 부세제도.

군(山郡) 지역, 1657년에는 전라도 연해안 각 고을에서 실시했다. 이와 함께 전세(田稅)도 1결(結)당 4두(斗)로 고정하여 백성의 부담을 크게 경감시켰다.

한편 1655년에는 신속(申洬)이 편찬한 『농가집성(農家集成)』을 간행·보급하여 농업생산에 이용하도록 했다. 한때 군비확충에 필요한 동철(銅鐵)의 수요를 충족시키기 위해 동전의 유통에 반대하기도 했으나 김육의 강력한 주장에 따라 상평통보(常平通寶)를 주조·유통시키도록 했다. 1656년에는 소혜왕후(昭惠王后)[8]가 편찬한 『내훈(內訓)』과 김정국(金正國)이 지은 『경민편(警民編)』을 간행·보급하여 전란으로 흐트러진 사회윤리의 재정립을 시도하기도 했다.

문화면에서는 1653년 역법(曆法)을 개정, 24절기의 시각과 1일간의 시간을 계산하여 제작한 시헌력(時憲曆)을 사용하게 했다. 1654년 『인조실록』을, 이듬해 『국조보감(國朝寶鑑)』을 편찬·간행했으며, 1657년에는 『선조실록』을 『선조수정실록』으로 개편·간행했다. 이렇듯 효종은 두 전란으로 흐트러진 사회기강과 경제와 문화, 민심을 수습하고 통합하고 정립하는데 온 힘을 기울이다 돌아간 임금이시다. 그래서 사후 선문장무신성현인대왕(宣文章武神聖顯仁大王)으로 존호(尊號)가 올려졌고 묘호(廟號)를 효종이라 했다. 능은 경기도 여주군 능서면 왕대리에 있는 영릉(寧陵)이다.

---

8) 한명회와 함께 아들(성종)을 왕위에 올린 소혜왕후는 생전에 독실한 불교신자로 불경에 조예가 깊어 범어(梵語, 산스크리트어), 한어(漢語), 국어(國語) 3자체(三字體)로 서술한 불경과 부녀자의 예의범절을 가르치기 위하여 편찬한 ≪내훈≫(內訓)을 남겼다.

영릉(효종과 인선왕후 장씨가 모셔진 쌍릉이다)

## 5. 가노라 삼각산아/김상헌

가노라 삼각산(三角山)[9]아 다시보자 한강수(漢江水)야
고국산천(故國山川)을 떠나고쟈 하랴만은
시절이 하 수상하니 올동말동 하여라


병자호란(丙子胡亂) 때 끝가지 척화 항전(斥和抗戰)을 주장하던 작자가
패전 후 청나라로 잡혀가면서 부른 노래로 비분강개한 심정이 응어리
져서 나타난 작품이다.

---

9) '삼각산'은 인수봉(810.5m), 백운봉(836.5m), 만경봉(799.5m)의 세 봉우리가 삼
각형으로 나란히 솟아있다 해서 붙여진 이름이다. 삼국시대에는 부아악, 화악 등
으로 불리다 고려시대부터 20세기 초까지 삼각산으로 불렸다. 무려 1000년 이상
불리던 명칭이다. 고려사, 세종실록지리지, 신증동국여지승람, 동국여지지 등 여
러 역사서와 지리서뿐 아니라 문인들의 시와 산문에도 등장한다. 지금은 한강 북
쪽에 있다하여 북한산이라 부르는데 지형의 특성을 살려 삼각산이란 이름이 옳
다고 본다.

작자 김상헌(金尙憲, 1570~1652)은 조선조 인조 때의 문신이다. 인조반정에 참여하지 않은 청서파(淸西派)의 영수이며, 병자호란 때는 끝까지 주전론(主戰論)을 주장했다. 본관은 안동이고, 자는 숙도(叔度)이며 호는 청음(淸陰) 또는 석실산인(石室山人)이라 불린다. 아버지는 돈녕부도정 극효(克孝)이고, 형이 우의정 상용(尙容)이다. 윤근수(尹根壽)의 문인이다.

청음은 임진왜란을 청년 시절인 23세에 맞아, 그 난리 중인 1596년(선조29)에 정시문과에 급제하여 부수찬·좌랑·부교리를 지냈다. 임란 이후 1600년에 예조좌랑을 거쳐 홍문록에 올라 홍문관 부수찬이 되었다. 이때 사관은 김상용의 아우로서 송강 정철을 돕고 보호하는 논의를 강력히 주장하였다.

1608년(광해군 즉위) 문과중시에 급제하여 사가독서(賜暇讀書)한 뒤, 교리·응교·직제학을 거쳐 동부승지가 되었다. 1615년에 지은「공성왕후책봉고명사은전문(恭聖王后冊封誥命謝恩箋文)」이 왕의 뜻에 거슬려 파직되었다. 1624년(인조2) 다시 등용되어 대사헌·대사성·대제학을 거쳐 육조의 판서를 두루 역임했다. 1636년 병자호란 때 예조판서로 주화론(主和論)을 배척하고 끝까지 주전론(主戰論)을 주장하다 인조가 항복하자 파직되었다. 1639년 청나라가 명나라를 공격하기 위해 요구한 출병에 반대하는 상소를 올렸다가 청나라에 압송되어 끌려갔다. 1640년에 의주를 거쳐 41년 목에 철쇄를 차고 두 손을 결박당한 채 심양에 도착하여 조사를 받고 1642년 병이 중하다는 이유로 의주로 되돌아왔다. 이 때 그의 나이 73세였다. 1643년에 다시 동관, 북관을 거쳐 심양으로 잡혀갔다가 45년 초 세자의 귀국 편으로 되돌아왔다. 이후 52년까지 도승지, 우승지, 좌의정, 영돈녕부사 등을 역임하다가 양주의 석실별장에서 좌의정 겸 영경연사 감춘추관사 세자부로 있다가

1652년에 83세로 일기를 마쳤다.

청음은 글씨에도 능하여 특히 동기창체(董其昌體)를 잘 썼으며, 저서에 『청음집』·『야인담록(野人談錄)』·『풍악문답(豊岳問答)』 등이 있다. 1653년 영의정에 추증되었으며, 1661년 효종 묘정에 배향되고, 양주 석실서원(石室書院), 정주 봉명서원(鳳鳴書院), 의주 기충사(紀忠祠), 광주 현절사(顯節祠) 등에 제향 되었다.


청음과 석실서원

청음은 스스로 묘지명을 작성하였는데, 손자 수증의 글씨로 현재 아래와 같이 묘비에 새겨져 있다.


"지성은 금석에 맹세했고
 대의는 일월처럼 걸렸네.
천지가 굽어보고
귀신도 알고 있네.
옛것에 합하기를 바라다가
오늘날 도리어 어그러졌구나.
아
백년 뒤에
사람들 내 마음을 알 것이네"


청과의 척화, 강화를 둘러싸고 의견이 갈렸던 청음이 심양에서 석방되어 돌아오면서 최명길에게 화답한 시를 보면, 청음의 시비, 선악을 잣대로 하는 원칙론의 주장이 잘 드러난다.

성패는 천운에 달린 것이니
반드시 의리에 부합하길 추구해야지
비록 그러나 조석으로 반성해보면
어찌 벼슬에 급급할 수 있으랴
권도란 혹 현인도 잘못 쓸 수 있지만
상도(常道)는 응당 보통 사람도 어김이 없네.
명예에 좇는 이에게 말하노니
창졸간(倉卒間)에도 신중히 기미(幾微)를 헤아리소.


석실서원은 1656년(효종7) 병자호란 때 대표적인 척화신(斥和臣)이 었던 청음(淸陰) 김상헌(金尙憲)을 기리기 위해 건립된 서원이다. 그러나 강학(講學)과 장수(藏修)라는 서원 본래의 기능에서 벗어나 사림정치·붕당정치 속에서 정치서원으로 변모했다. 조선후기 이용후생학파(利用厚生學派)의 정신적 근거지였던 석실서원은 1868년 흥선대원군의 서원 철폐령에 의해 철폐되었다. 석실서원은 현재 남양주시 수석동 산2의 1에 위치한 조말생 신도비 앞쪽에 '석실서원터'라고 쓰인 표지석만이 덩그러니 서 있다.

거기서 예봉산 기슭을 바라보고 가다보면 석실마을이 있다. 여기에 청음(淸陰) 김상헌(金尙憲)이 거처하던 송백당 유허와 유택이 있다.

석실서원 터는 현재 남양주시 와부면 수석동에 있는데, 토평 인터체인지에서 덕소 방향으로 가다가 조말생 묘소 표석이 있는 쪽으로 우회전해서 들어가면 된다. 그러나 석실서원과 관련된 자취는 전혀 보이지 않고 모장산 끝자락에 1987년 9월 17일 경기도에서 세운 '석실서원지' 표석만 덩그러니 서 있다.

청음 김상헌의 묘(경기도 남양주군)                    김상헌의 글씨

다음에 병자호란에 대해 좀 더 살펴보자

병자호란은 우리 역사상 가장 치욕적인 사건이다.

1627년에 일어난 정묘호란(丁卯胡亂) 뒤 후금(後金)과 조선은 형제지국(兄弟之國)으로서 평화유지를 약속했다. 그러나 조선은 해마다 많은 애수의 세폐(歲幣)와 수시로 하는 요구에 응하기 힘들었다. 당시 집권층의 강한 숭명배금(崇明排金) 사상으로 북쪽 오랑캐와의 형제관계를 받아들이기 어려웠다. 그런데도 오히려 청(후금)나라 태종은 사신을 보내 '형제지맹'을 '군신지의(君臣之義)'로 고치려 했다. 세폐도 자꾸 늘려서 조선으로서는 감당키 어려웠다. 그래서 세폐를 대폭으로 감액하는 교섭을 벌였으나 실패했다. 후금이 무리한 요구를 하자, 조선 조정에서는 절화(絶和)하는 한편 군비(軍備)를 갖추어야 한다는 논의가 격해졌다. 그러던 중 인조비 한씨(韓氏)의 조문(弔問)으로 온 후금의 사신을 조정에서 죽이는 사건이 벌어졌다. 그리고 척화할 것을 주장했다. 인조도 후금의 국서를 받지 않고 그들을 감시하게 했다. 후금의 사신들은 사태가 심상치 않음을 깨닫고 도망갔다.

1636년 4월에 후금은 국호를 청(淸)으로 고치는 한편 연호를 숭덕(崇德)으로 개원하고 태종은 관온인성황제(寬溫仁聖皇帝)라는 존호를 받았는데, 이때 즉위식에 참가한 조선 사신인 나덕헌(羅德憲)과 이곽(李廓)이 신하국으로서 갖추어야 할 배신(陪臣)의 예를 거부했다. 척화론자(斥和論者)들은 주화론자(主和論者)인 최명길(崔鳴吉) · 이민구(李敏求) 등을 탄핵했다. 이러한 정세를 살펴보던 청태종은 그해 11월 조선의 사신에게 왕자와 척화론자들을 압송하지 않으면 침략하겠다고 거듭 위협했다.

청태종은 자기 뜻대로 조선이 움직여주지 않자 1636년 12월에 직접 조선 침략을 감행했다. 그 과정은 이루 말할 수 없을 정도로 처참했고 비참한 패배였다. 강화도로 피난 갔던 빈궁과 대군 이하 200여 명이 포로가 되어 남한산성으로 호송되었다.

모든 정세가 불리해지자 인조는 항복할 결심을 하고 1월 30일 그 추위에 성을 나와 삼전도(三田渡)에서 청태종에게 항복하는 이른바 치욕적인 '삼전도 의식'이 행해졌다.

1637년 인조15년 병자호란 발발 45일 만에 국왕 인조는 항복을 결정하고 그동안 항전을 해 왔던 남한산성을 나와 삼전도에서 굴욕적인 항복식을 거행했다. 국왕은 곤룡포 대신 평민이 입는 남색 옷을 입고 세자를 비롯한 대신들과 함께 청태종의 수항단(受降壇)이 마련되어 있는 잠실나루 부근 삼전도에 도착, 어가에서 내려 2만 명의 적병이 도열하고 있는 사이를 걸어 황제를 향하여 세 번 절하고 아홉 번 머리를 조아리는 이른바 삼배구고두례(三拜九敲頭禮)라는 치욕적인 항복례를 실시하였다. 이것은 인조가 삼전도에서 청태종에게 한 항복례로 한 번 절 할 때마다 세 번 머리를 땅바닥에 부딪치는 것을 세 번 해야 한다는 것을 일컫는다. 단 이 때 반드시 머리 부딪치는 소리가 크게 나야 한다. 청태종은 소리가 나지 않는다고 다시 할 것을 요구해 인조는 사실상 수십 번 머리를 부딪쳤고 이에 인조의 이마는 피투성이가 되었다. 울분 터지는 기가 막히는 항복례였다. 이래서 오랑캐라 하는가. 짐승보다 못한 비열하기 짝이 없는 인간의 요구였다.

이때 항복의 조건은 다음과 같다.


첫째　청나라와 조선은 군신의 의를 맺고,

둘째　명의 연호를 버리며 명나라와의 국교를 끊고 명나라에서 받은 고명책인(誥命册印)을 청나라에 바칠 것,

셋째　인조의 장자와 다른 아들 및 대신들의 자제를 인질로 할 것,

넷째　청나라의 정삭(正朔)을 받고, 만수·천추·동지·원단과 그 밖의 경조사에 조헌의 예를 행하며 사신을 보낼 것이며 이들 의절은 명나라에 하던 것과 같이 할 것,

다섯째 청나라가 명나라를 정벌할 때 원군을 보낼 것이며 가도(椵島)를 정벌할 때 조선은 원병과 병선을 보낼 것,

여섯째 조선인 포로가 만주에서 도망하면 잡아가며 대신 속환(贖還)할 수 있다는 것,

일곱째 통혼(通婚)으로 화호(和好)를 굳힐 것,

여덟째 조선은 성을 보수하거나 쌓지 말 것,

아홉째 조선 안에 있는 올량합인(兀良哈人)을 쇄환(刷還)할 것,

열째　일본과의 무역을 종전대로 하고 일본의 사신을 인도하여 청

　　　나라에 내조하게 할 것,

열한째 매년 1번씩 청나라에서 정하는 일정한 양의 세폐(歲幣)를 바

　　　칠 것 등이다.


이는 정묘호란 때의 조건에 비하면 비교할 수 없을 정도로 굴욕적이
고 가혹한 것이었다. 화의가 이루어지자 청태종은 돌아갔으며, 소현세
자와 빈궁, 봉림대군과 부인 그리고 척화론자인 오달제(吳達濟)·윤집
(尹集)·홍익한(洪翼漢) 등의 대신들이 인질로 잡혀 심양으로 갔다. 청군
은 돌아가던 중 가도의 동강진(東江鎭)을 공격했고, 조선은 평안병사 유
림과 의주부윤 임경업으로 하여금 병선을 거느리고 청군을 돕게 하여
동강진의 명나라 군대는 괴멸되었다.

　병자호란 후 조선은 청에 대해서 사대(事大)의 예를 지킴에 따라 조
공(朝貢) 관계가 유지되었다. 중국에 가는 사신의 주요임무는 세폐와 방
물(方物: 황제나 황후에게 따로 보내는 조선의 공물)을 바치는 일이었는데, 이
로 인해 조선은 막대한 경제적 손실을 보았다. 사행(使行)의 내왕시 일
정한 한도 내에서의 교역이 공인되어 개시(開市)와 후시(後市)가 행해졌
는데, 이 또한 조선 정부에 경제적 손실을 끼쳤다.

　이외에 전쟁 때 청으로 잡혀간 백성들을 데려오는 데 드는 속환가가
비싸서 속환문제가 심각했다. 이와 같이 조선은 표면적으로 사대의 예
를 갖추고 있었으나, 실제로는 숭명배청의 사상이 전쟁 전보다도 굳어
져갔다. 그리하여 강화조건에 포함되어 있는 청나라의 출병요구에 대

해서는 1639년에 거절한 바 있으며, 이듬해 청나라가 명나라를 공격할 때 임경업에게 전선 120척과 병사 6,000명을 주어 출전하게 하고 군량미 1만 포를 조운(漕運)하게 했는데, 임경업이 중도에서 일부러 30여 척을 파괴하고 풍운을 만나 표류한 틈을 타서 명나라에게 청나라의 사정을 알렸다.

1643년에는 조선이 명나라와 통교한 사실이 드러나 최명길과 임경업이 심양에 붙잡혀갔다. 이듬해 청은 베이징[北京]으로 천도하고 1645년에 심양에 잡혀갔던 소현세자와 봉림대군, 최명길, 척화론자인 김상헌을 돌려보냈다. 그러자 인조는 인평대군을 보내어 사의를 표함으로써 병자호란의 전후처리는 일단락되었다. 종전 직후 무리하게 책정되었던 조공품목들은 조정되었으나 조선에게 불리한 조공관계와 무역은 계속 진행되었다. 이러한 상황에서 조선은 1649년에 즉위한 효종의 주도 아래 강한 배청사상을 근간으로 하는 북벌론(北伐論)이 대두되었다. 이 북벌론은 안타깝게도 효종의 붕어로 뜻을 이루지 못했다.

삼전도비

1639년 병자호란의 패전의 국치를 상징하는 사적 101호 삼전도비는 1983년 지금의 서울 송파구 석촌동 자리에 세워진 뒤 2007년 2월 '스프레이 테러'를 당하는 등 수난을 겪었다. 2009년 상반기까지 원래의 자리(석촌호수 서호 한복판)와 가까운 석촌호수 서호 북동쪽 녹지대로 이전되며, 항복 광경을 묘사한 동판(1983년 건립)은 철거될 예정이다.

## 6. 청산도 절로 절로/송시열

청산도 절로절로 눅수도 절로절로
산절로 수절로 산수간에 나도 절로
그 중에 절로 자란 몸이 늙기도 절로 하리라.


우암 송시열하면 노론의 수장으로서 당쟁의 중심에 선 정치가로서 가장 인상에 남는다. 그러한 그에게도 이러한 시적인 서정이 있다는 것이 놀랍다. 하기야 옛 정치가들은 과거 시험 자체가 문학이니 그들의 마음 또한 문학에 젖어있기에 가능하다고 본다. 그래서 요즈음 정치가와는 다르다는 것을 알 수 있다. 그래서 벼슬을 성공적으로 끝내고 낙향하여 후진양성을 하는 것이 그들의 꿈이었다. 우암 또한 그러한 삶을 살았다.

송시열(1607, 선조40~1689, 숙종15)은 조선 후기의 문신·학자이다. 17세기 중엽 이후 붕당정치가 절정에 이르렀을 때 서인노론의 영수이자 사상적 지주로서 활동했다. 본관은 은진이고. 아명은 성뢰(聖賚)이며, 자는 영보(英甫)이고, 호는 우암(尤庵)·우재(尤齋)·화양동주 등이나 우암으로 통한다.

아버지는 사옹원봉사 갑조(甲祚)이고, 어머니는 선산곽씨(善山郭氏)이다. 효종의 즉위와 더불어 정계에 진출해 산당(山黨)이라는 세력을 형성했던 송준길(宋浚吉)·이유태(李惟泰)·유계(兪棨)·김경여(金景餘)·윤선거(尹宣擧)·윤문거(尹文擧)·김익희(金益熙) 등과 함께 김장생(金長生)·김집(金集) 부자에게서 배웠다. 그래서 그의 학문은 바로 이러한 기호학파의 학맥을 근간으로 형성되었다. 그는 이황의 이원론적인 이기호발

설(理氣互發說)을 배격하고 이이의 기발이승일도설(氣發理乘一途說)을 지지하여 사단칠정(四端七情)이 모두 이(理)라 하는 일원론적 사상을 발전시켰다. 또한 정통 성리학자로서 그는 주자의 학설을 전적으로 신봉하고 실천하는 것으로 평생의 업을 삼았다.

『주자대전(朱子大全)』・『주자어류(朱子語類)』의 연구에 몰두하여『주자대전차의(朱子大全箚疑)』・『주자어류소분(朱子語類小分)』 등의 저술을 남긴 것은 이 같은 그의 학문세계를 단적으로 보여주는 것이다. 그의 이러한 학풍은 기본적으로 양란 후의 사회적・정치적 동요를 수습해서 양반지배체제를 재건하고 나아가서는 조선과 명(明)의 '원수'인 청을 물리치고 중화적 세계질서를 회복하고자 한 현실인식의 반영이었다. 곧 주자학의 명분론인 삼강오륜을 사회운영의 원리로 파악하여, 청에 대한 복수의 근거를 명에 대한 강상(綱常)・군신(君臣)의 관계에서 찾았다. 이 같은 북벌론은 당연히 조선왕조의 부국강병 필요성을 제기하는 것이었고, 이를 위해 정치적・사회적인 측면에서 송시열이 강조했던 것은 '세도정치론(世道政治論)'이었다.

이는 강상윤리를 기초로 하는 사회기강의 확립과 주자학적인 의리(義理)・도학(道學)의 실현에 목표를 두는 것이었으며, 또 이의 실현주체로서 성학(聖學)의 수양을 쌓은 성인(聖人)으로서의 군주를 상정하는 것이었지만 그러한 군주가 없을 경우에는 현인(賢人) 재상(宰相)이 전권을 행사해야 한다는 주장이었다. 결국 현실적으로는 세도정치의 이상을 실현할 수 있는 군자당(君子黨)은 노론뿐이라는 당파적 이해를 대변하는 것이었다. 그러한 면에서 그는 주자의 교의에서 벗어나 본래의 공맹(孔孟)에서 유학을 재정립하고자 했다.

이는 군주 중심의 정치운영방식을 추구하고자 했던 허목(許穆)이나 윤휴 등 남인의 학자들과 커다란 차이를 드러냈던 것이다. 복상을 둘러싼 2차례의 예송에 깊이 간여하면서 남인과 대립했던 이면에는 이와 같은 입장의 차이가 있었다. 기사환국으로 노론이 실각하면서 송시열의 이 같은 정치운영론은 일단 실패했으나, 18세기 후반 이후 노론의 일당전제정치 확립 이후 가장 영향력 있는 사상체계로서 정치와 학문 양 측면에서 거의 독보적인 지위를 구축했다.

26세 때까지 외가인 충청도 옥천군 구룡촌에서 살다가 회덕(懷德)으로 옮겼다. 1633년(인조11) 생원시에 장원급제하고 최명길(崔鳴吉)의 천거로 경릉참봉이 되면서 관직생활에 발을 내디뎠다.

1635년 봉림대군(鳳林大君: 뒤의 효종)의 사부(師傅)가 되었다. 이도 잠간 이듬해인 1636년 병자호란이 일어나서 인조를 따라 남한산성으로 들어가게 되었다. 그리고 1637년 화의가 성립되어 왕이 항복하고 소현세자와 봉림대군이 청나라에 인질로 잡혀가게 되자 낙향하여 10여 년 간을 초야에 묻혀 학문에 몰두했다. 이 10간이 우암으로 하여금 학문적으로 우뚝 서게 한 시기이다.

1649년 효종이 왕위에 올라 척화파와 산림(山林)들을 대거 기용하면서 그도 장령에 등용되어 세자시강원진선을 거쳐 집의가 되었다. 이때 존주대의(尊周大義)와 복수설치(復讐雪恥)를 역설하는 글을 왕에게 올려 효종의 신임을 얻게 되었다. 그러나 청서파(淸西派)[10]인 그는 공서파(功西派)[11]인 김자점(金自點)이 영의정에 임명되자 사직했다. 이듬해 김자점이 파직된 뒤 진선에 재임명되었다가, 그가 찬술한 장릉지문(長陵誌文)에 청의 연호를 쓰지 않았다고 김자점이 청에 밀고함으로써 다시 물

---

10) 인조반정에 간여하지 않았던 서인세력.
11) 인조반정에 가담하여 공을 세운 서인세력.

러났다. 그 뒤 충주목사·사헌부집의·동부승지 등에 임명되었으나 모두 사양하고 향리에 은거하면서 후진양성에만 전념했다. 1658년(효종9) 다시 관직에 복귀하여 찬선을 거쳐 이조판서에 올라 효종과 함께 북벌계획을 추진했다.

이듬해 효종이 급서한 후 자의대비(慈懿大妃)의 복상(服喪) 문제를 둘러싸고 제1차 예송(禮訟)이 일어나자 송시열은 기년복(朞年服: 만 1년 동안 상복을 입는 것)을 주장하면서 3년복(만2년 동안 상복을 입는 것)을 주장했던 남인의 윤휴(尹鑴)와 대립했다. 예송은『대명률(大明律)』·『경국대전』의 국제기년설(國制朞年說)에 따라 결국 1년 복으로 결정되었지만 이 일은 예론을 둘러싼 학문적 논쟁이 정권을 둘러싼 당쟁으로 파급되는 계기가 되었다.

예송을 통해 남인을 제압한 송시열은 효종에 이어 현종이 즉위한 뒤에도 숭록대부에 특진되고 이조판서에 판의금부사를 겸임한 데 이어 좌참찬에 임명되어 효종의 능지(陵誌)를 짓는 등 현종의 신임을 받으면서 서인의 지도자로서 자리를 굳혀 나갔다. 그러나 이때 효종의 장지(葬地)를 잘못 옮겼다는 탄핵이 있자 벼슬을 버리고 회덕으로 돌아갔다. 그 뒤 여러 차례 조정의 부름을 받았음에도 불구하고 향리에 묻혀 지냈으나, 사림의 여론을 주도하면서 막후에서 커다란 정치적 영향력을 행사했다. 1668년(현종9) 우의정에 올랐으나 좌의정 허적(許積)과의 불화로 곧 사직했다가 1671년 다시 우의정이 되었고 이어 허적의 후임으로 좌의정에 올랐다.

1674년 효종비 인선왕후(仁宣王后)가 죽자 다시 자의대비의 복상문제가 제기되어 제2차 예송이 일어났을 때 대공설(大功說: 9개월 동안 상복을 입는 것)을 주장했으나 기년설을 내세운 남인에게 패배, 실각 당했다.

이듬해 앞서의 1차 예송 때 예를 그르쳤다 하여 덕원으로 유배되었고, 이어 웅천·장기·거제·청풍 등지로 옮겨 다니며 귀양살이를 했다. 1680년(숙종6) 경신대출척으로 남인들이 실각하고 서인들이 재집권하자 유배에서 풀려나 그해 10월 영중추부사 겸 영경연사로 다시 등용되었다. 그 뒤 서인 내부에서 남인의 숙청 문제를 둘러싸고 대립이 생겼을 때, 강경하게 남인을 제거할 것을 주장한 김석주(金錫胄)·김익훈(金益勳) 등을 지지했다. 이로써 서인은 1683년 윤증(尹拯) 등 소장파를 중심으로 한 소론과, 송시열을 중심으로 한 노장파의 노론으로 분열되기에 이르렀다. 1689년 숙의 장씨가 낳은 아들(뒤의 경종)의 세자책봉이 시기상조라 하여 반대하는 상소를 올렸다가 숙종의 미움을 사 모든 관작을 삭탈당하고 제주로 유배되었다. 그해 6월 국문(鞠問)을 받기 위해 서울로 압송되던 길에 정읍에서 사약을 받고 죽었다.

그의 학통을 이어받은 권상하의 문하에서 한원진·윤봉구·이간 등 이른바 강문8학사(江門八學士)가 나왔는데 이들은 조선 후기 기호학파 성리학의 주류를 형성했던 인물들이었다. 이들을 통하여 송시열의 주자학적인 정치·경제·사회사상은 조선 후기 성리학의 정통적 흐름이자, 가장 강력한 지배 사상으로 대두되었다. 저서로는 『주자대전차의』·『주자어류소분』·『이정서분류』·『논맹문의통고』·『경례의의』·『심경석의』·『찬정소학언해』·『주문초선』·『계녀서』 등이 있으며, 문집으로는 1717년(숙종 43) 교서관에서 간행된 『우암집』 167권과 1787년(정조 11) 평양감영에서 출간한 『송자대전(宋子大全)』 215권이 있다. 그뒤 9대손 병선·병기 등이 『송서습유』 9권, 『습유』 1권을 간행했다.

송시열의 다른 두 편도 감상해 보자

님이 혜오시매 나는 전혀 믿었더니

날 사랑하던 정을 뉘에게 옮기신고

처음에 미워하셨더면 이다지도 슬프랴.

– 청구영언(진본), 298

늙고 병든 몸이 북향하여 우노매라

님향한 마음을 뉘 아니 두랴마는

달 밝고 밤긴 때이면 나 뿐인가 하노라.

– 청구영언(가람본), 188

우암 송시열 신도비각

송시열 묘
(충북 괴산군 청천면 청천리)

# 조선 후기(1)(시조문학 제5기)

이 시기는 시조문학 제5기로 숙종조(1675)에서 정조조(1800)까지이다. 그 문학사적 배경을 살펴보면 17세기로 접어들면서 고증학의 영향으로 일어난 실학사상은 병란 후 우리나라에 들어와 윤형원(1622~1673)을 비조(鼻祖)로 하여 이익(1681~1763)이 그 학문적인 체계를 세웠다. 이들 실학파들은 기존의 성리학 사상에 반기를 들고 낡아빠진 무용의 학문이라고까지 했다. 반면에 성리학파들은 실학을 가리켜 이단으로 몰았다. 사실 성리학은 조선 초기에는 고려조의 부패한 불교를 누르고 새로운 사조로 부각한 현실적인 사상이었다. 그러던 것이 조선 중 후기로 오면서 현실과는 많은 괴리현상을 지니고 관념적인 학문으로 치닫고 있었다. 문학도 순정문학을 주장하고 자연미를 상탄하였으나 참된 인간미를 표출하는 데는 인색했다.

실학은 도학의 음풍농월류(吟風弄月類)의 순정문학을 배격하고 실리문학을 주장했다. 허위와 허식, 형식적인 생활에서 참된 인간의 모습으로 돌아가려는 운동이 일어났다. 소설도 그때까지의 관념적이고 비

현실적이고 몽상적인 구조에서 실질적이고 현실적이고 사실적인 구조와 주제로 발전했다. 일련의 연암 소설과 춘향전이 이 시기 나타났다.

가사에 있어서도 자연 풍광을 노래하거나 연군지사를 노래하던 것을 그만 두고 실생활과 관련한 기행문 등의 실리 문학이 나왔고 시조에 있어서도 오랜 전통의 단형시조에서 벗어나 형식도 산문형식으로 길어지고 내용면에서도 인간성과 서민의 감정이 표출되는 사설시조가 등장하게 되었다. 이렇게 실학사상은 문학에 큰 영향을 미쳤다. 곧 일반서민의 감정과 의식을 작품화하는데 성공했다. 소설도 양반계층의 전유물인 한문소설에서 벗어나 구운몽, 홍길동전을 비롯한 국문소설이 나오기도 했다.

이 시기는 가집이 처음 엮어진 시기이기도 하다. 김천택은 그때까지 구전으로만 읊어지다가 없어짐을 안타깝게 생각하여 기록으로써 후세까지 전하고자 『청구영언』을 편찬하였다. 필사본으로 1권1책이다. 작품 수는 580수이다. 또 이 시기는 평민가객의 출현으로 시조의 일대 전환기를 맞기도 한다. 평민가객으로 쌍벽을 이루는 김천택 김수장을 비롯하여 김성기, 주의식 등이 모두 숙종조에 출생하여 영·정조대에 가객으로 활약한 인물들이다.

북헌 김춘택(1670~1717)을 비롯해서 117수를 남긴 노가재 김수장(1690~?), 76수를 남긴 남파 김천택(1687~1758) 등 작품 5수 이상 남긴 작가가 27명이다.

이 시기도 많은 작가들이 나왔고, 또 많은 작품들을 낸 작가들도 여러 명이 있다. 그래서 이 시기도 시조의 융성기라 할 만하다. 그런데도 이 시기를 구태여 시조의 전환기라고 부르는 까닭은 이 시기가 시조집을 편찬한 시기이기도 하지만 김유기 김성기 등이 중심이 되어 이루어진 경정산가단(敬亭山歌壇) 등 시조가단이 형성된 시기로 시조문학내의 또 다른 변혁을 가져온 시기이기 때문에 창작에만 그친 이전과는 다른 모습으로서 가히 시조의 전환기를 맞이한 셈이다. 그리하여 이 시기를 시조의 전환기라 한다.


## 1. 동창이 밝았느냐/남구만

동창이 밝았느냐 노고지리 우지진다
소치는 아이는 상기 아니 일었느냐
재 너머 사래 긴 밭을 언제 갈려 하느냐


농경문화 사회에서 근면성과 농촌의 봄철 풍경을 잘 표현해 낸 이 시조의 배경은 동해시 망상동 심곡마을이다. 약천(藥泉) 남구만이 말년에 관직에서 물러나 전원생활의 풍류를 즐기며 쓴 작품이다. 밝아오는 아침과 지저귀는 종달새를 통해 농촌의 아침 정경을 여유 있게 표현해 운치와 멋을 살린 대표적인 권농가(勸農歌) 중의 하나이다.

약천(藥泉) 남구만(南九萬, 1629~1711)은 조선 숙종 때 사람으로 개국공신 남재의 후손이며 아버지는 지방 현령이었던 일성(一星)이다. 김장생(金長生)의 문하생이었던 송준길(宋浚吉)에게 수학하였으며 효종 2년(1651)에 과거에 합격하고 1656년 별시문과에 을과로 급제하여 벼슬길에 올랐다. 정언·이조정랑·집의·응교·사인·승지·대사간·이조참의·대사성 등을 거쳐서 숙종 초 대사성·형조판서를 거쳐 1679년(숙종5) 한성부좌윤을 지냈다. 같은 해 남인인 윤휴·허견 등

을 탄핵하다가 남해로 유배되었으나 이듬해 경신대출척(庚申大黜陟)[1]
으로 남인이 실각하자 풀려나 도승지·부제학·대사간 등을 지냈다.
병조판서 때는 무창(茂昌)과 자성(慈城) 2군을 설치했으며, 군정의 어지
러움을 많이 개선했다. 이때 서인이 노론과 소론으로 나뉘자 소론의
우두머리가 되었다. 1689년 기사환국(己巳換局)[2]으로 남인이 득세하자
강릉에 유배되었다.

　망상동과 인연을 맺은 것은 바로 이때이다. 그의 나이 61세였다. 위
시조는 유배된 이듬해인 1690년 봄에 지은 것으로 보고 있다. 심곡마
을에는 남구만의 호와 같은 약천(藥泉)이란 샘이 있다. 그래서 현실감이
있고 더욱 정겹다. 심곡마을에는 여느 고향마을처럼 시조에 등장하는
'재 너머'와 '사래긴 밭(장밭·長田)'이 실제로 지금도 있다. 약천 샘에
서 산 쪽으로 약 50m 올라가면 약천사(藥泉祠)가 있었던 것으로 전해진
다. 약천사는 심곡마을에서 1년여를 머물다 한양으로 되돌아간 남구
만이 세상을 떠난 후 그의 깊은 학식과 고매한 인격을 존경하여 흠모
한 마을사람들이 그의 영정을 모시던 곳이다. 약천의 영정을 모신 마
을이라 하여 이곳을 '영당(影堂)마을'이라고도 불렀다.

　짙푸른 바다가 바라보이는 동해휴게소 한 편엔 약천을 기리는 시조
비가 1994년에 세워졌다. 이렇게 이 고장을 지키는 뜻있는 이들에 의
해 시비가 세워짐으로 해서 남구만과 동해의 인연을 잇는 끈이 길이
간직하게 되었다.

---

1) 1680년(숙종6)에 남인세력이 정치적으로 대거 축출된 사건.
2) 장희빈 소생을 원자로 삼고 민비를 폐위시키는 것의 부당함을 상소하다 숙종의
　뜻을 거슬러 서인이 집권 10년 만에 남인에게 정권을 빼앗긴 국면을 기사환국이
　라 한다.

1694년 갑술옥사(甲戌獄事)로 다시 영의정이 되었고, 1696년 영중추 부사가 되었다. 1701년 희빈 장씨를 가볍게 처벌하자고 주장했으나 숙종이 희빈 장씨를 사사(賜死)하기로 결정하자 사직하고 고향에 내려 갔다. 그 뒤 유배·파직 등 파란을 겪다가 다시 등용되었으나 1707년 관직에서 물러나 기로소(耆老所)에 들어갔다가 1711년 83세로 세상을 떴다.

숙종의 묘정(廟庭)에 배향되었고, 강릉의 신석서원(申石書院) 등에 제 향 되었다. 시호는 문충(文忠)이다. 저서로 『약천집』·『주역참동계주 (周易參同契註)』가 전한다.

이렇게 한 편의 시조를 감상하면서 저자의 인생을 살피다 보면 그 시절 역사를 환하게 들여다 볼 수 있다. 누가, 어느 편이 정권을 잡느냐 에 따라 천국과 지옥을 오가는 당파 정치의 현주소를 보게 된다.

약천 남구만의 묘(경기도 용인시)

약천시비

## 2. 수레에 매였으니/김춘택

　　수레에 매였으니 천리마를 제 뉘 알며
　　돌 속에 싸였으니 천하보(天下寶)를 제 뉘 알리
　　두어라 알리 알지니 한할 줄이 이시랴


　'하루에 천리를 달릴 수 있을 정도로 뛰어난 천리마도 그 가치를 모르고 수레를 끌게 한다면 누가 그 진가를 알겠으며 천하에 보배도 그것이 돌 가운데 묻히어 있어 발견되지 않는다면 누가 그 가치를 알 수 있으랴. 하지만 언젠가는 알아줄 사람이 있을 것이니 한할 것이 아니다' 라 하여 적재적소에서 그 가치를 인정받지 못하는 세태를 풍자하고 있다. 하지만 알아줄 사람이 있을 것이니 한 할 것만은 아니라 하여 희망을 나타낸다. 그래서 권력의 중심이 바뀔 때마다 천리마가 수레에 매이는 신세가 되기도 하고 천하보가 돌 속에 묻히기도 하지만 또 권력의 중심이 바뀌면 그 가치를 인정받아 천리마의 구실을 다하고 천하보로서의 역할도 다 한 것을 특히 조선조 당쟁 중심의 정치사에서 볼 수 있다.

　김춘택(1670, 현종11~1717, 숙종43)은 본관이 광산이며 자는 백우(伯雨)이고 호는 북헌(北軒)이다. 숙종의 장인인 만기(萬基)의 손자이며 호조판서 진구(鎭龜)의 아들이다. 서인 노론의 중심가문에 속하여, 김춘택의 고모가 숙종(1661~1720, 숙종46)의 초비(初妃) 인경왕후(仁敬王后)이다. 곧 조부인 김만기(金萬基)의 딸이다. 이 시기는 사색당파가 극치를 달리고 있을 때이다. 김춘택은 그러한 시대에 살았기에 투옥되기도 하고 정권을 잡기도 하는 등 두 세상을 오가며 기사환국, 갑술환국을 겪었다. 시와 글씨에도 뛰어나 김만중의 소설『구운몽』과『사씨남정기』를 한문으로 번역하기도 했다.

저서에는『북헌집』과『만필(漫筆)』이 있다. 이조판서에 추증되었으며, 시호는 충문(忠文)이다.


다음에서 김춘택과 그가 산 시대에 대해 살펴보자.

숙종 초기 집권층이었던 남인은 병권의 장악과 서인에 대한 대책을 둘러싸고 청남(淸南)과 탁남(濁南)으로 분열되어, 허적(許積)을 중심으로 한 탁남이 정국의 주도권을 장악하고 있었다. 이에 숙종은 김석주(金錫胄)·김익훈(金益勳) 등 외척을 기용하는 한편 서인을 재등용하고자 했다. 그러던 차에 1680년(숙종6) 복선군(福善君)과 탁남의 영수인 허적의 서자 허견(許堅) 등이 역모했다는 고변이 있자 이를 계기로 남인들을 축출하고 서인들을 등용시켰다. 이를 경신대출척(庚申大黜陟)이라 한다. 그러나 서인들 또한 남인의 숙청 문제를 둘러싸고 노론과 소론으로 분열되었다. 또 다시 정국은 바뀐다. 1689년 희빈 장씨(禧嬪張氏) 소생 왕자(뒤의 경종)의 세자책봉에 반대하다가 다시 남인에게 정권을 넘겨주었다. 이를 기사환국(己巳換局)이라 한다. 남인은 이후 정국을 이끌면서 1694년에는 서인이 인현왕후 복위를 도모하려 했다는 고변을 하고 옥사를 일으켰다. 이것이 갑술옥사이다. 물고 물리는 당파간의 이러한 상황에서 숙종은 인현왕후를 서인(庶人)으로 폐비한 것을 후회한다는 전지(傳旨)를 내려 소론정권을 성립하게 하고 남인의 다수를 명의죄인(名儀罪人)이라 하여 중앙정계에서 몰아냈다 이를 갑술환국(甲戌換局)이라 한다.

그 뒤 정국은 서인 내의 노론·소론 사이에 정권을 둘러싼 각축이 또 벌어지면서 노론 일당전제화의 방향으로 전개된다. 노론·소론 당쟁의 핵심은 희빈 장씨의 처벌문제 및 장씨 소생의 세자와 연잉군(延礽君: 뒤의 영조)의 왕위계승을 둘러싼 문제가 대두되었다. 숙종은 노론의 주장을 받아들여 희빈 장씨에게 사약을 내리는 한편, 1717년에 세자에게 대리청정을 맡긴다. 어머니는 사약을 받아 죽고 아들은 세자가 되어 대리 청정을 한 셈이다.

숙종 재위기간중의 남인·서인·노론·소론의 당쟁은 조선 중기 이래 붕당정치의 극치를 나타낸다. 한편 당파간의 견제와 대립을 이용하여 양 난(임진왜란과 병자호란) 이래 손상된 왕실의 권위를 회복하고 臣權에 대한 王權의 우위를 확보하려는 숙종의 정치적 의도가 내포되어 있는 것으로도 본다. 그것은 임란과·호란 이후의 국가재건 방향을 둘러싼 대립의 양상이다. 곧 정통주자학을 절대적으로 신봉하고 정치운영의 주체를 양반사대부에 두며 당시의 지배적 경제제도인 지주제를 그대로 유지하려는 입장과, 다른 한 편은 정통주자학에서 비판의 근거를 찾고 왕권 강화를 바탕으로 토지제도를 개혁하여 소농경제를 안정시키려는 입장이다. 숙종 때의 당쟁은 전자의 주장을 전개한 노론 계열이 정국을 점차 장악해가는 과정이었다.

사회경제 정책에서는 먼저 방납(放納: 토산물의 貢出)의 폐단을 막고 국가재정의 충실을 기하기 위해, 1608년(선조41)부터 경기도로부터 실시된 대동법의 적용범위를 경상도(1677)와 황해도(1717)에까지 확대하여 전국적으로 실시했다. 전정(田政) 부문에서는 광해군 때부터 시작된 양전사업(量田事業)을 계속해서 강원도와 삼남지방에까지 확대하여 서북지방 일부를 제외한 전국에 걸쳐 양전을 마무리 지음으로써 국가재정 수입의 안정적 기초를 마련했다.

또한 호패법(戶牌法)의 실시를 강행하여 유민(流民)과 도피자를 방지함과 동시에 전국의 양정수를 명확히 파악함으로써 봉건질서의 안정·강화를 도모했다. 아울러 상품화폐경제의 발달에 맞추어 상업 활동을 지원하기 위해 주전(鑄錢)을 본격화하여 상평통보(常平通寶)를 주조·통용하게 했다. 이와 같이 숙종 대에 이루어진 제반 제도의 정비와 운영상의 개선은 양 난 이후 문란해진 국가 재정구조를 개선하고 일반 농민층의 부담을 경감시킴으로써 심화되어가는 사회적 모순을 해결하고 봉건지배체제를 안정화하려는 것이었다.

국방·외교 정책 또한 병행하여 개성의 대흥산성(大興山城)을 완공하고 용강(龍岡)에 황룡산성(黃龍山城)을 수축하여 변경지대의 방비를 강화하는 한편 1712년 북한산성을 대대적으로 개축, 남한산성과 함께 서울수비의 양대 거점으로 삼았다. 그리고 종래의 훈련별대(訓鍊別隊)와 정초청(精抄廳)을 통합하여 금위영(禁衛營)을 신설, 5군영체제를 확립함으로써 임진왜란 이후 계속된 군제의 개편을 마무리 지었다.

한편 폐한지(廢閑地)로 버려둔 압록강 주변의 무창(茂昌)·자성(慈城)의 2진을 개척하여 옛 영토의 회복운동을 벌였으며, 청과의 국경분쟁이 일어나자 1712년에 함경감사 이선부(李善溥)로 하여금 청과 협상하여 백두산 정상에 정계비(定界碑)를 세우게 함으로써 국경선을 확정지었다. 일본과는 1682, 1711년에 통신사를 파견하여 왜은(倭銀) 사용조례를 확정지어 왜관무역(倭館貿易)을 정비하는 한편, 막부(幕府)로부터 왜인의 울릉도 출입금지를 보장받기도 했다.

이밖에 숙종은 사육신을 복관시키고, 노산군(魯山君)을 복위시켜 단종(端宗)으로 묘호를 올렸으며, 폐서인(廢庶人)이 되었던 소현세자빈(昭顯世子嬪) 강씨를 복위시켜 민회빈(愍懷嬪)으로 하는 등 왕실의 충역관계

(忠逆關係)를 재정립했다. 그리고 명분의리론이 크게 성행하는 분위기 속에서 명의 은공을 기린다는 명목으로 대보단(大報壇)을 세워 존명의리와 북벌론의 기치 아래 사회기강을 단속하는 작업이 행해지기도 했다.

이렇듯 숙종은 장희빈을 둘러싼 허물도 있지만 정치, 경제, 군사, 문화 등 제 방면에서 양란 이후의 사회 기강과 기틀을 굳건히 세웠을 뿐 아니라 왕실의 충역관계까지 재정립 하여 명실 공히 왕실과 정치 사회 전반에 대한 기강을 바로잡았다. 또『선원록(璿源錄)』·『대명집례(大明集禮)』등을 간행했고,『대전속록(大典續錄)』·『신증동국여지승람(新增東國輿地勝覽)』등을 편찬하여 문화 사업에도 힘을 기울인 시기이다.

김춘택의 묘와 묘비명(경기도 군포시)

## 3. 영연(詠燕)/권섭

흙 조각 쥐 비즌 집을 발 안에 지어 두고
어디가 도니다가 털털이 돌아와서
아마도 주인님 떠났던 정을 못내 일러 하나니

도시 생활에서는 제비집을 구경하기도 어렵다. 어린 시절 처마 밑에 지어진 제비집은 봄이면 제비가 찾아와서 새로 집을 짓기도 하며 한 가족을 이루어 살았다. 그러다 찬바람이 불면 떠나곤 했다. 흥부네 박 씨 이야기에서도 나오지만 제비는 사람과 함께 산다. 그 배설물로 뜰이 더러워져도 아무도 제비를 쫓는 사람은 없다. 제비는 사람들에게 사랑받는 새이다. 봄이 와 처음 제비가 나타나면 멀리 떠난 가족을 반기듯이 '제비 왔다'고 온 식구가 반겨했던 기억이 난다. 두 마리가 꼭 함께 온다. 그리곤 부지런히 짚과 흙을 적절히 이겨서 바가지 같이 아늑한 새집을 옛집 옆에 만들었다. 옛집은 부모의 집이라 남겨 두고 새로 자기네 집을 스스로 지어 제비 부부의 보급 자리로 꾸민다. 그리고 얼마가 지나서 보면 새끼들이 보이고 부부 제비들은 부지런히 먹이를 날라 새끼에게 준다. 여름 한철동안 그렇게 다정스런 가족으로 번창한다. 제비가족들은 대 가족을 이루면서 아주 시끄럽다. 그리고 추위가 다가오기 전에 제비들은 남쪽으로 날아간다. 그리고 다음 해 봄이 오면 어김없이 그 제비 가족들 중에 한 쌍이 찾아오는 것을 본다. 그 한 쌍은 옛 집을 찾아와선 "지지베베"로 주인에게 인사를 한다. "그 동안 안녕하셨어요? 우리들은 작년에 이곳에서 태어났어요. 저희 부모님들은 겨울 동안 먼 길을 가고 오느라고 힘이 들어서 돌아가셨어요. 저희 형제 중에도 죽은 아이도 있어요. 저희들만 남아서 옛 집을 찾아왔어요. 주인님들도 모두 무탈하시네요. 집이 그대로 잘 보존되어서 고맙습니다."라는 인사라도 하듯 제비들은 한참동안 "지지베베"로 요란하다. 이러한 제비의 마음과 생태를 작자는 노래하고 있다.

권섭(1671, 현종12~1759, 영조35)은 숙종·영조 때의 문인이다. 시조와 가사 작품을 남긴 시인이다. 자는 조원(調元), 호는 옥소(玉所)·

백취옹(百趣翁)이다. 문집으로 『옥소집』 52책이 전한다. 안동 권씨의 명문에서 태어난 그는 일생 동안을 관직에 나가지 않은 채 여행과 문필로 보냈다. 우리나라 전역을 두루 유람하면서 느낀 감회를 그때그때 작품화했는데, 그의 문집에는 한문으로 표기된 작품과 국문 작품이 많이 실려 있다. 현재 시조 75수와 가사 2편이 전한다.

그의 시조는 종전의 작품에서 벗어난 새로운 주제와 내용을 담고 있다. 도덕적·교훈적 내용을 주로 다루었던 전대의 경향에서 벗어나 제악(祭樂)·군악(軍樂)·여악(女樂)·무악(巫樂) 등 특이한 소재를 다룬 작품을 많이 남겼다. 평이하고 구체적인 시어를 다채롭게 구사하여 시조의 새로운 면모를 보여준다. 남아 있는 작품 75수 가운데 연시조가 57수를 차지할 만큼 연시조 창작에 남다른 노력을 기울였다.

가사 작품으로는 영월·삼척의 경관을 노래한 「영삼별곡(寧三別曲)」과 중국과 우리나라 유학의 도통을 노래한 「도통가(道統歌)」 2편이 전한다. 다른 도학적 시가들과는 달리 교훈적 내용을 겉으로 내세우지 않으면서 도학의 맥락을 노래한 작품이라는 점에서 의의를 찾을 수 있다.

권섭은 안동 권씨 화천군파 사헌부 집의(執義)를 지낸 할아버지 권격과, 영천군수와 선산부사를 지낸 권성원 증조부와 33세에 요절한 아버지 권상명의 아들로 서울 삼청동 외가에서 태어났다.

정치 분쟁이 치열했던 시대에 예송(禮訟)은 무려 8년의 세월을 두고 맥을 이으며 싸웠다. 남인(南人) 대 서인(西人)은 또다시 분당되어 청남(淸南)과 탁남(濁南)으로 그리고 노론(老論)과 소론(少論)으로 반목(反目)되는 상황 속에서 원자책봉 문제로 싸웠던 건저(建儲)와 기사환국(己巳換局)은 백부의 스승인 송시열과 옥소의 외가 분인 김수항이 정읍과 진도에서 사약을 받았다. 이러한 소용돌이 속에서 정치를 바라봤던 옥소로서는 자연적으로 정치에 환멸을 느낄 수밖에 없었다. 그래서 그는 일 평생 관직에 나가지 않았다. 그래도 문반(文班)의 문벌(門閥)을 배경으로 하여 일생동안 선택받은 신분으로 문필(文筆)생활을 한 셈이다.

임·병 양란을 거치면서 민중들의 자각의식(自覺意識)이 크게 높아졌다. 문학풍토에서도 시조문학과 소설문학이 국문학의 소중함을 일깨워 주었다. 그로 인해 숙종 영조시대는 문학이 양반들의 전유물이 아니었다. 평민작가(平民作家)가 참여하는 대 전환기를 예고케 하는 시대에 옥소는 살았다. 그러기에 그는 친필문집 50여권 속에는 2천여수의 한시와 75수의 국문시조 및 2편의 국문가사와 많은 그림들을 남기며 청풍 황강과 제천 문암동을 오가며 불타는 예술혼으로 89세까지 살았다.


2008년 문경새재박물관에서는 옥소(玉所) 권섭(權燮, 1671~1759) 이 전국을 유람하면서 쓴 답사기인 유행록(遊行錄)을 국역본으로 펴냈다. 유행록은 총 4권 가운데 1권이 유실됐고, '옥소고(玉所稿)' 등 문집과 2,000여 편의 한시, 75수의 시조와 가사가 전해지고 있다.

권섭이 충북 단양팔경을 둘러본 후 황강에서 배를 타며 '삼천에 구백리 머나먼 여행길을 달포 남짓 쉬고서 석 달을 다녔네.'라고 한 구절에서 따와 '삼천에 구백리 머나먼 여행길'이라고 이름 붙인 이 책에는 권섭이 영남과 영서, 호남, 관북, 해서 등 전국 곳곳을 유람하며 각 지역의 명승을 둘러보고 느낀 감흥이 문학의 형태로 담겨 있다.

특히 책에는 영동 여덟 고을을 다니는 데 28일이 걸렸다거나 산에 들어가거나 바닷가를 따라간 것이 1,446리, 바다에서 배를 탄 것이 100리였다는 등의 여행 일정이 상세히 기록돼 있다. 또 서원에서 만난 선비와 나눈 대화를 비롯해 뱃사공·승려들과 있었던 일화도 함께 적었다.

옥소 권섭의 문학은 그가 벼슬을 하지 않고 학문에만 전념한 만큼 양적으로도 많다. 따라서 그 소재와 주제 또한 다양한 유형을 보이고 있다. 그래서 그에 대한 연구도 타 작가보다 좀 늦었지만 70년대 박요순을 필두[3])로 하여 80년대 이후부터 활발히 진행되고 있는 것을 본다.[4]) 특히 「笑矣乎四章」을 중심으로 웃음에 관한 문제를 탐색한 연구[5])도 있어 주목을 끌기도 한다. 「소의호 사장」은 웃음을 소재로 한 연시조 작품이다. 작품 자체의 표현이 특이하여 작가의 개성적 면모를 엿볼 수 있는 작품이기도 하다. 「소의호 사장」은 표제에서도 나타났듯이 웃음에 관한 것을 시조로 형상화하여 표출했음을 알 수 있다. 이 시조의 특징은 의성어의 반복과 어구 반복의 연쇄적 구성 및 호칭어가 시어로 활용되었다는 것을 들 수 있다.

웃음의 의미는 내면의식의 복합 표출로, 권섭 시조에서 웃음은 일회적 형상화에 그치는 게 아니라 '나'와 '남(他)'의 가치관 대립이라는 반복적이고도 지속적인 관계성을 형상화하는 데 있다. 그리고 처세적 가치관의 조정으로 보다 현실지향적인 작가의 관심사가 적극적인 웃음의 미학을 형성하는 기반에 놓여 있다. 이렇게 웃음의 문학적 형상화는 자의식과 현실인식을 보다 역동적으로 표출하는 데 있다. 「소의호

---

3) 박요순, 시인 옥소 그 미지의 작품세계, 문학사상 16호 1974.

4) 박요순, 옥소 권섭의 시가 연구, 탐구당, 1990.
   권성민, 옥소 권섭의 국문시가 연구, 서울대 석사 논문, 1992.
   남정희, 18세기 사대부 시조 연구, 이화여대 석사 논문, 1994.
   박길남, 권섭시조의 주제 의식고, 한남어문학 21집, 1996.
   강호갑, 옥소 권섭의 시가 연구, 한국교원대 석사논문, 1997, 그 외 다수.

5) 최규수, 권섭시조에 나타난 웃음의 문학적 형상화와 그 의미, 한국시가학회, 2004.

4장(笑矣乎 四章)」을 다음에서 감상해 보자.

## 笑矣乎 四章[6]/권섭

1.

이바 우웁고야 우움도 우우올샤

우웁고 우우오니 우움고야 못홀노다

아마도 히히 호호 흥다가 **하하 히히 홀쎄라**


2.

**하하 히히 한들** 내 우움(웃음)이 정 우움가

하 어척업서서(어처구니가 없어서) 느끼다가 그리되게

벗님네 웃지들 말구려 **아귀(입) 쳐여지어라**(찢어지리라).


3.

**아귀 쳐어진들** 우운 것을 어이 흐리

우운 일 슬큿 흐고 웃기조차 말라 흐는

이사람 저만 실커든 **우운 일을 말구려**


4.

**아므려 마자흔들** 우움이 절로 나네

내가 이만 홀 제 자네네야 다 이들가

슬토록 히히 하하 흥다가 박장대소 흥시소

---

6) 박을수, 한국시조대사전, 아세아출판사, 1992, 참고.

위 시조「笑矣乎 四章」의 특징은 첫 수의 종장을 둘째 수 초장이 받고 둘째 수 종장을 셋째 수가 또 그 종장을 넷째 수가 받는 연쇄법으로 구성되어 있다. 표출된 시어 또한 점잖은 양반의 언어가 아니다. 아귀(입), 억척업어서(어처구니가 없어서), 찌어지이라(찢어지리라), 의성어 하하 히히 등 사대부 작품으로선 파격적이다. 이는 그 당시 중인들이나 무명씨들이 쓴 사설시조풍의 영향인 듯하다. 그리고 이런 시어들을 권섭이 썼다는 것은 사라져가는 사대부 작가의 변모이기도 하다. 또 권섭은 벼슬을 하지 않고 그 자신이 표현했듯이 칠도 강산을 유람하며 반·상을 가리지 않고 많은 사람들과 접촉하고 사귄[7] 그의 성품으로 보인다.


## 4. 강산 좋은 경을/김천택

강산(江山) 좋은 경(景)을 힘센 이 다툴 양이면
내 힘과 내 분(分)으로 어이하여 얻을 소냐
진실(眞實)로 금(禁)할 이 없을 세 나도 두고 논이노라.


강산의 좋은 경치를 만약 힘으로 겨루어서 이긴 이가 차지한다면 시적 화자 자신의 힘과 분수로는 도저히 얻지 못할 것이다. 그러나 진실로 자연은 주인이 없기에 누구나 주인이 될 수 있는 것이므로 자신도 자연을 두고 노닌다고 하여 자연을 아끼고 사랑하는 마음을 읊었다. 김천택이 자연을 사랑하는 마음은 다른 그의 시에도 나타나 있다.

---

7)『玉所稿』, 卷八, 述懷詩敍 참조.

백구(白鷗)야 말 물어 보자 놀라지 말아스라.
명구승지(名區勝地)를 어디어디 보았느냐.
날더러 자세히 일러든 너와 게 가 놀리라.


이렇게 갈매기에게 명구승지를 물어 보고 있는 시적 자아는 자연과
더불어 화합하는 삶을 이루고자 함을 볼 수 있다.


김천택은 조선 영조 때 활약한 대표적인 가객(歌客)·시조작가이다.
출몰(出沒)년대는 알 수 없다.

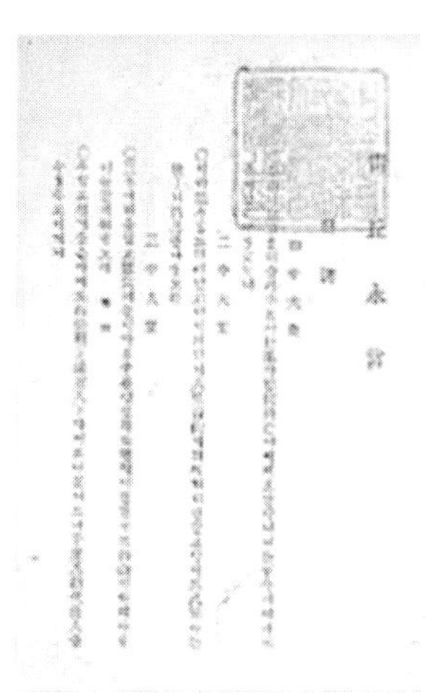

청구영언
(김천택 엮음. 국립중앙도서관)

사대부들이 즐겼던 시조가 중인 가객들에게까지 확산되는 데 선구적 역할을 한 사람이다. 최초의 가집인 『청구영언』을 편찬했다. 자는 백함(伯涵)·이숙(履叔)이고, 호는 남파(南坡)이다. 당시 많은 가객들처럼 그도 중인계층으로서 젊었을 때 잠시 관직에 있었을 뿐 거의 평생을 가객으로 지낸 것으로 전해진다. 1728년(영조4)까지 노래로만 불리고 기록되지 못했던 역대 시조를 모아 최초의 가집인 『청구영언』을 편찬한 것은 국문학사에서뿐 아니라 우리 문화 발전에도 지대한 영향을 끼친 괄목할만한 성과이다. 그가 서문에서 밝혔듯이 국문시가인 시조도 한시 못지않게 중요한 가치가 있는데 그 당시까지 사대부들은 시조 편찬 사업에 눈길을 돌리지 않았다. 그저 한문학에만

빠져 있었다. 그런 시기에 그는 평시조 외에도 '만횡청류(蔓橫淸類)'라는 이름 아래 사설시조 111수를 수집해놓아 사설시조 연구에 도움을 주고 있다.

그의 작품은 진본(珍本)『청구영언』에 30수, 주씨본(朱氏本)『해동가요』에 57수가 실려 있다. 이 가운데 14수가 중복으로 기록되어 있으므로 전체 작품 수는 73수로 모두 평시조이다. 그의 작품세계는 크게 둘로 나눌 수 있다. 곧 강호한정가(江湖閑情歌)와 사회개탄시이다. 전자에 속하는 작품들은 대개 조선 전기 사대부 시조의 주류인 강호가도(江湖歌道)의 관습적 표현을 빌려 쓰고 있다. 그렇다고 단순한 차용과 답습에 그치지 않고 창조적 변용을 이루고 있다. 곧 그의 시조에 나타나는 자연은 성리학적 도(道)의 공간이 아니라 이상적인 공간의 의미를 지니고 있다. 후자는 중세의 신분 구조 속에서 자신이 느끼는 세상을 탄식하는 노래들이다. 이 작품들은 세상의 어떤 가치도 부정하면서 단지 술과 음악 속에서만 의미를 찾고자 하는 내용들로 이루어져 있다. 이것은 그가 느낀 신분갈등에서 비롯된 것이라 본다. 그는 창작에서도 조선 후기 중인층 의식의 단면을 뚜렷하게 보여줌으로써 새로운 영역을 개척한 작가로 꼽힌다.


흰구름 푸른내는 골골이 잠겼는데
추상(秋霜)에 물든 단풍(丹楓), 꽃도곤 더 좋아라.
천공(天公)이 나를 위하여 뫼 빛을 꾸며 내도다.


청구영언 편찬자는 김천택이 아닌 홍만종이라는 주장이 나와서 소개한다.

　김천택의『청구영언』은『해동가요』,『가곡원류』와 함께 조선후기 3대 가집(歌集)의 하나이다. 그런데『청구영언』의 편찬자가 숙종~영조조의 가인인 김천택이 아니라 홍만종(1645~1725)이라는 주장이 학계에서 나왔다. 홍만종은『순오지』의 저자이자 시화모음집인『시화총림』의 편집자이다. 이를 뒷받침하는 중요한 자료가 발굴됐다고 한다.

　김영호(영산대 중국학과 교수)는 최근 발간된 성균관대 대동문화연구원의 학술지『대동문화연구』61집에 기고한「현묵자 홍만종의 청구영언 편찬에 관하여」란 제하의 논문에서 홍만종이 직접 작성한 '청구영언서(靑丘永言序)'와『청구영언』의 후편 격인『이원신보서(梨園新譜序)』를 공개했다. 그러나 본문은 발견되지 않았다.

　김영호가 공개한 <청구영언서>와 <이원신보서>는 홍만종의 문집인『부부고』의 친필 필사본 11책(18.2×12.9㎝)에서 발견됐다. 그는 <청구영언서>가 진본『청구영언』의 서문임을 주장하는 근거로 김천택의 것과 달리 '영언(永言)'에 대해 명확한 정의가 내려진 점을 들었다.

　이 서문에서 홍만종은 "입에서 나온 것이 소리가 되고, 그 소리를 조절하는 것이 말이 되고, 그 말을 길게 하는 것이 노래가 되니, 노래는 마음의 근심걱정을 쏟아내고 의향을 형용하는 것이다"라는 식으로 정의하고 있다.

　그는 또 김천택본『청구영언』에 수록된 시 작품의 평어(評語)가『순오지』의 평어와 똑같거나 약간의 수정만 가했다는 점에서『청구영언』이 홍만종에 의해 편찬됐으며, 이를 김천택이 전면적인 수용 또는 표절했다는 사실을 명확히 알 수 있다고 주장했다.

## 5. 검으면 희다하고/김수장

검으면 희다하고 희면 검다하네
검거나 희거나 옳다할 이 전혀 없다
차라리 귀 막고 눈 감아 듣도 보도 말리라.


예나 지금이나 태평성대가 아닌 이상 사람 살아가는 인심이 별 반 차이가 없는 것 같다. 검은 것을 희다하고 흰 것을 검다하는 세상인심이니 어느 것을 옳다고 믿으랴. 아무 것도 듣지도 보지도 않는 것이 차라리 낫겠다는 시적 자아의 심경을 표출했다.

위 시는 조선 후기 경종 때, 왕위 계승 문제를 놓고 노론과 소론이 벌인 당쟁을 개탄하며 읊은 시이다. 그 당쟁을 '신임사화' 또는 '임인옥(壬寅獄)'이라고 부른다.

초장은 흑백논리를 말한다. 희거나 검거나 이다, 중간의 빛깔은 회색논리이다. 그래서 인정하지 않는다. 변증법으로 말하면 정(正)과 반(反)만이 있을 뿐 '합(合)'이 없다. 반대를 위한 반대만이 있을 뿐, 타협이 끼어들 여지가 없다. 중장에서는 검으면 희다 하고, 희면 검다고 하는 형국이니 검거나 희거나 절대 옳은 것이 있을 수 없다. 권리를 잡기 위해서 흑백논리만이 있을 뿐이다. 거기서 이기면 승자요 지면 물러나는 것이 권리이다. 그러니 차라리 귀 막고 눈감고 듣지도 보지도 않는 것이 상책이다. 즉, 무관심할 수밖에 없다는 것, 그래서 정치에 대한 허무주의가 생겨나고 있는 것이다.

요즈음의 여·야가 하는 청치판도 별 다를 게 없는 것 같다. 서로 옳지 못한 싸움을 하니 나라의 평화와 안정과 질서는 깨어지고 혼란하

다. 그러한 상황을 보지도 참여하지도 않으리라는 단념의 자세를 보여
주고 있다. 그래서 어질고 정당한 비판력을 가진 인재는 초야에 숨어
버릴 수밖에 없고, 강호에서 백구나 벗 삼고 낚시질로 세월이나 낚을
수밖에 없다.

이 시조는 직접적으로는, 경종의 무자병약(無子病弱)이 불러들인 왕
위계승권을 에워싼 노론과 소론의 대립에서, 노론의 4대신과 60여 명
의 인재를 역모로 몰아 투옥하고 죽이고 귀양 보낸 것에 대한 지은이
의 비분강개를 오히려 방관, 무관심 내지 묵살로 표출했다. 이렇게 시
조 한 수에 숨겨진 역사를 헤어보면 그 시대 역사가 훤하게 다가온다.
그리고 새로운 것을 많이 알게 된다.

조선 후기 1721년(경종1)과 1722년에 세자 책봉을 둘러싸고 일어난
옥사로 신축(辛丑)·임인(壬寅) 두 해에 걸쳐 일어난 사건으로 신임사화
라 한다. 일명 임인옥이라고도 한다고 앞에서 말했다.

1720년(숙종46)에 숙종이 죽고 소론(少論)의 지지를 받은 장희빈의
아들 경종(景宗)이 33세의 나이로 즉위한다. 그런데 경종에게는 후사가
없다. 그리고 병약했다. 그것이 화근이었다. 노론4대신(老論四大臣)인 영
의정 김창집(金昌集), 좌의정 이건명(李健命), 영중추부사 이이명(李頤命),
판중추부사 조태채(趙泰采)가 중심이 되어 경종의 동생인 연잉군(延礽
君: 영조)을 왕세자로 책봉하자고 주장했다. 소론측은 이에 반대했다.

경종은 1721년 8월 대비 김씨의 동의를 얻어 연잉군을 왕세자로 책
봉했다. 노론 사대신의 주장이 승리한 것이다. 하나를 얻으면 또 얻고
자 하는 것이 사람의 심리이고 욕심인지라 노론측은 한 발 더 나아가
그 해 10월 조성복(趙聖復)의 상소를 통해 세제(世弟) 연잉군으로 하여금
청정(聽政) 할 것을 주장했다. 이에 경종은 자신이 병약했기에 세제(世

弟) 청정을 명했다. 그러나 소론의 반대에 부딪혀 다시 환수하는 지경에 이르렀다. 그 뒤에도 여러 번 번의를 거듭했다. 그러는 동안 노론·소론의 대립은 격화되었다. 결국 그해 12월에 사직(司直) 김일경(金一鏡) 등이 소를 올려 세제 청정을 상소한 조성복과 이를 행하게 한 노론4대신을 파직시키고 유배 보냈다. 이외에도 다수의 노론측 인물들이 삭직당했다. 따라서 소론이 정권을 잡게 되었다. 이러한 정치적 행태가 당시의 당파싸움이다.

그 뒤에도 소론의 강경파들이 노론숙청을 요구했다. 그러한 상황에서 마침 1722년 3월 노론측이 세자 시절의 경종을 시해하려 했다는 목호룡(睦虎龍)의 고변이 있자, 소론측은 이를 기화로 노론4대신을 사사(賜死)하게 하고, 수백 명의 노론을 제거했다. 그러나 경종이 즉위 4년 만에 죽자 세제인 연잉군(延礽君: 영조)이 즉위하게 되었다. 노론의 추대를 받았던 영조는 즉위하자 곧 왕위계승문제를 둘러싼 당쟁으로 일어난 신임사화를 거울삼아 탕평책8)을 썼다. 하지만 신임사화의 진상을 규명하는 과정에서 김일경과 목호룡을 처형하는 등 소론을 배척하고, 노론을 불러들이는 정미환국(丁未換局)9)을 일으켰다. 이러한 정국에 살았던 시인 노가재였기에 세상사 안 보고 안 듣고 살고 싶은 것은 문인으로서 당연지사였을 것이다.

노가재 김수장(1690, 숙종16~?)은 조선 숙종·영조 때 활약한 대표적 가객·시조 시인이다. 3대 시조집의 하나인 『해동가요(海東歌謠)』를 편찬했으며, 노가재(老歌齋)를 짓고 가악활동을 주도했다. 자는 자평(子

---

8) 당파 싸움을 막고자하여 각 당에서 골고루 인재를 등용하는 정책.
9) 1727년(영조3) 영조가 탕평책의 일환으로 노론(老論) 강경파를 파면하고 소론(少論)을 정권에 참여시킨 일.

平)이고, 호는 노가재이다. 숙종 때 기성서리(騎省書吏)를 지냈다.

『청구영언』의 뒤를 이어 오랜 세월에 걸쳐 노가재는『해동가요』를 편찬했다. 1746년 편찬하기 시작해서 1755년 제1차 편찬사업을 마쳤다. 이것이 을해본(일명 박씨본)이며, 1763년 이를 고쳐 계미본(일명 주씨본)을 펴냈다. 그 뒤로도 80세가 넘도록 이 책의 개수(改修)를 계속했다. 1769년에는 부록으로 노가재에서 활동하던 가객들의 작품만을 실은 『청구가요(靑丘歌謠)』를 편찬했다. 1760년 서울 화개동(花開洞)에 집을 지어 노가재라 이름하고, 그곳을 중심으로 탁주한(卓柱漢)·김우규(金友奎)·박문욱(朴文郁)·김중열(金重說)·김묵수(金默壽)·김태석(金兌錫) 등과 노가재가단을 형성하여 김천택과 더불어 18세기 시조사의 쌍벽을 이루었다. 그는 김천택과 마찬가지로 창작활동도 힘써서 많은 작품을 남겼다. 주씨본『해동가요』에 120수, 다른 가집에 50수가 있는데, 중복된 것을 빼면 모두 125수이다.

김천택이 사설시조를 적극 수집했으면서도 평시조만을 창작했음에 비해, 김수장은 40여 수 정도의 사설시조를 직접 창작했다. 따라서 그의 작품세계 역시 김천택과는 많은 차이가 있다. 그의 작품이 폭넓은 내용들로 이루어진 것은 그가 김천택보다는 신분질서에서 오는 굴레에서 상대적으로 벗어나 있었고, 예술가로서의 자신에 대한 긍지를 가지고 있었기 때문이다. 그러한 자유스러움이 다양하고 생동감 있는 작품을 쓸 수 있었다고 본다. 이 또한 그가 개척한 새로운 영역이라 하겠다.

18세기 서울 거리에는 이들 가객들로 인하여 예술의 향기가 넘실거렸다. 평민들도 그 예술을 향유할 수 있을 정도로 활기찬 모습이었다. 이것이 물론 갑자기 이루어진 것은 아니다. 17세기부터 진행된 상품화폐경제의 발달과 도시 유흥공간의 생성이 큰 몫을 했다.

　신분제가 동요하고 국가로부터 독립한 예인(藝人)이 늘면서 예술이 상품화하고, 예술 수요가 증대한 것이 한 요인이었다. 말하자면 국가나 일부 사대부층이 독점해 온 상층 예술이 시정(市井)의 세계로 쏟아져 나온 것이다.

　그 변화한 예술 환경의 중심에는 중간 계층이 있었다. 조선 후기 예술의 창작과 수요에서 이들이 커다란 역할을 했다는 것은 널리 알려진 사실이다. 노래 분야에서도 마찬가지다. 김천택(金天澤)과 김수장(金壽長)은 중인 출신으로 18세기 시가사의 중심을 차지하는 예술인들이다. 그들은 노래로 이름을 떨친 전문 가객이자, 시조 작품을 창작한 작가이며, 가단(歌團)을 조직한 음악 그룹의 활동가였다. 지금으로 말하면 가사와 작곡과 노래를 겸한 셈이다. 또 당시까지 전해 내려온 시조문학 작품을 소중히 갈무리해 책으로 엮어낸 편찬자이기도 하다. 그러나 당시 예술인의 사회적 지위가 미미했던 만큼 두 사람에 대한 기록이 드물어 생몰 연대조차 확인하기 어려운 것이 안타깝다. 아래에 노가재 작품 두 수도 감상해 보자.


터럭은 회어서도 마음은 푸르렀다.
꽃은 나를 보고 티없이 반기거늘
각시네 무슨 탓으로 눈흘김은 어째요.

─ 해동가요, 주씨본 520


터럭은 검으나 희나 卅事는 같고 다르고
거문고 한닙 우희 내 노래 긋지 말고 우리의 벗님네와
잡거니 권하거니 주야장상 노사이다.

백년이 꿈같다한들 설마 어이 흣리오.

— 해동가요, 주씨본 530

## 6. 칠십에 책을 써서/송계연월옹

칠십에 책을 써서 몇 해를 보잔 말고
어와 망녕이야 남이 일정 우을노다
그래도 팔십이나 살면 오래 볼 법 있나니


조선 영조 때의 가인으로 '고금가곡'을 엮었다 송계연월옹은 필명이며 본명은 알 수 없다 '고금가곡'의 발문과 거기에 실려 있는 자작 시조 14수를 상고하여 보면, 처음에는 벼슬도 하였으나 본뜻이 아니며, 그것을 버리고 강호로 돌아가 화조를 벗 삼고 스스로 즐겼다고 하였다.

생몰연대와 이름은 알 수 없고 호만 알려져 있다. 중국의 노래, 우리나라의 가사와 시조 305수를 베낀 책을 남겼는데, 표지가 떨어져 알 수 없게 된 이 책의 이름을 흔히 그의 작품의 문구를 따서 『고금가곡(古今歌曲)』이라고 한다. 책 끝에 '갑신춘송계연월옹(甲申春松桂烟月翁)'이라고 적혀 있는데 '갑신'은 1764년(영조40)으로 추측한다.

그의 노래는 14수가 실려 있다. 숙종 때 사람인 김유기의 작품이 실린 것으로 미루어 1704년(숙종30) 이후의 인물로 주정한다. '30년 풍진(風塵) 속에서 동서남북으로 다니며 나라의 은혜를 갚고자 했다'는 내용의 작품이 있어 벼슬한 사람으로 본다. 사랑노래·이별노래도 지어 시조 창작의 멋을 여러모로 갖추었다. 바람이 불어 거문고가 저절로 소리를 낸다는 내용의 풍류 넘치는 시조를 짓기도 했다. 그 가운데 "져 건너 큰 기와집 위 해도 기우런"으로 시작되는 작품에서는 나라의 일을 크게 걱정하기도 했다. 산수를 노래한 "마천령(摩天嶺) 올라 안자 동해를 구버보니/물밧긔 구름이오 구름밧긔 해이라/아마도 평생장관(平生壯觀)은 이거신가 하노라" 등의 작품이 널리 알려져 있다.

'70고령에 책을 써서 몇 해나 보자는 것이냐 늙은이의 망령이라고 남이 웃을 것이 틀림없다 그러나 80을 산다면 아직 10년은 더 볼 수 있지 않겠느냐'고 하여 노익장을 과시했다. 그 시대라면, 환갑만 지나도 장수한다는 소리를 듣던 때인데, 고희에 책을 쓰고, 80을 내다보고 있으니 이야말로 노익장의 경지를 과시하는 것이라 하겠다. 하긴 그 시절도 오래 산 사람은 오래 살았다. 영조는 왕으로서는 드물게 장수를 했다. 재위 52년에 82세까지 살았으니 뒤주에 가두어 죽게 한 아들(사도세자)의 몫까지 산 셈이다. 출사하여 벼슬을 했더라면 당쟁에 휘말려 죽었을 지도 모를 그 시기에 평생토록 벼슬을 마다하고 처사로 지내면서 전국을 유람하며 시를 즐겼던 권섭도 장수(89세)를 했다. 이를 보면 죽는 그날까지 몰두할 수 있는 일을 가진 사람은 장수한다는 말이 그 시대에 이미 증명된 느낌이다. 하기야, 인생을 하늘이 정해 준 대로 정당히 살면 80은 하수요, 100세(또는 90)는 중수이며, 상수는 120세(또는 100)라 하였으니 기적이라고 할 것까지는 없다. 지금은 수명이 길어져가고만 있으니 100수까지도 바라보며 몰두할 수 있는 일을 갖고 있으면 좋을 것 같다.

"내일 지구가 개벽을 할지라도 나는 오늘 사과나무를 심으리라"고 한 마음가짐, 그 삶의 자세를 이 노래에서 볼 수 있어 좋다. 그런 그의 작품을 하나 더 감상해 보자.


    마천령 올라앉아 동해를 굽어보니
    물 밖에 구름이요 구름 밖에 하늘이라
    아마도 평생 장관은 이것인가 하노라


    그의 장수의 비결을 바라보는 듯 하다


    송계연월옹의 『고금가곡』은 원본의 표지가 없으므로 손진태가 송계연월옹의 작품 중에 '고금가곡'이란 문구를 따서 책이름으로 삼았다. 도남본은 302수, 가람본은 305수가 실려 있다.

    작품의 배열은 「귀거래사」·「채련곡(采蓮曲)」·「도원행(桃源行)」·「적벽부」 등 중국의 사(辭)·부(賦)·가곡(歌曲)이 있고, 그 다음에 「어부사」·「상저가」·「감군은」·「관동별곡」·「사미인곡」 등의 장가(長歌)·가사(歌辭)가 실렸다. 시조는 <단가십이목(短歌十二目)>이라는 제목 아래 인륜·심방(尋訪)·한적(閑適)·연군(戀君)·염정(艶情)·이별(離別) 등 내용에 따라 나누어 곡목을 쓰지 않은 채 실었다. 끝부분에는 송계연월옹의 작품 14수가 실려 있고 부록으로 북변삼쾌(北邊三快)·평생삼쾌(平生三快)·풍악석각(楓岳石刻) 등이 실려 있다. 다른 가집과 달리 내용에 따라 나눈 점이 특이하고, 『고금가곡』과 『근화악부(槿花樂府)』에만 나오는 작품이 43수나 된다.

# 조선 후기(2)(시조문학 제6기)

이 시기는 정치적으로 왕조가 기울어져가는 징후가 나타난 시기이다. 인간 본연의 사랑과 정서를 무시한 유교사상은 민중의 지지를 잃어갔다. 조선조는 억불숭유 정책으로 불교가 억압을 당하였지만 그 명맥을 이어왔고, 암암리에 민중 신앙으로서의 중추적 역할을 해 왔음을 문학작품이나 글을 통하여 알 수 있다. 특히 정2품 소나무가 명명되어 건재할 만큼 세조가 속리산 법주사를 찾았다는 것은 정책과는 별개로 왕실의 보호 하에 신앙의 대상이 되었다는 것을 알 수 있다.

이 시기는 동학란과 노·일 전쟁 및 일제 침략의 야욕과 함께 도도히 밀려오는 서구의 새로운 사상 등 정치적 사회적으로 혼란했다. 개화를 둘러싼 수구파와 혁신파간의 내부적인 갈등이 있었고, 문학 또한 창극과 잡가가 성행하였다. 서양의 신문예 사조가 우리 문학에도 영향을 주어 새로운 문예 운동이 싹트기 시작했다.

시조계는 경정산가단(敬亭山歌壇)의 지도자격인 김수장 사후(死後)는 가객들이 창작에는 소양이 부족하여 기존의 작품을 창곡 위주로 가단을 이어갔고, 고금창가 56인을 위시하여 창곡가의 독무대가 되다시피 했다.[1] 그리고 순조 이후부터 일어난 창곡조나 판소리 등의 발달과 더불어 서민의 가악으로 완전히 전환되기도[2]하여 시조계가 완전히 평민 작가들의 전유물이 된 듯이 진술되기도 했지만 1980년대에 발표된 진동혁의『이세보의 시조연구』가 나와서 다행히 이 시기가 평민만의 전유물이 아니라는 것이 판명되었다.

이세보, 1832(순조32)~1895(고종32)는 조선 왕족으로 고시조를 창작한 조선 후기의 마지막 대가이다. 가장 많은 시조를 지었으며 작품 경향도 다양하다. 능원대군(綾原大君)의 7대손이다. 철종으로부터 경평군(慶平君)이라는 작호를 받았다. 1857년 동지사로 청(淸)나라에 다녀왔고, 김좌근과 김문근을 비난한 탓으로 안동김씨가의 미움을 받아 작호를 빼앗겼으며, 1860년 신지도에 유배되어 3년간 유배생활을 했다. 유배생활에서 많은 글을 남겼다. 고종이 즉위한 해 풀려나서 벼슬을 했으나 1895년(고종32) 민비학살사건을 듣고 통곡하다가 병을 얻어 죽었다. 근래에 개인 시조집『풍아(風雅)』·『시가(詩歌)』 등이 발견되어 남긴 작품이 458수임이 판명되었다.

시조 형식의 특징은 마지막 끝구를 생략한 것으로 보아 시조창을 전제로 창작했음을 알 수 있다. 시조를 풍류로 즐기는 데 그치지 않고, 또 사대부의 시조가 관념적인데서 벗어나 현실인식에 대해서 참신하게 표현할 수 있음을 보여주었다. 특히 유배생활을 하면서 관리들의 부정을 신랄하게 비판한 시조와 애정을 주제로 한 시조가 많다. 그밖에 도덕·기행·회고 등을 읊은 작품이 있다. 형식에서도 월령체의 시조를

---

1) 박을수,『한국시조문학전사』, 146쪽.
2) 이능우,『이해를 위한 이조 시조사』, 175쪽.

창작했음을 접할 수 있다.

이 시기는 시조 창작의 주체가 사대부에서 평민으로 거의 옮겨진 시기인 만큼 사대부로서 더구나 왕족으로서 현실의 다양한 사건을 소재로 하여 왕성한 창작활동을 했다는 것은 시조사적으로 볼 때 괄목할 만한 일이다.

이 시기 활동한 작가는 시조 5수를 남긴 조선말의 박영수, 17수를 남긴 고종조의 박효관, 8수를 남긴 백경현(1792~?), 186수를 남긴 고종조의 안민영, 458수를 남긴 이세보(1832~1895), 9수를 남긴 익종(1809~1830) 13수를 남긴 지덕붕(1804~1872) 등이다. 그리고 뚜렷한 자기 작품은 제대로 남기지 못하였지만 신위(1769~1847)는 시조 40수를 한역하여 『소악부』에 수록하기도 했다.


## 1. 조종 큰 기업을/익종(효명세자)

조종(祖宗) 큰 기업을 일인(一人) 원량(元良)하오시니
구중(九重)에 심처(深處)하야 효양(孝養)을 받드시니
어즈버 주문(周文) 무우(武憂)를 다시 본 듯 하여라


'임금의 조상으로부터 대대로 전하는 왕업이 오직 한 사람의 선량한 사람, 곧 군주가 하시고, 싶고 깊은 궁궐에 계셔서 효도를 받드시니 주의 문왕이 부왕의 성덕으로 천하가 태평하고 근심이 없었다.[3]는 그 말을 다시 본 듯하다.'하여 왕실의 태평과 무우함을 노래하고 있다.

---

3) 예기(禮記), 無憂者 其惟文王乎.

시는 자신과 시대를 은연중에 표출한다 하니 노래 상으로 볼 때 익종의 시대는 그래도 태평을 구가한 듯하고 익종 자신도 대리청정을 하면서 왕권을 굳건히 하고 여러 면에서 인물 중심으로 현재(賢才)를 널리 등용하여 권력의 새로운 기반을 조성하고 왕권강화에 노력했을 때이므로 밝은 정치를 펴 나갔기에 그 마음도 희망차 있은 것으로 보인다.

익종(1809, 순조9~1830, 순조30)은 조선의 추존왕(追尊王)이다. 조선 제23대 순조의 세자이며 헌종의 아버지이다. 이름은 영(旲), 자는 덕인(德寅), 호는 경헌(敬軒)이다. 시호는 효명(孝明)으로 효명세자라 불린다.

어머니는 순원왕후 김씨(純元王后 金氏)로 김조순(金祖淳)의 딸이다. 1812년 왕세자에 책봉되었으며, 1819년 영돈령부사 조만영(趙萬永)의 딸과 가례(嘉禮)를 올려 1827년 헌종을 얻었다. 같은 해 아버지 순조의 명에 따라 대리청정(代理聽政)을 하여, 안동 김씨의 세도 정치를 견제하고 처가인 풍양 조씨의 인물을 중용하였다. 그리고 왕실과 인척관계를 맺지 않은 인물을 중심으로 현재(賢才)를 널리 등용하여 권력의 새로운 기반을 조성하고 왕권강화에 노력했다. 그러나 대리청정을 시작한 지 4년 만인 1830년에 서거했다. 당시 서거의 원인은 명확히 밝혀지지 않았으나, 당시 주류 권력층인 노론에 의해 독살됐을 가능성이 높은 것으로 역사학계는 보고 있다. '조선왕 독살사건'의 저자이자 재야 역사학자인 이덕일은 정조, 효명세자, 소현세자 등 당시 죽음들이 석연치 않고 이 인물들이 당대 노론층과 갈등이 깊었다는 점 등 역사적 증거들이 드러나 독살설을 제기한다. 이후 왕실의 두 외척인 김조순과 조만영 가문의 정권투쟁이 심화되어 왕실의 약화를 가져왔다. 효명세자는 사후에 아들 헌종이 그를 익종으로 추존했으며, 1899년 고종이 다시 문조익황제(文祖翼皇帝)로 추존하였다. 묘호(廟號)는 문호(文祜)이며 현재 묘는 경기도 구리시 인창동에 있으며, 수릉이라 불린다.

다음은 익종이 동궁으로 있으면서 임금의 대리를 볼 때에 모후인 순원왕후의 진찬연(進饌宴)에 지어 올린 노래(사설시조)이다.

벽도화를 손에 들고 백옥잔에 술을 부어
우리 성모께 비는 말씀 저 벽도화 같으소서
삼천년에 꽃이 피고 삼천년에 열매 맺어 꽃도 무진 열매도 무진 무
진무진 장춘색이라
아마도 요지왕모의 천천수를 성모께 드리고저 하노라

벽도화는 신선이 먹는다는 과실인데, 선경에 있다는 복숭아의 한 가지이다. 내용으로 보아 벽도화는 반도(蟠桃)를 말한다. 이것은 3천 년에 한 번 꽃이 피고 열매가 맺는다는 전설상의 복숭아로 사람이 먹으면 3천 년을 장수한다고 한다. 성모는 거룩하신 국모라는 뜻으로서, 익종의 어머니 순원왕후를 가리키는 말이다. 장춘색은 길이길이 변함이 없는 봄빛을 말한다. 그러니 곧 3천 년에 한 번씩 피고 열매가 맺는다는, 신선들이 먹는 벽도화와 선녀 서왕모의 천년수를 모후께 바치어 장수를 빈다는 뜻이다.

위의 노래와 함께 지어 바친 노래가 바로 아래 시조이다.

고울사 월하보(月下步)에 깁소매 바람이라
꽃 앞에 섰는 태도 님의 정을 맡겼에라
아마도 무중(舞中) 최애(最愛)는 춘앵전(春鶯囀)인가 하노라

춘앵전은 진연(進宴) 때 추는 춤의 이름이다. 화문석 하나를 깔고 한 사람의 무기(舞妓)가 그 위에서 주악에 맞추어 춤을 춘다. 춘앵전은 원래는 기생무 중에서 연풍태(燕風態)의 하나로 당(唐)나라 고종(高宗)이 앵성(鶯聲)을 듣고 악사 백명달(白明達)에게 명하여 짓게 한 것이다. 여기서 말하는 춘앵전은 원래의 것에 익종의 창의(創意)를 더한 것이기에 새로운 의미를 가진다.

수릉(綏陵)은 효명세자와
신정왕후 조씨의 합장릉이며 구릉에서 가장 동쪽에 있다.

이렇게 효명세자는 세자의 신분으로서 학문 외에 음악에도 관심과 소양을 갖고 직접 참여했다는 것은 조선왕조 전체를 두고도 없는 일이다. 세종시대에 아악을 정리했지만 그것은 장영실의 몫이었다. 효명세자는 정재(궁중무용)를 집대성하는 데 큰 공헌을 남겼다. 봄 꾀꼬리가 노는 것을 보고 창작한 춘앵전, 모란꽃을 들고 추는 대표적인 궁중무용 가인전목단, 고구려무, 향령무, 장생보연지무 등 정재를 집대성했다. 조선후기 정재에 황금기를 이뤘다는 공로로 문화관광부는 2005년도 11월 문화인물로 효명세자를 선정하기도 했다. 그러면 효명세자의 문화예술에 대한 업적을 잠간 짚어보자.

효명세자는 역대 국왕 중에 가장 예술적 문학적 조예가 깊고 뛰어난 인물로 알려져 있다. 그리고 춤을 사랑한 왕으로 일컬어진다.

위에서도 언급되었듯이 효명세자는 당시 안동 김씨 세도 정치세력을 억제하고 왕권을 강화하고자 하는 순조의 뜻에 따라 대리청정을 한 것이다. 그는 이러한 순조의 염원과 기대에 부응하리만큼 대리청정 동안에 부왕의 정치적 염원을 실현시키는 탁월한 정치적 기량을 나타내었다. 효명세자는 정조의 우문(右文)정치와 위민(爲民)정치를 계승하여 대리 청정 말기에는 거의 민심을 수습하였다.

또 그는 예악 정치를 지향하여 궁중 연향과 춤을 다루는 고도의 무용정치를 펼쳐 효율적으로 안동 김씨 세력을 무력화시키고 강력한 왕권을 확립하려 했다. 당시 정치, 경제적인 이유로 악정(樂政)이 중단된 상태라 정재의 창사조차 제대로 전해오지 않았다. 이러한 상황에서 그는 대리청정의 지위를 최대로 활용하여 궁중 연향을 개최하면서 왕권 중심의 정치 질서를 과시하였으며 왕실의 위엄과 존왕 의식을 양식화하였다. 그리하여 짧은 통치 기간에도 불구하고 전례 없이 화려한 궁중 연향들을 벌이면서 궁중 무용의 창사와 가사를 직접 짓고 연향에 쓰이는 치사와 전문을 직접 지어 올리기도 했다. 그런가하면 이름만 남은 옛 정재들을 자신의 악장으로 되살려내기도 하고, 연향의 규모를 확대하여 왕실의 위엄을 한껏 드러내는 화려한 정재와 연향의 양식을 확립했다. 그리하여 효명세자는 조선 후기 궁중 연향과 정재 양식을 새롭게 정립하였으며 이는 조선 왕조가 끝날 때까지 그대로 이어졌다. 이렇게 효명세자가 정재 창작과 궁중 연향에 대해 각별한 관심과 참여를 보인 것은 그의 취향과 소양이기도 하지만 이를 왕권 강화를 위한

고도의 정치적 수단으로 다루었다는데 그의 정치적 역량과 수완을 백분 발휘한 것으로 본다.

그는 대청을 시작한지 삼일 만에 자신의 하례식의 절차가 잘못되었다는 이유로 안동 김문 계열의 전, 현직 예조판서들을 감봉 처리하는 것을 시작으로 자신의 대리 청정 말기에 이르러서는 안동 김씨 세력을 정치적으로 거의 제거하고 자신의 통치기반을 확고히 할 정도로 정치적으로 안정을 이루었다.

대리 청정을 통해 정치개혁을 시도하고자 효명은 왕실의 위엄을 보이기 위한 가시적인 조처로 여러 차례의 큰 궁중 연희를 개최하면서 궁중 연향 행사를 총괄하는 진찬소의 당상에 김조순에 맞섰던 박종경의 아들을 임명하여 안동 김씨 세력을 견제하고 강력한 왕권 회복을 통한 왕실의 권위를 높이기도 했다. 효명세자는 연향에 쓰일 정재들을 창작하면서 이름만 전해오던 춤들을 모두 자신의 신작(新作)으로 되살려 내었을 뿐 아니라 전대로부터 전승되어오던 정재들도 다시금 화려하게 채색하고 무원들의 수도 늘려 규모를 확대하여 웅장하고 화려한 대규모의 연회에 적합한 정재의 성격으로 재창작했다. 그 결과 효명세자는 조선조 말까지 전해지는 53종의 궁중 정재 중 26종의 정재를 직접 예제하고 재창작하였다.

그 뿐 아니라 중국에서 유래한 당악 정재를 향악화하고 당악 정재(唐樂呈才)와 향악 정재(鄕樂呈才)간에 있었던 형식적이고 내용적인 차이를 불식시켰다. 이는 춤이 중심이 되는 향악 정재의 예술적인 장점을 강화하는 방향에서 이루어진 결과라 본다.

효명세자는 이렇게 함으로써 그 짧은 대리청정 기간임에도 불구하고 조선 궁중 정재의 수준을 정점으로 끌어올려 정재를 왕궁 문화의

꽃으로 만들었을 뿐 아니라 조선조 궁중 정재의 황금기를 이루었다. 이렇게 효명세자 익종은 조선 후기의 궁중 연향과 정재 양식을 새롭게 양식화하고 정비 확충하여 조선 정재의 절정기를 이루었기에 앞에서도 밝혔듯이 문화관광부는 2005년도 11월 문화인물로 효명세자를 선정하기에 이르렀다.

다음은 순조가 그렇게 젊은 나이임에도 불구하고 세자에게 대리 청정을 시킬 수밖에 없었던 정치적 상황에 대해 알아보자.

정조의 죽음으로 정조의 정적이었던 정순왕후가 수렴청정을 시작하면서 순조 즉위 후 벽파가 또 다시 집권한다. 정순왕후는 정조의 상징이기도 한 인재양성소격인 규장각을 축소해버리고 인재를 몰살해버렸다. 1800년 병환 중에 있던 정조는 죽기 보름 전인 6월 14일 사돈 간인 김조순을 불러들여 정순왕후 견제의 일환으로 적극적 정치개입을 비밀리에 요청한다. 이 일은 정조가 후기 세도정치를 불러들인 셈이다.

정조 사후 5년간 벽파 집권 이후, 일찍이 정조에게 세도를 위탁받았던 순조의 장인 김조순은 정순왕후가 수렴청정을 거두자 정권을 장악하고 정조의 꿈과 비원을 외면해 버린 채 이후 60년 간 안동 김씨 정국을 좌우하게 된다.

정조 사후 겨우 11세에 왕위에 오른 순조는 안동 김씨 세도정치의 중심에 있었다, 1804년 정순왕후의 수렴청정이 끝나자 정조의 유지를 받은 김조순이 주도권을 쥐게 되면서 왕은 사실 아무 실권이 없었다. 인사정책인 과거제도의 문란부터 시작해 정치는 혼탁의 국면을 향해 치닫고 있는 상황이었다.

15세에 친정을 시작했지만 허수아비 왕이었으며 마음 약하고 착하기만 했던 순조는 마음으로는 가득해도 감히 스스로 세도 정치권을 제어할 수 없었다. 이때 순조가 생각해낸 방책이 세자에게 정권을 물려주는 것이었다. 그래서 순조는 건강을 이유로 순조 27년(1827) 2월 18일 "건강 때문에 여러 해 동안 정사를 소홀히 하고 지체시켰다. 이제 세자가 총명하고 영리하니 대리청정을 시키라"고 명했다. 대리청정을 명할 때 효명세자는 19살이었고 순조는 38세였다. 순조는 이미 15세의 효명세자에게 정무를 돌보게 한 바가 있었고 총명했던 효명세자는 개화파 학자였던 박지원의 손자 박규수 등과 친분을 나누었다.

38세의 순조가 정사에 홍미를 잃은 것은 안동 김씨를 제압할 정치력이 없는데다 세도정치로 인한 민란과 수차례 천재지변을 수습할 자신이 없었다. 1809년부터 유례없는 가뭄과 기근이 들었으며, 1813년 제주도 민란, 1815년 용인 이응길 민란 등이 끊이지 않고 일어났다. 또 1821년 서해안에 전염병이 번져 10만 명이 목숨을 잃어 국정 전반의 혼란은 극도로 심했다.

순조가 정치를 전혀 돌보지 않고 뒷전에 물러나 있던 상태에서 세자에게 정사를 물려준 것이기에 이에 반대하는 대신들도 없었다. 안동 김씨를 제외한 조정 대신들과 백성들은 효명세자에게 국가 기강을 바로 잡을 성군을 기대했다. 순조의 뜻을 잘 알고 있던 효명세자는 집권하자마자 철저하게 안동 김씨를 배척하기 시작했다. 효명세자가 4세가 되자 순조가 세자의 교육을 맡을 사부로 정한 사람은 좌의정 김재찬이었다. 안동 김씨를 견제할 유일한 인물인 김재찬을 선택한 것만 봐도 순조의 의도를 알 수 있다.

효명세자는 총명했던 군주 조부인 정조를 빼닮았고 짧은 대리청정 기간 동안 그가 정치의 이상으로 삼았던 왕은 할아버지 정조였다. 시를 잘 짓고 궁중무용을 창작할 정도로 예술에 재능이 있었으나 스스로 자제하고 학문에 몰두하기 위해 '만기일력'이라는 일기를 작성하기도 했다. 이러한 효명세자는 대리청정을 시작하자마자 안동 김씨를 징계하기 시작하고 정치적으로 소외당했던 소론과 남인, 북인을 등용했다. 할아버지 정조를 본받아 젊은 인재들을 등용하고 개혁정치를 펼치려 했던 효명세자는 안타깝게도 3년 3개월이란 짧은 대리청정을 끝으로 아버지 순조의 희망을 펴지 못하고 세상을 떠나게 된다.

효명세자의 성품을 알 수 있는 건물이 바로 기오헌(寄傲軒)과 의두각(倚斗閣)이다. 창덕궁 후원인 비원에 있는 17개 정자 가운데 기오헌과 의두각은 효명세자가 순조에게 청해 지은 건물이다. 기오헌과 의두각이란 이름은 효명세자가 정조를 기대고 의지한다는 의미에서 지은 것이다. 화려한 궁궐 건축물 중에서 극히 소박해 보이는 이 두 채의 건물 중 왼편이 기오헌이며 오른편이 의두각이다. 기오헌은 온돌방 하나와 작은 대청과 누마루로 구성된 집이며, 의두각은 한 사람 몸을 누일 수도 없는 정면 2간 측면 1간으로 구성된 극히 작은 집으로 단청이 없다. 효명세자가 독서와 사색을 하기 위해 자주 들렀던 이곳은 북향집이며 기오헌과 의두각 뒤에 규장각으로 오르는 계단이 있다. 왕세자답지 않게 지극히 소박한 이런 건물에 와서 독서를 즐긴 효명세자는 기오헌과 의두각에서 할아버지 정조처럼 밤잠도 설치며 난국을 타개할 정책에 골몰하였으리라 본다.

효명세자는 학문을 좋아하던 왕자답게 12권 6책으로 구성된 경헌집(敬軒集) 6권과 학석집(鶴石集) 등 문집을 남겼다. 효명세자가 죽자 효명세자와 교유하던 서유영과 박규수 등 인재들은 과거를 포기하고 칩거에 들어갈 정도로 충격을 받았다. 자신을 알아주는 군주가 세상을 떠났으니 뜻을 펼 수 없다는 낙심과 세상에 나가기 싫은 선비정신이리라 본다. 1830년 5월 6일 마지막 희망이었던 조선의 왕자 효명세자가 병으로 죽자 순조는 묘호를 연경(延慶)이라 하고 8월 4일 양주 천장산 의릉(경종) 왼쪽 언덕에 세자를 안장한다. 헌종이 즉위하자 아버지를 익종(翼宗)으로 추존해 연경묘는 수릉으로 왕릉이 된다.

헌종[4] 12년(1846) 5월 20일 풍수상 불길하다는 이유로 다시 양주 용마봉 아래로 옮겼으며 철종 6년(1855) 8월 26일 지금의 자리로 천장한 것이다. 건원릉 이래 마지막 9번째로 효명세자의 수릉이 옴으로써 동구릉(東九陵)이란 이름이 현재까지 남아있다.

다재다능했고 예술을 이해했으며 짧은 기간이지만 단호하고 개혁적인 정치를 펼쳤던 효명세자 익종은 대한제국이 성립되자 1899년(광무3년) 12월 19일 고종에 의해 황제로 추존됐으며, 묘호를 문조익황제(文祖翼皇帝)로 바꾼다.

익종비 신정왕후(1808~1890)는 일찍 청상이 되었으나 헌종대에 풍양 조씨 세도정치를 펼친 근원이 됐다. 헌종의 외척인 풍양 조씨는 안동 김씨를 견제하려던 신정왕후의 뜻과는 달리 안동 김씨와 쌍벽을 이루며 백성의 민원은 돌보지 않고 자신들의 권력 확장에만 힘써 결과적으로 혼탁한 정치를 가속화시켰고 조선은 몰락의 길로 들어선다.

후에 조 대비(신정왕후)는 대원군과 손잡고 고종을 등극시켰고 83세로 장수를 누리다 죽어 효명세자와 합장된다. 수릉 비각에는 고종이 전서체로 쓴 비문이 있어 고종의 어필을 만나볼 수 있다. 비록 왕으로 등극하지는 못했지만 효명세자 익종은 대리청정을 하면서도 많은 업

---

4) 순조의 손자며 효명세자의 아들이다. 후사가 없이 죽자 안동김씨들의 입맛에 따라 강화도령 철종이 왕위를 이었고, 나라는 기울어갔다.

적과 함께 왕권을 강화시켰으며, 사후에는 왕과 황제로까지 추존 되었으니 그 자신은 그래도 서럽지 않겠으나 그 후 나라가 기울어져 갔으니 오늘을 사는 현대인들도 그의 죽음을 안타깝게 생각한다. 효명세자 이후 그런 왕자가 나지 않았다. 한 나라나 한 집안이나 그 후손이 잘 나와야 집안을 일으킨다. 헌종 이후 조선말에는 왕자가 귀했다. 그래서 강화도령 철종이 안동김씨의 허수아비 왕이 되었고, 안동김씨를 제어하고자 조대비는 대원군을 앞세워 고종을 세웠으나 이 또한 어려운 정국으로 치달아 결국 나라를 잃는 지경에까지 이른 것을 본다.


## 2. 춘풍화우 호시절에/박효관

춘풍(春風) 화후(和煦) 호시절(好時節)에 범나비 몸이 되어
백화(百花) 총리(叢裏)에 향기져져 노닐거니
세상에 이러한 호흥(豪興)을 긔 무엇으로 비할소냐


박효관(1781, 정조5~1880, 고종17)은 조선 고종 때의 가객(歌客)으로 자는 경화(景華)이고, 호는 운애(雲崖)이다. 신분에 대해서는 정확한 것을 알 수 없으나 중인신분일 것으로 추정한다. 제자이자 동료인 안민영(安玟英)과 더불어 『가곡원류(歌曲源流)』를 편찬했다. 이 가집은 전대의 가집들과는 달리 구절(句節)의 고저와 장단의 점수(點數)를 매화점으로 일일이 기록한 창(唱) 중심으로 엮은 가집으로서 11편의 이본이 있을 정도로 당대 가곡계의 표본이 되었다.

그는 이 가집의 발문(跋文)을 통해 '노래는 본디 태평한 기상의 원류

로서 예전에는 재상에서부터 서민에 이르기까지 뜻이 높고 속되지 않은 사람들이 짓고 노래 불렀다. 그러나 근속(近俗)에는 녹록모리지배(碌碌謀利之輩)가 무근지잡요(無根之雜謠)와 학랑지해거(謔浪之駭擧)를 일삼아 비루한 습속에 빠지게 되었다. 이를 한탄하며 군자의 정음(正音)을 회복할 것'을 강력히 표방하였다. 이로 미루어 볼 때 박효관은 그 당시 시조의 흐름을 곱게 보지 않았음을 알 수 있다. 곧 이것은 19세기 시조의 흐름을 단적으로 보여주는 좋은 예라 하겠다. 그것은 마치 퇴계가 도산십이곡을 지으면서 한림별곡류의 고려 사대부 작품까지 비판하면서 시조는 한시와 달리 흥이 난다고 하여 한시에서 볼 수 없는 흥을 시조에서 찾아 군자의 정음을 세우고자 했던 것과 맥(脈)이 통한다고 하겠다.

박효관은 노인계(老人契)와 승평계(昇平契)라는 가단을 조직하여 당대의 풍류인사 및 예능인들과 교류했다. 이 가단을 통해 그가 사귄 사람들은 안경지(安慶之) · 김군중(金君仲) · 김사준(金士俊) · 김성심(金聖心) · 함계원(咸啓元) · 신재윤(申在允) 등의 가객들과, 기생 계월(桂月) · 연연(姸姸) · 은향(銀香) 등을 비롯한 일등공인(一等工人)들이었다. 이밖에도 상류부호층과의 친교가 두터웠는데 그중에는 대원군과 그의 아들 우석공을 비롯한 왕실귀족들도 있다. 대원군과는 각별히 가까워 그의 호를 대원군이 지어주기도 했다.

『가곡원류』에 남아 있는 그의 시조는 평시조 15수이다. 그가 사설시조를 짓지 않은 것은 위에서도 그가 언급했듯이 당시 무명씨의 사설시조들이 그에게는 맞지 않았음을 알 수 있다. 그것은 군자의 정음(正音)을 회복할 것을 강력히 표방한 그의 '정음지향적 시가관'과 깊은 관계가 있는 것으로 본다. 내용은 고종의 등극이나 장수(長壽)를 노래한 송축류(頌

祝類), 효와 충의 윤리가 무너지는 세태에 대한 경계, 애정과 풍류, 인생무
상, 별리의 슬픔 등으로 다양하다. 그 가운데 사랑과 이별의 노래들은 표
현력이 아주 뛰어나고 사실적이다. 다음 작품을 감상해 보자.

공산(空山)에 우는 접동 너는 어이 우지는다
너도 나와 같이 무슨 이별(離別) 하였느냐
아무리 피나게 운들 대답(對答)이나 하더냐.

## 3. 기구요(箕裘謠)/조황(趙槐)

조정(朝廷)에 붕당론(朋黨論)이 人才없을 장본이고
과장(科場)에 말류폐(末流弊)는 선비없고 말리로다
후생(後生)이 지우학(志于學)한들 누를 좇아 들으리오
— 조황, 기구요(箕裘謠) · 39

'조정에서는 붕당론으로 인해 인재를 제대로 뽑지도 못하고 과장에
서는 부정이 난무하는 말기적인 폐습으로 인해 제대로 된 선비가 없을
것이니 후생이 학문에 뜻을 두고 열심히 한들 누구를 따라 할 것이냐'
라 하여 당쟁의 폐단과 과거제도의 모순을 표출하여 당시의 세태를 읽
을 수 있는 작품이다. 이래서 시조 한 수에서도 그 시대상을 바라볼 수
있다. 그래서 작품 속에는 작자 자신과 더불어 그 시대가 살아서 숨쉬
고 있음을 본다.
조황(1803, 순조3~철종대)은 조선 말기의 학자이며, 시조작가이다.
본관은 순창(淳昌)이다. 초명은 송길(松吉)이고, 자는 중화(重華)이며, 호

는 삼죽(三竹)이다. 아버지는 영순(永淳)이며, 어머니는 협천 이씨이다. 한미한 집안에서 태어나 평생을 학문연구와 문학창작에 몰두하고, 벼슬길에는 나아가지 않았다. 철종 때 죽은 것으로 추정되며, 후사가 끊어져 문집은 출간되지 않았다. 자신이 직접 자기의 작품을 모아 필사하여 엮어낸 한시문집 『백야산집(白野散集)』과 시조집 『삼죽사류(三竹詞流)』가 전한다. 『삼죽사류』는 1847년(헌종13)에 엮어졌는데, 「인도행(人道行)」 10수, 「병이음(秉彛吟)」 20수, 「기구요(箕裘謠)」 40수, 「훈민가(訓民歌)」 10수, 「주로원격양가(酒老園擊壤歌)」 30수, 「백옥루상량문(白玉樓上樑文)」 1수 등 모두 111수를 실었다. 강상오륜·추모찬송(追慕讚頌)·교회경계(敎晦警戒)를 다룬 시조가 가장 많다. 나라와 세상의 변화를 걱정하는 우국개세류(憂國慨世類)의 시조에서는 유교적 전통을 무너뜨리는 천주교의 천당지옥설, 당쟁의 폐단, 과거제도의 모순에 대해 강력히 비판하여 정치·사회 현실에 대한 관심과 위민의식을 직접적으로 표출했다.

조황은 그가 남긴 작품 수에 비하여 그 동안 학계에서 무심했던 것은 사실이다. 조선 후기 시조에 대한 연구는 주로 사설시조나 중인가객들의 작품에 치중됐던 것으로 보인다. 다행이 80년대 중반에 발굴되어 발표된 이세보의 시조가 있어 조선말기의 시조의 모습을 볼 수 있어 시조계로선 큰 수확이며 다행으로 생각한다.

사설시조나 중인가객들의 시조 연구에 집중된 이유 중의 하나는 사대부시조에서 볼 수 없는 조선 후기 사회의 새로운 모습들을 적극적으로 반영하고 있기 때문일 것이다. 사대부시조에서 나타나는 기존의 규범화된 미의식과 표현방법과는 다르다는 그 이유만으로도 연구대상이 될 수 있다. 조황의 시조는 기존 선비의 틀에서 벗어나지 못했기에 연구자가 가까이 하지 않은 것도 사실인 것 같다. 하지만 이제 몇몇 연구자들에 의하여 조황의 시조도 조명되는 것을 볼 수 있다.

시조는 애초에 사대부들의 장르로 출발하여 그들의 조화롭고 안정된 정서를 표출하기에는 가장 적절한 양식으로 인정되어왔다, 오랜 세월 성리학의 이념아래서 올곧게 꾸준히 시조를 창작・향유하고 있었음은 다 알고 있는 사실이다. 그래서 시조는 사대부들의 마음에서 향유되었을 때 가장 품위 있고 정갈하게 읊어졌다. 박효관이『가곡원류』발문에서 지적했듯이 평민의 손에 들어가면서 만횡청류류의 시조가 쏟아져 나왔고 무명씨로 엇시조니 사설시조가 발표되면서 그 내용은 대부분 혼탁해졌다. 그러니 사대부들은 그러한 시조의 변모양상에서 고고하게 선비시조를 향유하는 것도 시대적 상황으로 볼 때 한계를 느꼈을 것이다.

三竹 趙榥은 그 당시로서는 드물게 100수가 넘는 많은 시조를 자신의 시조집에 남긴 사대부 시조작가이다. 그러나 그의 시조에 대한 연구는 많이 부족한 편이다. 그간의 연구 성과를 보면 심재완이 '삼죽사류'의 서지적 사항[5]들을 검토했으며 정명세, 조규익[6]이 조황에 대한 논문을 발표했다. 이들의 연구는 조황과 그의 시조 그리고 '삼죽사류'의 序・跋에 나타난 시조에 대한 인식을 개괄적으로 소개하거나 서지적 사항들에 대한 검토에 머문 감이 있다. 그러던 것이 조황에 대한 본격적인 연구는 1990년대에 들어와서이다. 역시 학위논문으로 연구되어야 깊이가 있고 제대로 연구가 이루어지는 것을 볼 수 있다. 이동연[7]과 김부춘[8]의 조황에 대한 연구가 그렇다.

---

5) 심재환, 시조의 문헌적 연구, 세종문화사, 1972.
6) 조규익, 삼죽조황의 시조 연구, 숭실대 어문학회, 1988.

조황은 중세적 지배질서가 급격히 해체되어 가는 시대에 살았다. 19
세기의 조선사회는 일대 개혁을 필요로 했고 내부적으로도 여기저기
서 그런 움직임이 일어나고 있었다. 쓰러져가는 조선왕조를 바라보며
변화를 거부하던 계층은 부패한 지배층과 유교적 명분론을 내세운 일
부 사대부들이었다. 대세의 흐름과는 무관하게 주자학적 세계관으로
일관되게 살아왔던 조황은 평생을 학문연구와 문학창작에 몰두하였
으면서도 벼슬길에 나아가지 않았다. 그래서 그는 그렇게 많은 작품을
남길 수 있었고, 그렇게 많은 작품을 남겼으면서도 그에 대한 연구가
미미했던 것이다. 늦은 감이 있지만 이제라도 빛을 본 것에 대해 시조
를 사랑하는 시조시인의 입장에서 반갑게 생각한다.


다음에서 그의 작품 몇 편을 더 감상해 보자.


1)
前山에 놀던 사슴 뿔 간 후로 못보거다
세간에 네 죄 없이 장종(藏蹤) 비적(秘跡) 무삼 일고
아마도 추풍에 뿔 굳거던 다시 볼가 하노라
— 주노원격양가(酒老園擊壤歌)·17


황계 백주 취포하고 죽장망혜 배회하니
뫼마다 금병이요 이들저들 황운이라
아마도 세간 비추사는 내 가흥을 모르리라
— 주노원격양가(酒老園擊壤歌)·21

---

7) 이동연, 19세기 시조의 변모 양상, 이화여자대학교 박사학위논문, 1995.
8) 김부춘, 삼죽 조황 시조 연구, 한국교원대, 석사학위논문, 1999.

홍로중 타는 밭에 종일하는 저농부야
네 권고 저리커늘 내 유식은 어인 일고
우리도 노력 양군자하여 애민하기 바라노라
— 주노원격양가(酒老園擊壤歌) · 18


2)
하양에 일포의가 인문오도 거의하여
원도와 불교표로 유가사업 자임터니
엇지타 조주 사리당에 태전승이 올랐던고
— 기구요(箕裘遙) · 26


3)
호탕한 천지간을 삼광으로 조요하고
임헐한 저 인물을 오상으로 망유하니
아마도 성인의 공덕은 저 하늘과 같으니라.
— 병이음(秉彛吟) · 1


4)
평생에 잡은 마음 궁달간에 다를소냐
효제로 제가타가 득군하면 충의러니
지금에 내 몸에 분내사가 전이귀지 뿐이로다
— 人道行 · 8


5)
한혈기 노나나서 제남매 되얏서니
저 몸의 질통기한 내 당하나 다를소냐
아마도 동생의 저할 일을 내가 먼저 하리로다
— 훈민가 · 3

## 4. 영매가/안민영

바람이 눈을 몰아 산창(山窓)에 부딪히니
찬 기운 새어 들어 잠든 매화 침노한다
아모리 얼우려 한들 봄뜻이야 앗을소냐


매화에 대한 예찬이다.

고종 때의 가객 안민영(1816~1896)은 8수의 평시조를 지어 매화의 고매함을 노래했다. 이를 매화사 혹은 영매가라고 한다. 작가 안민영은 박효관의 문하에서 노래를 배웠으며, 조선조 3대 가집의 하나로 일컬어지는 『가곡원류』를 스승 박효관과 함께 엮은 것으로 알려져 있다.

헌종(1827, 순조27~1849, 헌종15) 6년 어느 겨울날, 안민영은 스승 박효관의 산방에서 벗들과 함께 거문고를 퉁기며 시조를 읊었다. 그때 박효관이 가꾼 매화를 보고 이 노래를 지었다. 사군자(四君子) 가운데 으뜸인 매화는 지조 높은 선비의 기풍을 상징한다. 추위에도 아랑곳없이 피어나는 매화는 외부의 어떠한 유혹이나 방해에도 영향을 받지 않고 꿋꿋이 품은 뜻을 펼치는 선비의 기상에 비유된다. 눈꽃 속에서도 꽃망울을 머금고 봄기운을 맞는 것이 매화이다. 하얀 눈을 뒤집어쓴 채 빨간 꽃망울을 터트리는 매화를 보면 소복을 갖춰 입은 절의의 여인 같다.

작자 안민영의 자는 성무(聖武)이고, 호는 주옹(周翁)이다. 서얼 출신으로 성품이 고결하였다. 산수(山水)를 좋아하고 명예나 이익을 찾지 않았다. 박효관에게서 창법(唱法)을 배웠고 떠돌아다니며 노래를 짓고 음률(音律)에 정통했다. 「매화사(梅花詞)」 8수는 그의 뛰어난 재능을 엿볼 수 있는 작품이다. 『가곡원류』에 시조 「영매가(咏梅歌)」를 비롯한 26수가 실려 있다. 1876년 스승인 박효관(朴孝寬)과 함께 시가집 『가곡원류(歌曲源流)』를 편찬하여 시조문학을 정리했다.

『가곡원류』는 『청구영언(靑丘永言)』·『해동가요(海東歌謠)』와 더불어 3대 가집의 하나이다. 『가곡원류』는 조선말에 들어와 문란해진 가곡의 체제를 바로 잡기 위해 『청구영언』·『해동가요』를 보완하고 시조를 집대성하려는 의도에서 고구려 때 을파소의 작품에서부터 19세기 가객의 작품까지 약 1,000년 동안의 시조작품을 수록했다. 가집의 첫머리에 송나라 오증(吳曾)의 『능가재만록(能歌齋漫錄)』에서 인용한 '가곡원류'라는 제목이 실려 있는 것으로 인해 이 계열의 가집을 가곡원류계 가집이라고 통칭하게 되었다.

이본으로는 『가사집(歌詞集)』(국립국악원본, 박씨본)·『가곡원류』(규장각본, 구황실본, 가람본, 일본동양문고본, 불란서동양어학교본)·『청구악장(靑丘樂章)』(육당본)등 10여 종이 있다. 표제는 다양하나 체재와 내용이 비슷하므로 같은 계열의 가집임을 알 수 있다. 원본으로 짐작되는 국립국악원본을 중심으로 체제 및 내용을 살펴보면, 이 가집은 총 72장의 사본으로 856수의 시조작품과 가사(歌辭) 「어부사(漁父詞)」가 실려 있다. 시조작품을 배열한 부분을 중심으로 하여 앞부분에는 『능가재만록』에서 인용한 글귀와 성휘(聲彙), 평조(平調)·우조(羽調)·계면조(界面調) 등 성률(聲律)의 성격, 가지풍도형용(歌之風度形容) 15조목, 매화점장단(梅花點長短), 장고장단점(長鼓長短點)에 대한 설명이 있고, 뒷부분에는 박효관의 발문과 「어부사」가 있다.

시조는 곡조(曲調)에 따라 엄격히 분류 했는데, 같은 방식으로 이루어진 『청구영언』에서보다 곡조가 세분되어 있다. 특히 시조작품을 남창(男唱: 29곡조 665수)과 여창(20곡조 191수)으로 구분하고 있다. 이는 다른 가곡집에서는 볼 수 없는 점이다. 이로 미루어 보아『가곡원류』는 가창 위주의 편찬임을 알 수 있다.

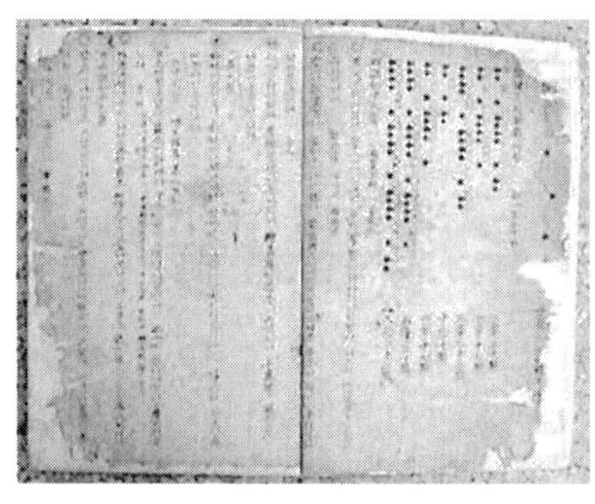
가곡원류(박효관 · 안민영 엮음)

시조를 창할 때의 장단법(매화점장단)과 창조(唱調)의 성격(즉 各調體格), 노래를 부르는 태도와 노래의 성격(가지풍도형용)을 상세히 밝히고 있고, 가창방법을 나타내는 육보(肉譜)를 작품 오른쪽에 기입했다. 명백한 논리와 정확한 어구를 토대로 가곡창의 창법에 대한 고증을 명확히 하려는 편찬의식이 두드러진다. 수록작품에 대한 위작(僞作) 여부의 논란이 있기는 하지만, 앞서 나온 두 가집에서 볼 수 없는 새로운 작품 80여 수와, 후대작가를 포함하여 새로운 10여 명의 작가가 나타나고 있다는 점에서 자료적인 가치 또한 두드러진다.

다음은 안민영과 얽힌 극히 사적인 얘기를 살펴보자.

비연은 진주에서 뛰어난 미모와 몸매를 자랑하는 기생으로 그 소문이 전국 방방곡곡으로 퍼졌다. 당시 최고의 가객이라고 할 수 있는 안민영(安玟英)이 그 소문을 듣고 비연을 만나기 위해 진주로 갔다.

안민영은 그 시절 제1의 가객(歌客)답게 당시 최고 실권자인 대원군의 총애를 받고 있었다. 그의 개인 시조집『금옥총부(金玉叢部)』에 "1876년 6월 29일은 나의 회갑일이다. 석파대로께서 회갑연을 공덕리 추수루에서 베풀어 주셨고 우석(又石)판서께서 기녀와 악공들을 널리 불러와 종일 질탕하게 즐기도록 명하시니 이 어찌 사람마다 얻을 수 있는 것이리요”라는 기록이 있는 것을 보아도 대원군과 그의 장남 이재면이 안민영의 회갑연을 직접 챙길 정도로 가까운 사이라는 것을 알 수 있다.

당시 안민영은 풍류객답게 전국을 유람하며 각처의 기녀들과 즐기면서 시로 그 감흥을 표출했다. 진주에도 여러 번 와서 ‘난주’, ‘초옥’ 등 진주 기녀들과 즐기기도 했다. 하지만 비연은 쉽게 만날 수 없었다. 그가 비연을 만나러 천리 길 진주를 찾았을 때, 비연은 이미 남의 사람이 되어 있었다. 당시 진주 외촌(外村)에 살고 있던 거부 성진사의 첩이 되어 있었던 것이다. 8도의 기녀와 마음대로 풍류를 즐기던 안민영이었지만, 비연은 쉽게 만날 수가 없었다. 그런데 안민영은 비연을 한번 만나고 싶었다. 도대체 어떻게 생긴 여인이기에 그렇게도 소문이 자자하단 말인가 그리고 거부의 첩이 되었단 말인가. 그래서 더 만나고 싶었다. 그래서 패물로써 비연을 아는 사람을 회유했다. 그 사람을 통해 비연을 한번 만났다. 그리고 그 감회를 억누를 수 없어 다음 시를 남겼다.

자못 붉은 꽃이 잡풀에 숨어 보이지 않는구나.
장차 그 꽃을 찾으리라 잡풀을 헤치고 들어가니,
진실로 그 꽃이거늘 문득 꺾어 드렸노라.

이 시를 통해 비연과 안민영의 만남을 상상할 수 있다. 안민영은 자신과 비연의 만남을 방해하는 세력을 잡풀로 보고 안민영은 잡풀에 숨어 보이지 않는 붉은 꽃 비연을 만나기 위해 이를 헤치고 들어갔다. 비연을 만나기 위해 애쓴 노력이 중장에 드러난다. 결국, 비연을 만나 그 자태가 고운 것을 보고 함께한 시간이 종장에서 표출된다. “진실로 그 꽃이거늘 문득 꺾어 드렸노라”이다.

이 이야기는 안민영의 개인 시조집 『금옥총부(金玉叢部)』에 실려 있다. 이 시조집은 안민영이 70세 되던 고종 22년(1885)에 이뤄진 것으로, 『가곡원류』보다 9년 늦게 만들어졌다. 그는 80세까지 생존하면서 만년까지 작품 활동을 계속한 정력가이다.

그 외도 안민영은 진주 기녀 난주를 무척 총애했다. 그가 진주에 왔을 때 그녀를 위해 시조 2수를 지은 것이 전한다. 「진양기녀 난주를 칭찬하다」와 「진양기녀 난주를 시제로 함」이다.

옥쟁반에 흐트러진 구슬 마음대로 굴렀는데
그림 같은 새장에 갇힌 앵무새처럼 뛰어난 말재주 가졌구나
두어라 구슬처럼 아름답고 앵무새처럼 말 잘하니 그를 사랑하노라
　　　　　　　　　　　　　　　　－ 진양 기녀 난주를 칭찬하다


남쪽 포구 달 밝은 밤에 돛대 치는 저 사공아
묻노라 너 탄 배는 좋은 배 난주로다
우리는 연 캐러 가는 길이니 물어 무엇 하리오,
　　　　　　　　　　　　　　　　－ 진양 기녀 난주를 시제로 함


진양 기녀 송옥과의 인연 또한 남달랐다. 안민영이 진주에 머물 때 물과 풍토가 맞지 않아 풍병이 들어 여러 약을 썼으나 조금도 약효를 얻지 못하고 죽을 지경에까지 이르기도 했다. 이때 한 의원이 말하기를, "이 병은 매우 위중해서 만약 동래 온천에 가서 삼칠일동안 목욕을 하지 않는다면 다시 회복될 수 없다"고 했다. 안민영은 즉시 진주를 떠나 마산포 창원을 거쳐 동래로 향한 일이 있었다. 안민영이 진주에서

사경을 헤맬 때 따뜻한 위로의 편지를 보낸 기녀가 바로 송옥이다. 편지를 받고 지은 안민영의 화답시이다.

> 동쪽 담장 까치울음 대수롭지 않게 들었더니
> 뜻하지 않은 소중한 편지 님의 얼굴 보내 왔네.
> 두어라 마음을 써 본들 무엇 하겠는가.

"진양기녀 송옥은 내가 처음 진양에 이르렀을 때 친하게 지내던 사람이다. 내가 병으로 누워 있을 때 그도 또한 병이 있어 부득이 와보지 못하고 편지로써 문병했다."고 안민영은 말하고 있다.

객지에서 풍토병에 걸려 누워있는 풍류객에게 따뜻한 위로의 편지를 보낼 수 있는 마음을 가진 기녀가 바로 진주 기녀 송옥이었다. 안민영 자신이 '뜻하지 않은 편지'라고 할 만큼 생각지 않은 편지였는데, 송옥은 안민영을 잊지 못하고 마음의 정을 보낸 것이리라.

진주 의암에 앉아 한잔 술로 논개의 충절을 위로하며 시 한 수를 남기기도 했다. 조선말 풍류가객 안민영이 전국을 유람하며 즐긴 기녀들과의 얘기는 『금옥총부』에 그대로 실려 전한다. 조선 말 진주 교방문화의 풍성함과 여유를 말해주는 좋은 자료이기도 하다.

안민영과 기녀들

## 5. 남풍에 가는 구름/이세보

남풍에 가는 구름 한양 천리 쉬우리라
고신(孤臣) 눈물 싸다가 임계신데 뿌려주렴
언제나 우로(雨露)를 입사와 환고향(還故鄕)을 (할꺼나)


남풍이 구름을 몰고 북녘하늘을 수이 가듯 임금의 은혜를 입어 고향으로 가고 싶은 심정을 읊었다. "남풍에 가는 구름 한양 천리"라 한 것을 보면 작자는 한양(서울)에서 천리나 멀리 떨어진 남쪽에 있음을 알 수 있다. '바람에 구름 가듯 그렇게 쉽고도 자유로이 갈 수만 있으면 얼마나 좋으련만 현실은 그렇게 갈 수 없는 위리안치(圍籬安置: 외부와 접촉을 못하게 가시나무로 울타리를 쳐 죄인을 가두어 두던 일)된 외로운 신세다. 내 흘린 눈물이라도 임(임금)계신 궁궐에 뿌려서 이 상황을 알리고 싶다. 언제쯤에나 임금의 은혜를 입어 고향으로 돌아갈 것인가'라 하여 유배 생활에서 오는 인간의 존엄성 상실과 기본권까지 빼앗긴 절박한 심정을 표출해냈다. 이 시조는 작자가 신지도에 유배하고 있을 때의 작품이다.

이세보(1832, 순조32~1895, 고종32)는 시조 문학사를 바꾼 큰 별이다. 이 말은 이세보의 작품이 발견되기 전까지는 안민영이 최다작자로 올려졌고 또 조선조 말에는 양반 사대부들은 시조 창작 활동을 하지 않은 것으로 기술되곤 했다. 그런데 이세보는 왕족으로서 시조 창작을 그렇게 많이 했을 뿐만 아니라 당시 평민들이 즐기던 시조창도 즐겼음을 그의 창작 활동에서 볼 수 있기 때문이다. 이세보의 시조는 종장 끝 구가 거의 생략되어 있다. 이것은 시조창을 염두에 둔 창작이라는 의

미이다.

그래서 이세보는 고시조를 창작한 조선 후기의 마지막 대가이다. 조선시대에 가장 많은 시조를 지었으며 경향도 다양하다. 앞에서도 밝혔듯이 왕족으로 본관은 전주 자는 좌보(左甫)로 능원대군(綾原大君)의 7대손이다. 아버지 단화(端和)와 어머니 해평 윤씨 사이의 4형제 가운데 맏아들로 태어났다. 1851년(철종2) 풍계군(豊溪君) 당(唐)의 후사(後嗣)가 되어 이름을 호(晧)로 바꾸었고, 철종으로부터 경평군(慶平君)이라는 작호를 받았다. 1857년 동지사로 청(淸)나라에 다녀왔고, 김좌근과 김문근을 비난한 탓으로 안동김씨가의 미움을 받아 작호를 빼앗겼다. 그리고 1860년 신지도에 유배되어 3년간 유배생활을 했다. 고종이 즉위한 해 풀려나서 지종정경·한성판윤·공조판서·판의금부사의 벼슬을 했고, 1895년(고종32) 민비학살사건을 듣고 통곡하다가 병을 얻어 죽었다.

이세보의 시조는 1980년대 초 진동혁에 의해서 발견되어 학계에 발표되면서 비로소 세상에 알려졌다. 개인 시조집『풍아(風雅)』·『시가(詩歌)』등이 발견되어 남긴 작품이 무려 458수임이 판명되었다. 그는 말을 다듬지 않고 쉽게 썼으므로 많은 작품을 남길 수 있었다. 형식을 제대로 갖춘 경우에 맨 마지막 구절을 생략한 것으로 보아 시조창을 전제로 창작했음을 알 수 있다. 시조를 풍류로 즐기는 데 그치지 않고, 사대부의 시조가 관념적인 수사에서 벗어나 현실인식에 대해서도 참신하게 표현할 수 있음을 보여주었다. 유배생활을 하면서 관리들의 부정을 신랄하게 비판한 시조와 애정을 주제로 한 시조가 많고, 그밖에 도덕·기행·회고 등을 읊은 작품도 있다. 형식에서도 월령체의 시조를 새롭게 지었다. 시조 창작의 주체가 사대부에서 평민으로 옮겨진 조선 후기에 사대부로서 현실의 다양한 사건을 소재로 하여 왕성한 창작활동을 했다. 그것은 그만큼 그는 다양한 경험을 했고 그의 활동 무대 또한 사대부로서만 안주해 있지 않았다는 증거이기도 하다.

당시 조정을 장악하고 세도정치로 매관매직 등 부정부패를 일삼던 세력은 안동김씨 가문이었다. 이들에게 대항했다가 조정에서 쫓겨나 귀양살이를 하고 있던 조선왕조 최고의 사대부 출신인 이세보가 벼슬아치의 부정부패로부터 시작하는 일반 백성의 고난과 참상을 시로서 표출해 밝히고 비판하기란 보통의 선비로서도 흉내 내기가 쉽지 않은 사회상황 이었다.

이세보 시조의 특징은 또 있다. 오래도록 전해져온 일반적인 시조의 틀에서 벗어나려 애쓴 모습이 그의 시조에 가득 담겨있다. 시에 곡을 달아 유행가나 가곡으로 만들어 부르는 현대처럼 이세보는 판소리나 민요로 부를 수 있는 시조를 많이 지어냈다. 이러한 이세보의 창작 태도는 그 당시까지의 시조에서 새로운 시조로 나아가는 전환점이 되었다.

이세보는 1863년 철종이 승하하고 고종이 즉위하자 유배가 풀리고 복권하였으며. 1865년에는 신정 황후 조씨의 명으로 종정경(宗正卿)이 되었다. 같은 해 한성부좌윤, 1866년 병조참판을 시작으로 동지 돈녕부사, 형조참판, 공조참판을 역임하였다. 이후 1869년에는 부총관의 벼슬을 맡아 하게 된다.

이러한 높은 벼슬자리에 있으면서도 항상 백성의 고난을 생각하고 백성의 편에 서서 일처리를 함으로서 자신은 물론 백성과 왕실에도 잘못을 하지 않았다고 전해진다.

이세보의 시집 『풍아(風雅)』의 의미는 시경(詩經)의 육의 중에서 따온 말로 "風"은 풍교(風敎)의 시로서 민요시(民謠詩)를 뜻하고 아(雅)는 엄정

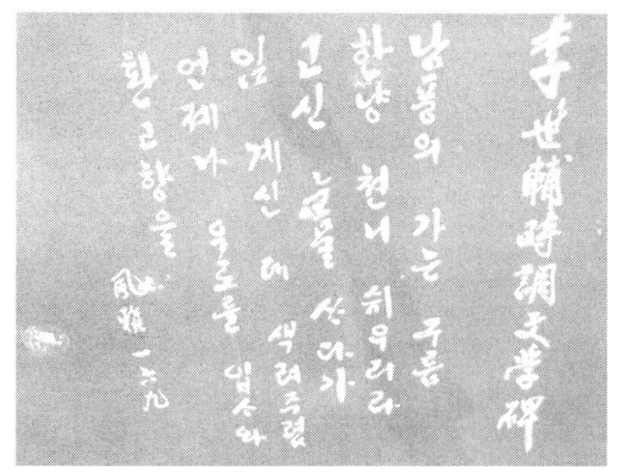

이세보의 시조를 새긴 문학비

하고 품격 높은 음악시($\text{音樂詩}$)를 뜻한다. 시가($\text{詩歌}$)나 문장($\text{文章}$)의 길을 말하며 우아하고 아름다운 것, 속세를 떠난 풍류 전반을 말하는 뜻으로 쓰인다.

청해진을 세우고 경영했던 장보고 대사의 큰 꿈이 어린 완도읍 장좌리 수석공원에 <이세보 시조 문학비>가 있다. 이 기념비는 1991년 10월 26일 한국 문학비 건립동호회에서 한민족 문학사에 남긴 이세보의 빛나는 업적을 기념하여 세운 것이다.

완도읍 장좌리 수석공원에 세워진 이세보 시조문학비

그의 시조는 다른 사대부들의 관념적이고 음풍농월적인 것과는 달리 부정부패 비판, 유배생활, 애정, 도덕, 절후, 기행, 유람유흥, 농사 등 작품주제가 다양한데다 판소리나 민요에서 보이는 현실 비판의 민중가요 형식을 도입하고 월령체 시조를 처음으로 쓰는 등 전통적 평시조의 형식과 내용에 새로운 변화를 가져왔다.

신지도는 유배의 섬이다. 조선시대의 기록만으로도 신지도에 귀양살이를 온 벼슬아치와 귀족 사대부가 35명이나 된다. 이들 중 원교 이광사9)와 정약전,10) 이세보, 지석영11)이 특히 유명한 사람들이다.


예닮아, 어떠니?

시조에 대해서도 알게 되고 우리나라 역사에 대해서도 많이 알게 되었지? 이렇게 옛시조에는 그 창작 배경이 있어서 그 배경을 알기 위해서 그 작자가 살던 시대를 알고 보면 자연적으로 역사를 알게 된다. 그래서 문학과 역사는 깊은 관계가 있다. 왜냐하면 그 작품을 이해하기 위해서는 그 시대를 알아야 하고 그 시대를 알다보면 그 시대에 산 작가의 생각이나 그 작가가 살아온 환경을 알게 된다. 그 시대와 작가에 대해서 알면 그 작품을 이해하기가 쉽다.

시조를 공부하면 우리 조상들이 살아온 역사도 알고 또 그 분들은 어떤 생각을 가지고 살았는지에 대해서도 알게 된다. 온고지신(溫故知新)이란 말이 있듯이 우리의 뿌리인 옛 것도 익히면서 새로운 지식을 더하면 보다 풍성한 앎을 누릴 수 있다.

여섯 마당으로 고시조에 얽힌 역사 이야기를 하다 보니 고려 말에서 조선조 역사의 흐름을 자연스럽게 알게 되었다. 시조를 통한 역사 이

---

9) 詩와 서화에 능했으며 양명학의 대가인 정제두(鄭齊斗)에게서 가르침을 받아 일찍 이름을 떨쳤으나 벽서사건1)으로 몰려 유배지에서 생을 마쳤다. 그림은 「산수도 山水圖」, 「고사간화도 高士看畵圖」 등이 전한다.

10) 조선 후기의 문신이다. 천주교서적을 탐독했으며 흑산도에 유배되어 있을 때 지은 <자산어보 玆山魚譜>는 흑산도 근해의 수산생물을 실제로 조사·채집·분류하여 각 종류별로 명칭·분포·형태·습성과 그 이용에 이르기까지 자세히 기록한 것으로. 우리나라 최초의 수산학 관계 서적이다.

11) 한말의 의사·문신·국어학자이다.

야기가 학교 현장에서 이루어지기를 바란다. 필자의 경험으로 보면 시
조와 역사 이야기는 초등학생에서부터 대학생에 이르기까지 흥미를
갖고 좋아한다는 사실이다. 초·중등학교 교사들은 시조 한 수에 담긴
역사이야기로 흥미를 더하는 국어와 국사시간이 되었으면 좋겠고 대
학생들은 시조 한 수에 담긴 역사이야기로 이 책을 펼쳤으면 좋겠다.

문학에서 여러 장르가 있지만 시조만이 우리 고유의 정형시로서 현대
시조로 이어온 것이다. 시조는 자랑스러운 우리 고유의 정신문화이다.

다음 일곱째 마당에서는 '현대시조로의 길'에서 그 여명기를 살펴
보고자 한다.

# 현대시조 여명기

갑오경장을 계기로 봉건사회의 틀을 벗어나려는 움직임이 정치 사회 각 분야에서 이루어졌다. 그 많은 제도적인 개혁 가운데서 여기서는 물론 문화적인 면만을 언급하고 현대시조로의 노정을 밝힐 것이다.

문학사적인 배경을 살펴보면 우리나라 최초의 언문일치 단행본인 유길준(兪吉濬, 1856~1914)의 『서유견문』이 1895년 일본 도쿄(東京) 교순사에서 간행되었다. 유길준은 1883년(고종20) 사절단으로 미국에 건너가 E. S.모스 박사의 주선으로 메사추세츠 주의 더머 학원에서 공부했다. 그러다 1885년 미국을 출발해 유럽 각국을 거쳐 귀국했다. 이때 보고, 듣고 느낀 점을 기록한 기행서가 『서유견문』이다. 당시 서양의 역사 · 지리 · 산업 · 정치 · 풍속 등이 잘 나타나 있으며 국한문혼용체로 되어 있어 이 책은 근대 언문일치 문장운동의 선구적 역할을 했다는 평이다.

1897년 이봉운의 『國文正理』는 한국 최초의 근대문법 연구서이다. 순국문으로 띄어쓰기는 권점(圈點)으로 표시했다. 서문에서 국문을 존중·애용할 것을 강하게 주장했으며 국어사전의 필요성을 개진(開陳)했다. 없어진 'ㆆ'·'ㆁ'·'ㅿ'이 'ㅇ'·'ㅡ'·'ㅅ'의 단음이라고 했으며, 'ㆍ'(아래아)는 'ㅏ'의 단음으로 보았다. 갑오개혁 이후 우리글은 언문에서 국문으로 격상되었으나 제대로 된 연구서와 전문가가 없었던 시기 한글전용과 띄어쓰기의 선구적 구실을 했으며, 갑오개혁 이후 최초의 국어연구서라는 면에서 그 가치가 있다.

1905년 지석영의 『신정국문』은 지석영(池錫永)이 상소한 '국문개혁안'이다. 참정대신 심상훈과 학부대신 민영철이 고종에게 올려 공포한 6개 항목으로 된 맞춤법통일안이다. 지석영은 『신정국문』의 보급에 힘써, 쉽게 해설한 일종의 반절표 『국문정식(國文正式)』을 펴내기도 했다. 이러한 개인의 의견이 공포되어 실시되자 많은 사람들의 반대가 잇따랐다. 이에 이를 시정할 방안으로 1907년에는 국문연구소가 설치되기에 이른다. 1908년에 나온 『大韓文典』은 최초의 국어문법서로 최광옥이 국판, 활자본으로 안악면학회(安岳勉學會)에서 발행했다. 이것은 광무연간(1897~1907)에 필사본이나 유인본으로 유포되던 유길준의 『조선문전』과 내용이 거의 같다. 다만 책머리에 있는 이상재의 서(序)와 문자론 9면만이 다르다. 그래서 1909년 간행된 유길준의 『대한문전』의 4차 원고본이 최광옥 이름으로 출간된 것으로 본다. 그리하여 논자에 따라 유길준의 『대한문전』만 언급하는 경우가 많다. 이어 1910년에는 주시경의 『國語文法』이, 1915년에는 최남선의 『新字典』등이 나와 국어 연구에 많은 업적을 남긴다.

이러한 국어연구와 더불어 ≪황성신문≫(1898), ≪매일신문≫(1898), ≪대한매일신보≫(1904), ≪만세보≫(1906) 등이 창간되어 신문학 발표의 길을 열어 주었고, 1918년에는 ≪태서문예신보≫가 창간되어 외국문학이 번역 소개되기도 했다. 또 육당에 의해서 ≪소년≫지와 ≪청춘≫지가 창간되어 시조부흥의 초석을 닦아 주었고, ≪창조≫의 창간으로 근대문학의 길이 열렸다.


## 1. 대한매일신보와 개화 시조

≪대한매일신보≫는 대한제국 말기에 발행된 일간신문이다. 1904년 7월 18일 창간되어 1910년 8월 28일 종간되었다. 창간 때는 타블로이드판 6면으로 한글 2면과 영문 4면이었으나, 1905년 3월 10일 휴간되었다. 1905년 8월 11일 다시 복간되어 혁신호를 내면서 국한문판과 영문판으로 나누었다. 독립된 영문판은 ≪The Korea Daily News≫라는 제호로 펴냈다. 그 뒤 1907년 5월 23일 순한글판을 따로 창간해 이때부터 한글판·국한문판·영문판의 3가지 신문을 발행했다. 종간호의 지령은 국한문판이 제1464호, 한글판이 제938호였고 혁신호부터는 지령을 제1호부터 다시 시작했으므로 실제 발행호수는 이보다 많다.

이들 신문의 총 발행 부수는 1만 부를 넘는 것으로 알려져 있는데 이는 당시 발행되던 다른 신문에 비해 많은 부수였다. 발행인은 영국인 E. T. 베셀(한국 이름은 裵說)이 줄곧 맡아오다가 1908년 5월 27일부터 1910년 6월 9일까지는 A. 만함(한국 이름은 萬咸)이 맡았다. 1910년 6월 14일부터 이장훈이 인수해 발행했으나 한일합병이 뇌면서 곧 종간했다. 사고(社告)·논설·관보·잡보·외보 등으로 꾸몄다. 속간사를 살펴보면, 첫째, 뜻있는 인사들의 문명 지식을 계발하고, 둘째, 세계 각국의 견물을 도입해 알리기 위해 이 신문을 속간한다고 밝히고

있다. 또 순한글판을 펴내어 조선인의 자주독립을 돕는 데 힘이 되려
고 했다.

《대한매일신보》는 《런던 데일리 뉴스》의 특파원인 베셀이 취
재하러 한국에 왔다가 양기탁과 만나 신문 창간을 계획하고 1904년 6
월 29일 견본판을 만든 뒤 본격적으로 창간했다. 발행 초기에는 발행
인이 외국인이기 때문에 일제의 검열을 어느 정도 피할 수 있었으나
1908년 신문지법이 개정되어 탄압받기 시작했다. 이에 따라 베셀은
1908년 6월 재판에 회부되어 금고형을 받기도 했다. 양기탁이 편집과
경영의 실질적 책임을 지고 있었는데 이 신문의 중요 논설은 대부분
그가 집필했고 박은식·신채호 등 애국지사들의 논설도 실었다. 또 국
채보상운동에 참여해 애국운동에 앞장섰다.

《대한매일신보》는 향리논설을 통해 일제의 침략에 저항했고 민
족의식을 드높여 신교육에 앞장섰으며 애국계몽운동에 크게 이바지
했다. 특히 순한글판은 여성들의 개화와 자주의식 고취에 공헌했고 우
리말 보급과 발전에 이바지했다. 애국가사도 많이 실어 일본에 대한
직접적인 비판뿐 아니라 매국적인 친일세력에 대한 비판도 서슴지 않
았다. 이 신문은 자주독립과 국권회복을 위한 발자취일 뿐만 아니라
언론사·문학사·독립운동사 연구에 있어서도 중요한 의미를 갖는다.

《대한매일신보》에 발표된 [개화시조]는 사동우(寺洞寓) 대구여사
의 「혈죽가」 3수 (제568호, 1906.7.21)을 시초로 「혈죽가 拾絶」(제574
호, 1907.7.27), 「自强力」(제996호, 1908.12.1) 「한반도」(제967호,
1908.12.2)등 거의 매일같이 발표되어 폐간되기 11일 전인 1910년 8
월17일(제1458호)의 「秋風」까지 무려 385수의 작품이 발표1)되었으니

---

1) 박을수, 한국시조문학전사, 성문각, 1992(1978), 213쪽 참조.

시조창작은 면면히 이어온 셈이다. 최초로 현대시조로 발표된 개화시조 「혈죽가」 3수를 살펴보자. 편의상 현대어로 옮겼다.

> 협실에 솟은 대는 충정공 혈적이라
> 우로를 불식하고 방 중에 푸른 뜻은
> 지금의 위국충심을 진각세계

> 충정의 굳은 절개 피를 맺어 대가 되어
> 누상에 홀로 솟아 만민을 경동키는
> 인생의 비여 잡초키로 독야청청

> 충정공 곧은 절개 포은 선생 우희로다
> 석교에 솟은 대도 선죽이라 유전커든
> 하물며 방 중에 난 대야 일러 무삼.

– 혈죽가, 대구여사

끝구가 생략된 것은 시조창을 의식한 것이다. 시조창은 끝구를 생략하기 때문이다. 고시조의 마지막을 장식한 이세보의 시조에서도 종구가 생략된 것이 많다. 그래서 대구여사도 그 영향을 받은 것으로 본다. 이 후 개화시조가 거의 끝구가 생략된 것으로 나타난다. 이러한 현상도 이 시기 시조형태의 변형이며 흐름인 것으로 보인다.

「혈죽가」는 일제에 항거하여 자결한 충정공 민영환(1861~1905)의 충정을 그린 것이다. 민충정공이 자결한 방에서 피 묻은 대나무가 솟아나 뭇 사람의 귀감이 되었으며 충정공의 절개는 정몽주보다 높다는 게 「혈죽가」의 내용이다. 이 후 「혈죽가 拾絶」 등 애국충정과 나라 잃은 통한의 심경, 국권회복을 위한 호소, 왜적에 대한 궐기 촉구, 친일 매국노에 대한 비판, 국민들에 대한 경각심 고취 등의 내용들을 주제로 한 시조가 꾸준히 발표되어 시조의 명맥을 이어왔다. 이것이 시조 부흥의 한 기폭제가 된 것으로 보인다. 이 시기 몇 작품을 살펴보자.

삼천리 돌아보니 天府金湯 이 아닌가
片片沃土 우리강산 어이차고 남줄손가
차라리 二千萬衆 다 죽어도 아 疆土를.

– 작자미상, 자강력, 대한매일신보, 제965호, 1908.4.24

꽤 많은 송사리 흐응 병어 준치 홍
日辰을 갈희여 회쳐 먹을까 아
어리화 좋다 흐응 지화자 좋구나 홍.

– 不知肴, 대한매일신보, 제1034호, 1909.2.15

날더워 오니 흐응 회냄새 난다 홍
썩어진 壹進會 佛水散 먹여라 아
어리화 좋다 흐응 良民이 되여라 홍.

– 解散藥, 대한매일신보, 제1029호, 1909.2.21

왜 나왔나 왜 나왔나 다 죽으러 왜 나왔나
범 모르는 너의 종자 뉘덕으로 살아나리
영전에 미리 알아 예방할 줄 왜 모르나

– 보통생, 왜 나왔나, 대한매일신보, 1909.4.24

이 몸이 죽자하니 국가사를 누 맛기며
이 몸이 사쟈하니 저 꼴들을 엇찌볼까
하리라 이 몸이 사생간에 국가사만
　　　－ 영은생(瀛隱生), 하리라, 대한매일신보, 제1368호, 4.23


　요즈음 네치즌들 못지않은 현실비판이고 인신공격이다. '이천만이 다 죽어도 이 강토를 나라를 지켜야 한다'고 호소하기도 하고, 일진회를 통렬히 비난하며 그 중심에 선 송병준을 송사리 병어 준치로 비유하며 회를 쳐서 먹자고 한 것 등은 비록 익명으로 발표하긴 했지만 민중의 정서를 표출하여 신문에 실릴 수 있었고 당시 여론을 표명할 수 있었다는 것에 경이롭고 치하할 만하다. 그러한 참여시가 창작되어 발표되었다는 사실만으로도 민중의식을 대변할 수 있었다고 본다. 그러한 정신이 투철했기에 그 후 독립운동도 가능했고 면면히 이어졌다고 본다.

　≪대한매일신보≫는 1905년에 을사 보호조약이 체결되고, 1910년에 나라를 잃음에 그 해 8월 30일에 폐간되었다. ≪대한매일신보≫와 함께 ≪대한민보≫에서도 시조가 거의 매일 발표되었음을 볼 수 있다. 1909년 9월 15일 제79호에 실린 <大團結>을 시작으로 1910년 8월 31일 제 357호에 실린 <搗衣>까지 무려 269수가 발표되었다. 이들 몇 작품을 살피면서 감상해보자.


토양(土壤)이 태산(泰山)되고 세류(細流)모여 하해(河海)로다
이천만중(二千萬衆) 단결하면 독립부강 비난사(非難事)니
원컨대 우리 동포님들 합심 동력.
　　　－ 대단결(大團結), 대한민보, 제79호, 1909.9.15

백제성(白帝城)이 높았는데 落日 침저(砧杵) 急이로다

前村에 저 나부(懶婦)는 구일(舊日) 예비(預備) 없었다가

밤중만 촉직성(促織聲)에 놀라 깨여.

                        ― 도의(搗衣), 대한민보, 제357호, 1910.8.31


日新 月新 세신(歲新)하니 人事 역시 새로워라

新空氣를 吸收하여 新思想을 발휘하야

단단(斷斷)코 一新 又 一新하야 국가 유신(維新)

                        ― 一新又新, 대한민보, 제195호,1910.2.9


「대단결(大團結)」에서는 2천만 민중이 모두 단결하여 독립부강을 이루자는 것이고 <도의(搗衣)>에서는 게으른 여인은 아무 준비도 하지 않다가 밤이 되어 귀뚜라미 소리에 놀라 깨더라 하여 여인네의 일상사를 표출하여 편안함을 주기도 한다. 「一新又新」에서는 나날이 새롭게 하여 새로운 사상도 받아들이고 발휘하여 국가도 새롭게 하자는 것이다.


갑오경장을 기점으로 고전문학과 현대문학으로 나누어졌음은 기정사실이다. 그래서 최초의 현대시조를 1906년 7월 21일 '대한매일신보'에 발표된 「혈죽가(血竹歌)」로 보고 시조단체에서는 현대시조 100주년 선포식을 2006년도에 했다.

개화기의 시조를 살펴보면 그 내용은 개화기 시대의 시대상과 정서 감정을 표출한 것이나 그 형식은 시조창의 형식을 빌어서 거의 종장 종구가 생략되어 나타난다. 이러한 형식은 철종시대에 안동김씨들에 의해 신지도로 귀양 가서 많은 글과 시조를 남긴 이세보의 시조에서

볼 수 있는 형식과 같다. 더구나 활용된 시어는 거의 한문체이다. 이러한 현상은 고시조에서도 별로 나타나지 않은 한문투어들이다. 이러한 형식의 개화기 시조는 오늘날의 현대시조와는 거리감을 갖고 있음을 볼 수 있다. 그래서 현대시조와는 구별을 지어 개화기 시조라는 명칭을 붙인다. 소설에서도 신소설이 있고, 현대시에서도 신체시가 있듯이 말이다.


## 2. 대한유학생회보와 개화시조

월간잡지로 1907년 3월 3일 창간, 1907년 5월 26일 통권 3호를 끝으로 폐간되었다. 발행인은 유승흠(柳承欽), 편집인은 최남선(崔南善)이었다. 국판 100쪽 안팎, 제1·2호는 '대한유학생회학보'였으나, 3호는 '대한유학생회보'로 제호를 바꾸었다. 대한유학생회는 1906년 9월 일본 유학생 259명이 모여 결성한 단체로, 주로 자비(自費)로 유학온 학생들로 이루어졌다. 민영환의 추도 1주년을 기념하기 위해 이 잡지를 창간했으며, 논조는 정치적·계몽적 성격이 강했다. "유학생의 친목단결을 도모하고 학식을 교환하여 세계문명을 수입하고 국가의 실력을 배양하는" 것을 창간 취지로 삼았다. 최남선은 여기에서의 경험을 바탕으로 후에 잡지 ≪소년≫을 펴냈다.

육당은 제1호에서 시조 「국풍(國風) 4수」를 발표했다. 이어 제3호에서는 시조 「병중몽몽(病中夢夢)」이 발표되었다.

세월아 가지마라 너 좇을 내 아니라

네 발로 너 가는 걸 가거니 말거니 뉘라서 알리마는

너 가는 길에 내 나이 따라 가나니 그를 슬퍼

— 國風, 첫 수

* 줄글로 된 것을 3장으로 필자가 바꾸고 현대어로 옮겼다. 나머지 3수는
  사설시조 형태라 여기서는 생략한다.


병이 나서 공부 못해 일이 있어 공부 못 해

이 핑계 저 핑계 다 빼이고 나면 공부할 날 전혀 없네

아무 때 가도 네 공부는 너 할 것이니 네 알아 차려라

— 病中夢夢


시조라고 발표는 되었지만 고시조에서 맛보는 운율이나 격조에 있
어 뒤떨어지고 현대시조에 접하는 오늘날의 눈높이로 보더라도 거리
가 있다. 하지만 이렇게라도 시조로 명맥을 이어왔기에 시조부흥운동
의 촉진제가 되었다고 본다. 육당은 이어 [소년]지에서 보다 발전된 모
습으로 시조를 발표한다.



## 3. 少年誌와 최남선

≪소년≫지는 1908년 11월 육당 최남선이 창간했다. 육당은 [대한
유학생 회보]에서의 경험을 백분 살려 여기서는 단독으로 편집 겸 발
행을 맡았다. 이때의 나이가 19세이다. 요즈음 같으면 잘해야 기껏 고
등학교 졸업 나이이다. ≪소년≫지는 근대적 형식과 체재를 제대로

갖춘 월간종합지로서 탄생했다. 이것은 당시로서는 대표적 잡지로서
청소년들에 기여한 바가 크다 하겠다.

첫째 서구문학을 선구적으로 도입하였고,
둘째 외국작품을 번역, 소개하였으며
셋째 새로운 문체로의 개척과 언문일치의 문장으로의 시도를 했다
    는 점 등

문학사적인 궤적(軌跡)을 남겼다. 신체시 <海에게서 少年에게>가
≪소년≫지를 통해서 발표되었고, 시조도 40여수나 발표되었다. ≪소
년≫지는 그간 발매금지와 정간(제3년 제8권)을 당하기도 했고 다시
속간(제3년 제9호)도 하다가 1911년 5월 15일 제4년 제2권 통권 23호
로 종간되었다.

육당이 ≪소년≫ 誌를 발간한 취지는 '우리 대한으로 하여금 소년
의 나라로 하라. 그리하려면 능히 책임을 감당하도록 교도(敎導)하여라
… 이 잡지가 비록 적으나 우리 동인은 이 목적을 관철하기 위하여 온
갖 방법으로써 힘쓰리라. '라 하여 간행의 취지와 그 대상이 분명하게
나타나 있다. 곧 소년이 중심이 되는 나라, 책임질 수 있는 소년으로 교
도하는데 그 목적을 두고 있음을 알 수 있다. ≪소년≫ 誌에 게재된 육
당시조 몇 편을 올려 본다.

바다야 커지마라 대기권 잔 삼아도
그 속에 담고 보면 얼마 되지 못하리라
우주에 큰 행세 못하거든 네나 내나 다 일반

– 국풍 1수[2]

태백에 꽃이 피니 부귀가 쌍전(雙全)이라

국민의 저런 역사 영원토록 한결같다

태황조(太皇祖) 크신 그 힘은 만년무강(萬年無疆) 이로다

- 태백에 1연3)


## 4. 靑春誌와 최남선

≪소년≫ 誌를 종간한지 3년여 만에 육당은 그간 준비라도 한 듯 보다 폭넓은 ≪청춘≫ 誌를 1914년 10월 1일자로 발간한다. 편집 겸 발행인 거기에 주간까지 자신이 맡았다. 그 발간 취지는 제1호에 실린 다음 글에서 볼 수 있다.

아무래도 배워야 합니다. 그런데 우리는 더욱 배워야하며 더 배워야 합니다. 이제 우리는 다른 아무것보다 더욱 배움에서 못합니다. 이렇게 말하면 배움 하나가 못하여 더 못하다 하오리다 … 우리는 깨칩시다. 배움이 남만 못한 것을 깨치며 오늘에 가장 바쁜 일이 배움임을 깨치며 아울러 배움에도 잘 할 만함을 깨칩시다. 우리 속에 가득한 배움을 잘 할 많은 힘을 지어 냅시다 … 온 힘을 배움에 들입시다. 우리는 여러분으로 더불어 배움의 동무가 되려 합니다. 다 같이 배웁시다. 더욱 배우며 배웁시다.

---

2) 소년, 제2년 제8권, 1909.9.

3) 소년, 제3년 제5권, 1910.5.

애처로울 정도로 배움을 강조하고 주장하고 있다. 쇄국으로 가두어진 나라가 얼마나 무지하고 몽매하게 다가왔으면 배움을 그렇게 외쳤을까 싶다. 그래서 육당은 ≪청춘≫誌를 통하여 교양과 지식을 제공하여 민중을 계몽하고 근대화시키겠다는 것이다. 서구문학을 번역 소개하고 우리 고전도 번역 소개하고, 우리의 정체성도 찾으며 우리 것도 지키겠다는 것이다. 그래서 문학부분에 많은 지면도 할애하여 시조를 포함한 현상문예도 모집하여 신인 발굴에도 뜻을 모았다. 제1회에는 한동찬의 <무제1수>가 제2회 때는 정열모의 시조 3수가 입선되었다. ≪청춘≫誌에 발표된 육당의 시조만도 10편 30수이다. 이렇게 시조 부흥에 서서히 접근하고 있었다.

## 5. 개화기 시조의 특징

현대시조는 고시조에 대비되는 새로운 내용과 형식을 갖춘 시조를 말한다. 현대시조 정의에 대한 몇 가지 견해가 있으나 일반적으로 갑오경장 이전의 작품을 고시조라고 하고 그 뒤 오늘날까지의 작품을 한데 묶어 현대시조라고 부른다. 그래서 이것은 어디까지나 시간적·시대적 개념이지 시조의 근대적 변화 또는 근대적 성격과는 거리가 있다.

따라서 시조의 근대적 변화가 보다 구체적이고 시인 개인에 대한 발견과 표현으로 볼 때 현대적 감수성의 시조가 본격적으로 쓰여진 것은 1920년대로 본다. 이러한 점에서 편의상 1920년 이전의 시조를 개화기시조라 하고, 그 뒤의 시조를 현대시조라 하는 것이 보다 바람직하다. 그래서 나누어 서술할 것이다.

개화기 시조는 형식면에서나 내용면에서 고시조와 비교하여 새로운 변화를 보여준다. ≪대한매일신보(大韓每日申報)≫·≪제국신문(帝國新聞)≫·≪대한민보(大韓民報)≫·≪대한유학생회보(大韓留學生會報)≫·≪태극학보(太極學報)≫·≪대한학회월보(大韓學會月報)≫ 등에 실린 시조를 비롯하여 ≪소년(少年)≫·≪청춘(靑春)≫·≪매일신보(每日申報)≫ 등에 실린 최남선(崔南善)과 이광수(李光洙)의 초기 시조까지를 말한다.

개화기 시조의 첫 작품으로는 1906년 7월 21일 ≪대한매일신보≫에 발표된 대구여사(大丘女史)의 <혈죽가(血竹歌)>이다. 이어 1907년 3월 3일 ≪대한유학생회보≫에 실린 최남선의 <국풍 4수(國風四首)>가 있다. 이들 첫 작품 이후에 많은 시조들이 발표되었다. ≪대한매일신보≫는 무려 385수를, ≪대한민보≫는 '가요(歌謠)' 또는 '청구가요(靑丘歌謠)'라는 이름 아래 269수를 각각 게재하여 시조발전에 많은 기여를 하였다.

≪대한매일신보≫·≪대한민보≫ 등에 실린 이들 시조의 대부분은 공적인 감정이 주를 이룬다. 곧 망국민(亡國民)의 우국충정이라든지 매국정권에 대한 저항과 문명개화 등을 내용으로 하여, 현실성에 중점을 두고 있다. 이 같은 시대적 요청을 전통시가의 형식인 시조의 리듬을 빌려서 토로한 것이라 볼 수 있다. 우국충정을 토로한 시조로는 ≪대한매일신보≫에 발표된 「하리라」4)·「혈죽가」·「보국심(報國心)」, 장생(長生)의 「더욱 바삐」, 지아생(知我生)의 「누가 감히」, 「자강력」5) 등

---

4) 이 몸이 죽자하니 국가ㅅ를 누 맛기며/이 몸이 사쟈ㅎ니 더 꼴들을 엇찌볼까//하리라 이 몸이 사생간에 국가ㅅ만 — 영은생(瀛隱生), <하리라>, 대한매일신보, 제1368호, 4.23.

을 들 수 있다.

매국적 집권층을 규탄하고 민족적 각성을 촉구한 시조로는 「해산약
(解散藥)」6)·「부지자(不知者)」나 ≪대한민보≫에 발표된 「귀자유(貴自由)」7)
와 기필생(期必生)의 「금향로(今香路)」·「송죽(松竹)」 등을 들 수 있다.

그 외 개화사상을 강조하거나 교육을 통한 구국의 이상을 펼치는 등
문명개화를 부르짖은 시조도 있다. 그것은 곧 ≪대한매일신보≫에 실
린 문재목(文在穆)의 「경화매일신보정신곡(敬和每日新報精神曲)」·「권소
년(勸少年)」·「의구결(醫口決)」·「한반도(韓半島)」8)·「배양력(培養力)」 등과
≪대한민보≫에 실린 「대기(對棋)」, ≪대한학회월보≫에 실린 벽미산
인(碧眉山人)의 「시가(詩歌)」가 대표작이라 할 수 있다.


개화기는 서구문화의 도입과 일본의 침략이라는 외래적 상황에 부
딪히면서 그에 대한 저항 및 내적 모순에 대한 혼돈과 비판, 민족적 역
량의 자각 등으로 점철된 시대이다. 그런 만큼 개화기시조 역시 그 시
대적 성격이 그대로 표출되어 나타나지 않을 수 없다. 그런 의미에서
개화기시조는 순수 문학적 의미보다 그 시절 사회적 기능을 중요시할

---

5) 삼천리 도라보니 천부금탕(天府金湯) 이 아닌가/片片沃土 우리강산 어이차고 눕
줄손가/출아리 二千萬衆 다 죽어도 이 강토(疆土)를 – 대한매일신보, 제965호,
1908.11.29.

6) 날 더위오니 흐응 회 냄수ㅣ 난다 홍/썩어진 일진회(壹進會) 불수산(佛水散) 먹여
라 아/어리화 됴타 흐응 良民이 되여라 홍. – 해산약(解散藥), 대한매일신보, 제
1029호, 1909.2.21.

7) 인생의 귀중함이 자유밧게 어대 있나/자유 없이 사난 것은 사난 날이 죽난 시니/
비노라 대자대비하신 하나님 R. = 귀자유, 대한민보, 제83호, 1909.9.19.

8) 한반도(韓半島) 금수강산(錦繡江山) 예의지방(禮義之邦) 분명ᄒ다/신성(神聖)ᄒ
수ㅣ 단군께서 세웠어라 이 나ᄅ 를/뉘라서 감히 침범(侵犯)ᄒ리 당(堂)ᄉ제국
(帝國). – 한반도, 대한매일신보, 제967호, 1908. 12.2.

수밖에 없었던 것이다. 그래서 개화기 시조는 개화기의 이념을 모방하고 이상화하는 데에만 관심을 가졌기 때문에 개인의 삶의 현실이 반영될 수 없었음을 뜻한다. 이는 곧 고시조의 주요 주제인 유교적 이념이 이때에 와서는 우국·저항·개화 등으로 바뀌었을 뿐이라는 의미이다. 따라서 개화기 시조는 형식이나 표현방법 또는 시를 인식하는 태도 등이 고시조와 별로 다를 바가 없다는 것을 의미하기도 한다.

하지만 그런 가운데서도 고시조에 비하여 개화기시조가 형태와 내용면에서 몇 가지 특징이 나타난다.

첫째, 시조마다 제목이 있다는 것이다. 제목은 때로는 주제가 되기도 하고, 때로는 시조의 내용에 대한 작자의식을 강조하기도 한다. 「하리라」9)·「일신우신 一新又新」 등의 제목은 작자가 표출하고자 하는 뜻을 밝히는 기능적인 역할을 하고 있다.

둘째, 3장이라는 형식상의 문장보다 6구라는 시적 리듬의 반복형태가 현저하다. 3장 분장의 형식에서 각 장을 2구씩 분절하여 표기함으로써 6구라는 시적 리듬의 반복 형태를 지향하고 있다.

셋째, 시조의 종장을 처리하는 방법에서 고시조의 종결어미 곧 '하노라', '이더라' 등이 없어진 것이다. 아예 뚝 잘라버려 시조창을 위한 종장 처리 같기도 하다. 대신 결의가 단호하고 힘찬 느낌을 준다.

넷째, 고시조가 가졌던 종장의 규칙이 지켜지지 않음을 본다. 곧 종장 첫 음보 3음절과 둘째 음보 5음절이상이 지켜지지 않은 것이 많다.

---

9) 이 몸이 죽자하니 국가수를 누 맛기며/이 몸이 사쟈ᄒᆞ니 뎌 꼴들을 엇찌 볼가/하리라 이 몸이 사생간에 국가수만 ― 영은생(瀛隱生), <하리라>, 대한매일신보, 제1368호, 4.23.

이러한 변화는 그것이 비록 3장의 분장형식이 가지는 시조 특유의 형식을 완전히 파괴한 것은 아니라 하더라도 전통시가에 대한 이러한 변모가 개화기 시조가 갖는 의미이기도 하고 현대시조로의 이행기에서 가교역할을 했다고 본다.


## 6. 시조론 정립과 시조부흥

갑오경장을 기점으로 현대로 이어지는 숨 가쁜 과정 속에서 이 땅에 밀려들기 시작한 서구문명의 거센 물결은 개화의 기틀을 잡으면서 문학에서도 새로운 바람이 불었다. 신소설 신체시가 발표되면서 신문학이 열리게 되었다. 따라서 그때까지 이어온 우리의 문학은 뒷방신세가 되었다. 곧 고소설, 고시조 한시로 옛것으로만 밀려났다. 그간 동쪽 끝 금수강산 이 나라에서 삼국시대 통일신라 고려와 조선조를 이어오면서 문학의 여러 장르가 나타나고 소멸되었다. 하지만 시조만은 고려조에서부터 조선조 500년을 거치면서도 왕에서 서민에 이르기까지 사랑을 받아온 우리 고유의 정형시이다. 그런데 이 시조까지 사라질 국면에 다다랐다. 그러던 위기에서 그래도 뜻이 있는 지식인 선각자들에 의해 1926년『조선문단』을 중심으로 시조부흥운동이 일어난 것이다.

시조부흥에 최초로 불을 지핀 이는 육당 최남선이다. 1926년 5월호 『조선문단』에 발표한 논문「조선국민문학으로의 시조」가 그것이다. 갑오경장 이후 현대로 오는 길목에서 뜸하던 시조가 1906년 ≪대한매일신보≫에 대구여사의「혈죽가」3수를 비롯한 작자미상의 작품 380여수와 ≪대한민보≫에서 269수가 1910년 8월31일 폐간되기 전까지 발표되었다. 이렇게 시조는 약하나마 면면히 이어온 셈이다. 육당도 물론 꾸준히 시조 발표를 이어갔다. 하지만 부흥의 불을 붙이기에는 약했다. 그러던 것이 육당의 논문발표가 기폭제가 된 것이다. 역시 논리 정연한 논고가 힘이 있는 것이다. 이 시기는 3·1운동이라는 민족적인 울분이 있었고, 1925년 KAPF의 결성으로 의식문학이 문단의 세력을 잡고 대중 가까이로 들어가던 시기이다. 프로문학의 등장은 민족문학파와 양분되어 서로가 열띤 논쟁을 하였다. 이러한 시대적인 상황 속에서 강력한 문제로 떠오른 것이 민족문학파가 내세운 우리 고유의 시인 <시조부흥 운동>이었다. 육당의 시조부흥운동은 시기를 잘 탄 것이다. 다음에서 육당의 논문 일부를 옮겨본다.

> '봄은 조선의 동산에도 조선심의 노목에도 돌아왔다……남만 보고 허덕거리던 눈이 한 번 자기 위로 회조(廻照)되니 자기의 발밑과 벽장 속을 먼저 검토해야했다……별 것이나 찾아낸 것처럼 시조, 시조라는 소리가 문단에 새 메아리를 일으켰다. 시조를 찾은 것은 신기한 것이 없는 것처럼 시조를 내세우는 것이 반드시 큼직한 일은 아니겠지만 제 정신을 차린 것, 제 본질을 자기로부터 튼튼히 출발하겠다는 것만은 미상불 주의할 일, 상탄할 일 탐탐히 생각할 일이다'10)

라 하여 잃어버렸던 자기 존재를 시조에서 찾은 것이다. 시조를 잊고 잃어버린 엄동설한 같은 그 겨울을 지나 이제 봄 동산을 맞은 듯 시조라는 소리가 문단에서 메아리쳐 오는 기쁨을 적고 있다. 이어 그는 시조는 우리 민족의 독특한 산물로 세계문학에 내어 놓아도 손색이 없고

---

10) 최남선, [조선국민문학으로의 시조] 조선문단, 1926, 5월호.

또 시조 특유의 시경과 시체, 시용이 있어 그 속에는 무언가 만족할 만한 것이 갖추어져 있어 오랫동안 감상을 할 수 있다고 상탄(賞歎)했다.

육당은 '시조는 조선인의 손으로 인류의 운율계에 제출된 하나의 시형으로서 조선의 풍토와 조선인의 성정이 音調를 빌어 그 와동(渦動)의 일 형상을 구현한 것'이라 하여 음파 위에 던진 조선의 그림자라 했다. 조선의 시는 조선인의 사상, 감정, 고뇌, 희원, 미추애락(美醜哀樂)을 정직하고도 명백하게 영탄상미(詠歎賞美)한 것이라야 하며 무엇보다 '조선스러움'을 주장했다. 이렇게 함으로써 민족문학으로서의 전통을 수립하고 민족문학으로서의 전형을 확립할 수 있다는 것이다. 그것이 바로 시조이다. 이렇게 육당은 우리민족고유의 문학으로서의 시조 부흥과 시조 정립을 위해 심혈을 기울인 선구자이다.

물론 육당의 시조부흥운동에 박차를 가한 것은 앞에서도 진술했듯이 프로문학에 대항하는 국민문학파였다. 1926년 병인년을 맞아 '가갸날(한글날)'을 제정하여 이날을 기념하기로 하고 시조부흥을 병행시켜 우리의 전통시인 시조를 일어서게 한 것이다. 그 당시 조운은 「병인년과 시조」에서 다음과 같이 서술하고 있다.

"남의 본만 뜨고 남의 흉내만 내던 우리가 버렸던 자기를 도로 찾으며 자기 자신을 성찰하고 자기 정신을 수습하여 …… 이제부터는 모든 것에 조선심, 조선혼, 조선적이 따라다니게 되었다. 실로 올해의 병인년의 보람은 이 조선적에 있다고 생각한다 …… 700년 전에 사용했더라는 가극곡목의 발견과 사고(史庫)에서 정음반포 일자를 찾아내어 그 날을 기념하고 <가갸날>을 정하여 영원히 기념하자는 것과 극히 적으나마 조선무도회와 같은 것을 열게 되는 것이며

이 모두가 금년의 <조선>을 바탕으로 한 데서 생긴 한 가락일 것
과 이 보다도 시조 부흥이 비로소 한 가지를 잡게 된 것은 조선문학
사상에 중요한 페이지일 것이라고 말하니 이 또한 병인년의 수확중
의 대수확(大收穫)이다."

라 하여 병인년에 폭넓게 전개된 우리 것을 찾는 운동 중에서도 시조
부흥운동을 가장 큰 수확으로 꼽았다.

염상섭은 「시조에 대하여」에서

"과거는 현재의 모태이다. 그 의식적이나 감각의 심천(深淺) 또는 상
이는 있을지라도 거기에 조선인의 호흡 조선인의 혼이 전면(纏綿)이
흐르고 얽히고 터진 것은 어떻게 할 수 없는 일이다 그것이 예술적
일수록 사상, 관념, 감정, 감각의 상이를 초월하여 조선적이라는 이
름아래 우리를 힘 있게 불러줄 것이다."11)

라 하여 시조가 의식이나 감각의 깊이는 과거와는 다른 점이 다소 있
을지라도 조선인의 혼은 얽히고설키어 면면히 이어져오고 있음을 말
했다. 그 시조는 우리의 것이기에 우리가 가꾸어야 됨을 염상섭은 역
설했다. 이어 그는 '시조나마 내쫓으면 조선 문단에는 우리의 것으로
무엇이 남을고'라며 자기민족이 처한 시대적인 환경, 자기민족이 가지
고 있는 사상 감정 호흡 희망을 떠나서 세계적일 수도 없고 인생을 위
한 것일 수도 없으며 예술적인 가능성도 없다고까지 했다.

---

11) 조선일보,1926.12.6.

염상섭은 그가 시조시인이 아니었음에도 시조부흥을 위해 이렇게 시조를 옹호하고 나섰다. 우리의 것이 다 무너져가고 소멸되어가는 일제강점기의 시대상황에서 우리 것을 지키려는 고조된 민족의식이 시조의 부흥을 가져오게 했다.

허영호(許永鎬)는 「시조부흥에 대한 관견」에서

"시조의 부흥운동은 조선의 문예부흥에 있어서 일으키지 않으면 안 될 일이고 일어나지 않고는 마지못할 성질을 가진 운동이다. 작금년간에 조선의 시인 문사들이 감흥과 운율 없는 시를 읊은 것으로부터 떠나 민족적─조선 사람의 운율에 맞는 시를 읊은 것으로 경향(傾向)하는 진경(進境)을 보여주는 것은 대단히 기쁜 일이고 또 당연한 일이다."12)

라 하여 시조부흥운동의 필연성과 조선인으로서 마땅히 우리의 정서와 운율에 맞는 시를 읊는 것은 당연하다고 했다. 그리고 그는 또 시조발달을 위해서는 형식의 정제(整齊)가 필요하며 "청신한 감각과 발랄한 생명으로 탄력 있는 시형(詩型) 시상(詩想)을 만들기 바란다."라 하여 구각(舊殼)을 벗어버릴 탁월한 천재 작자가 나오기를 바라기도 했다.

가람 이병기는 동아일보에 「시조란 무엇인가?」13)를 발표하여 시조의 이론 정립에 큰 틀을 마련하게 되었다. 이것은 최초의 시조이론서이다. 가람은 이 논저에서 1. 명칭, 2. 종류, 3. 자수, 4. 구조(句調), 5. 운

---

12) 신민 24호, 1928.3.
13) 동아일보, 1926.12.10~11.

율, 6. 체제, 7. 유래, 8. 낭음법(朗吟法), 9. 수사법, 10. 신운동(新運動) 등 10항으로 나누어 서술하고 있다. 이는 그때까지 아무런 이론이 없이 고시조의 형식만을 답습하여 창작해 오던 처지에서 시조의 이론과 창작의 방향이 제시되었다는 것은 시조사의 큰 획을 찍은 것이다. 그 후에 나온 「시조 원류론」14)에서는 시조의 기원과 형식과 특질을 보다 구체적으로 밝혔다. 이것은 전 해에 발표된 이은상의 「시조단형추이」15)와 가람의 「율격과 시조」16)와 더불어 시조론 정립에 큰 수확이며 시조부흥운동에도 든든한 이론적인 배경이 되었다.

이상의 제 이론들이 제기되고 논란을 거듭하면서 시조창작자들이나 시조이론가들은 물론 일반인들도 시조에 대한 관심도가 높아지면서 본격적인 시조부흥이 일어났다.


## 7. 시조부흥 논쟁

육당에 의해 제기되어 창작과 이론을 겸하여 차근히 발전되어가던 시조부흥운동은 마냥 긍정적인 면에서만 나아간 것은 아니었다. 시조부흥에 대한 부정적인 견해도 많았다. 이를 확인이라도 하듯 1927년 신민사에서 마련한 「시조는 부흥할 것인가?」와 동아일보의 「삼십이년의 문단전망」에서 다루어진 진지하고도 구체적인 논의는 시조가 현

---

14) 신생 제2권, 1929.1~3.

15) 동아일보, 1928.3.18~25.

16) 동아일보, 1928.11.12.

대시조로 다시 태어났음을 알리는 계기가 되었다. 곧 논쟁이 있다는 것은 그만큼 관심이 있다는 증거이기도 하다.

그 후 거듭된 논쟁이 또 있었다. 1955년, 56년이다. 이 논쟁은 이태극의 「시조부흥론」[17]을 계기로 시작되었다. 시조연구에 발표된 이태극의 논조에 대해 김동욱은 「시조부흥에 대한 고찰」[18]이란 제하로 극렬한 반론을 제기했다. '낡은 술부대에 새 술을 담을 것인가'라는 성경 구절을 인용하며 낡은 형식에 새로운 시 감각을 담을 수 없다는 것이다.

몇 번의 논쟁이 오고 간 후 이태극은 「현대시조의 실상」에서 시조문학이 지속적인 발전을 추구했음을 밝혔다. 그리고 육당, 춘원, 노산, 가람, 담원, 조운 등을 만나 정정당당하게 현대시의 대열에 참여하면서 오늘에 이르렀음을 강조하였다.

시조 부흥 논쟁은 그 후 1958년도에 와서 또 다시 재론되었다. 시조 형식에 대한 보다 구체적인 논쟁이 시인(시조) 장하보와 시인(자유시) 김춘수 사이에 있었다.

장하보의 「현대시조와 이해 – 현대문학 시조특집평」[19]이 부산일보에 발표되면서이다. 이에 대해 김춘수는 「시조형태 현대화에 대하여」,[20] 「시조의 포옴과 장르에 대하여」[21] 및 「시조형태고 – 하보씨에 답함」[22]을 발표하였다. 이어 장하보는 「시조의 발전과 현실 – 김춘수씨에 답함 –」를 발표함으로써 시조형식에 관한 본격적인 논쟁이 벌어졌다.

---

17) 시조연구, 제1집, 1953.1.5.
18) 경향신문, 1955.4.27.
19) 부산일보, 1958.6.4.
20) 국제신보, 1958.6.4~5.
21) 민주신보, 1958.6.25~26.
22) 국제신보, 1958.7.20~22.

여기에 또 시인 김수영이 「시조 제2예술의 시비」23)를 국제신문에 발표함으로써 시조형태에 대한 활발한 논의가 이루어졌다.

이러한 논란 중에 『현대문학』지에서는 「시조의 현대적 이해와 그 부활에 관한 각계의 의견」을 <시조특집>으로 꾸며 설문과 함께 특집 의도를 밝혔다.

설문 내용은

1. 시조는 국문학사상 하나의 역사적 기념물로만 남을 것인가?

2. 현대인의 사상과 감정을 능히 표현할 수 있는 현대시의 한 형식으로서도 존속될 수 있을 것인가? 이며

그 편집 의도는 '시조의 부활을 주장하는 시조시인들의 열의에 부응하여 시조특집을 감행하는 것과 아울러 이 문제를 문단의 각계각층에 문의해 보기로 했다'는 것이다. 그래서 각계인사 16명의 의견을 종합하여 발표했다.

국문학자이면서 시인인 이희승은 '중국에 자유시가 쓰이지만 오언칠언시가 엄연히 존재하고 있고 일본도 화가 배구가 의연히 판을 치고 있는 것을 보면 우리도 깨달을 수 있으리라 본다며 시조도 현대인의 사상 감정을 충분히 담을 수 있는 현대시의 한 형식으로써 존속될 수 있음을 강조했다.

시인 김동규는 시조는 부활될 수 있음을 명시하고 또 그렇게 되어야 우리시가 다채로워지며 예츠나 에즈라 파운드 같은 시인도 동양의 단시 형식에 관심이 컸던 것을 상기 시켰다.

이러한 긍정적인 반응을 보인 분이 있나하면 아주 부정적인 면만 부각시킨 사람도 있다. 평론가 김우종과 현대시조의 <기본틀>을 정리

---

23) 국제신문, 1958.9.16.

한 조윤제까지도 '시조의 부흥은 망발'이라고 부정하였다.

이러한 찬·반의 논리 가운데 시인 김현승은 가장 바람직한 논리를 폈다. 보전 계승시키되 시대에 맞도록 하자는 것이다. 시조의 현대적 의의는 우리 고유의 문학 형식으로서 보전계승 시켜나가야 한다고 했다. 왜냐면 자유시가 오늘날 산문화되어 가는 마당이기 때문에 시조의 형식 고수가 어렵게 여겨지기 때문이라는 것이다. 그래서 김현승은 시조의 형식은 고수되어야 된다는 것이다. 그러나 그 형식은 계승시키되 그 내용은 혁신되어야 된다고 했다. 곧 '**형식은 고수하되 내용은 현대 감각**'이라야 **한다는 것이다**. 지당한 논리이다. 현대적 생활감각과 주지면에 치중하여 시적 승화를 꾀하는 곳에서 시조 부활이 이루어져야 됨을 천명했다.

소설가 황순원은 '한 민족이 이룩해 놓은 예술 형식 속에는 그 민족만이 가질 수 있는 호흡이 깃들어 있는 법이어서 그 민족이 존속하는 한 그 예술의 생명도 지속된다고 본다.'면서 우선 시조에 대한 일반의 관심을 새롭게 하고 북돋우는 의미에서『현대문학』신인 추천 작품 모집 중에서 시조도 한 종목 넣기를 바란다고 했다.

시조부흥 논쟁은 이제 종식되었다. 시조는 부흥했기 때문이다. '현대 시조의 현주소'에 의하면 이제는 시조의 정체성을 바로 세워야 할 시점에 와 있다. 이에 대해 시조계나 학계는 오늘날 흐트러진 시조의 다양한 형식에 대해 진지하게 논의할 토론의 장을 마련하여야 될 것이다.

# I. 시조 창작을 위한 지상 특강

## 1. 시조의 발생

시조의 발생은 여러 이설이 있다. 외래적인 연원설로 한시의 영향에서 왔다는 설(안확)과 재래연원설로 巫歌(무가)나 민요에서 영향을 입었다는 설(이광수, 이희승)과 향가와 별곡에서 그 형태적 영향을 받은 것(이태극)으로 보는 설 등이 있다. 하지만 현재는 재래연원설로 정착된 것으로 본다. 그래서 이를 종합해 보면 시조는 오랜 시기 민요에 그 뿌리를 두고 향가의 형태에서 일단 발원했을 것으로 본다. 그러다가 여요에서 배태되어, 음아과의 관련 속에서 역학을 워리[1]로 하여 여말에 정형으로 독립된 것으로 본다. 또한 횡적으로는 한시와의 영향이 적잖게 반영[2]되었을 것으로도 본다. 이를 도표로 나타내 보면 다음과 같다.

---

1) 3장6구 12음보(천 · 지 · 인 3재, 6효, 12간지).

한시
↓

민요----→향가----→여요--(음악, 역학)--→시조
(뿌리)　　(발원)　　(배태)　　　　　　　(독립)


## 2. 시조의 개념과 명칭

### 1) 시조의 개념

시조에 대한 정의는 학자마다 언술(言術)의 차이는 있을지라도 특별하게 그 근원적인 차이는 없이 유사하게 내려지고 있음을 볼 수 있다. 이희승편『국어대사전』에 의하면 '고려 말엽부터 발달하여 온 한국 고유의 정형시로서 보통 초장 3·4·3(4)·4, 중장 3·4·3(4)·4, 종장 3·5·4·3 등의 격조로 되었으며, 그 형식에 따라 평시조·엇시조·사설시조·연시조로 나뉘며, 보통은 평시조를 이른다'고 되어 있다.


### 2) 시조의 명칭

시조의 명칭은 조선 영조 때 시인 신광수(申光洙)가 지은 『관서악부(關西樂府)』에 의하면 '일반으로 시조의 장단을 배한 것은 장안에서 온 이세춘'이라 한 것이 문헌상으로 나타난 최초의 기록이며 명칭이다.[3] 시조라는 명칭의 원뜻은 시절가조(時節歌調)로 당시에 유행하던 노래라

---

2) 초기 시조 창작자들이 사대부 성리학자들이고, 한시 작자들이기 때문에 이를 가능케 함.

3) 申光洙, 石北集, <關西樂府> 其15, 初唱聞皆說太眞 至今如恨馬嵬塵 一般時調排長短 來自長安李世春.

는 뜻이다. 그러므로 엄밀히 따진다면 음악상의 용어이다. 하지만 오늘날은 문학상의 용어로 정착되었고 음악상 용어로는 '시조창'이란 명칭을 따로 쓰고 있다.


## 3. 시조의 형식

### 1) 평시조

국문학의 한 장르로서 정착된 시조는 3장 6구 12음보 45자 내외로 구성된 우리 문학 고유의 정형시이다. 각 음보는 종장 2음보를 제외하고는 3개 또는 4개의 음절로 구성되는 것이 가장 정격(正格)의 형식이다. 이를 도시해 보면 아래 <표 1>과 같다.

<표 1>

| | 음절수<br>(첫째음보) | 음절수<br>(둘째음보) | 음절수<br>(셋째음보) | 음절수<br>(넷째음보) |
|---|---|---|---|---|
| 초장 | 3 | 4 | 4(3) | 4 |
| 중장 | 3 | 4 | 4(3) | 4 |
| 종장 | 3 | 5-7 | 4 | 3(4) |

위 표의 정격에 맞는 시조 몇 편을 살펴보자.


①

초장 → 오백년(3)/ 도읍지를(4) / 필마로(3)/ 돌아드니(4) ⇒14자

중장 → 산천은(3)/ 의구하되(4) / 인걸은(3) / 간데없네(4) ⇒14자

종장 → 어즈버(3) / 태평연월이(5)/ 꿈이런가(4) / 하노라(3)⇒15자
→ 총43자


②
초장 → 구름이(3) / 무심탄 말이(5) / 아마도(3) / 허랑하다(4)⇒15자
중장 → 중천에(3)/ 떠 있어서(4) / 임의로(3) / 다니면서(4)⇒14자
종장 → 구태여(3)/ 광명한 빛을(5) / 따라가며(4) / 덮나니(3)⇒15자
→ 총 44자


③
초장 → 白雪(백설)이(3)/자자진 골에(5)/구름이(3)/머흐레라(4)⇒15자
중장 → 반가운(3)/梅花(매화)는(3)/어느 곳에(4)/피었는고(4)⇒14.자
종자 → 夕陽(석양)에(3)/홀로 서 있어(5)/갈 곳 몰라(4)/하노라(3)⇒
15자 → 44자


위에 있는 ①, ②, ③시조 형식에서 보듯이 시조의 형식은 3장 6구
12음보 45자 내외라고 한다. 이 말은 45자에서 2자를 더하거나 빼도
된다는 말이다. 곧 위에 든 시조들은 43자에서 44자인데 47자까지 허
용이 된다는 말이다. 위의 표를 잘 살펴보면 47자까지 나온다. 이렇게
45자에서 2자를 가감하는 여유를 둔 것도 선조들의 여유로운 삶이고
지혜이다. 이를 평시조 또는 단시조라고 한다.

시조(단시조)는 3장 6구 12음보라는 정해진 틀 안에서 시상을 전개
하되 45자 내외(43~47)의 자수율을 견지하는 것이 시조의 기본형이
고 이를 정격으로 간주한다. 이 기본형의 자수율은 필자가 조사한 바
에 의하면 각 음보 간에 가감은 있어도 고시조에서 약 80%를 차지한

다. 정격에서 4음절의 여유를 가진 시조(41~49)는 고시조에서 약 17% 정도 나타나며 도남 조윤제도 국문학개설에서 변형으로 제시했다. 그 이하와 이상은 시조의 율격에도 맞지 않고 자유시 같은 인상을 준다. 물론 고시조에서도 3%정도 나타나긴 한다. 그래서 그 이하와 이상은 파격으로 간주한다. 이는 시조의 종장을 맞추었다 하더라도 자유시와의 경계가 불분명하여 자유시 같다는 핀잔을 듣는다.

하여가, 단심가, 절의가, 호기가 등도 위의 표와 같은 형식을 나타낸다. 이것이 시조의 정격이다.


## 2) 엇시조(중형시조)

엇시조(旕時調)는 중형시조에 해당한다. 시조는 문학상 평시조·엇시조·사설시조로 분류해왔는데 이는 형태상 단시조·중시조·장형시조로 부를 수 있다. '旕'자는 '於'에 '口'를 합한 자로 우리말 '엇'의 음차자(音借字)이다. 엇은 횡(橫)으로 비끼다·빗나가다·엇되다·엇갈리다·얼치기·중간치기의 뜻을 지니므로 엇시조는 정형이 아닌 변형에 속한다. 초장·중장·종장의 어느 한 장이 규칙 이상으로 길어진다.


## 3) 사설시조(장형시조)

사설시조(辭說時調)는 '장시조', '장형시조'라고도 부른다. 본래는 만횡청(蔓橫淸)이라 하여 창법의 명칭으로 쓰였다. 만횡(蔓橫)의 내용은 가곡원류(歌曲源流)에 의하면4) "엇농(旕弄) 즉 질러내어 흥청거리는 창조이며, 세 수의 큰 가락으로 희롱조로 흥취를 돋우는 것"이라고 하였다.

---

4) 蔓橫 俗稱 旕弄 興三數大葉同頭而爲弄也.

어쨌든 이때의 장형시조(長型時調)는 형식면에서 길이가 길어졌고 가사투(歌辭套)와 민요풍(民謠風), 대화(對話) 등이 삽입되어 나타난다.

사람이/몇 생이나 닦아야 물이 되며//몇 겁이나 전화(轉化)해야 금강
(金剛)에 물이 되나!/금강(金剛)에 물이 되나!

샘도 강도 바다도 말고/옥류(玉流) 수렴(水簾) 진주담(眞珠潭)과 만
폭동(萬瀑洞) 다 고만 두고//구름 비 눈과 서리 비로봉 새벽안개 풀
끝에 이슬 되어/구슬구슬 맺혔다가 연주팔담(連珠八潭) 함께 흘러

구룡연(九龍淵)/천척절애(千尺絶崖)에//한 번 굴러/보느냐.
─ 조운(曺雲), <구룡폭포> 전문

## 4) 연시조(聯詩調)

연시조는 퇴계 이황의 「도산십이곡」, 율곡 이이의 「고산구곡가」,
고산 윤선도의 「오우가」, 노계 박인로의 「오륜가」, 송강 정철의 「훈민
가」 등이 이에 속한다. 그리고 현대시조는 거의 연시조로 창작되어짐
을 볼 수 있다.

## 4. 시조 창작을 위한 원론

시조 창작의 이론이나 시창작의 이론이나 그 원론적인 면에서는 같
다. 다만 시조는 3장 6구 12음보라는 정해진 틀 안에서 시상을 전개해
야 하므로 자유시에 비해 보다 엄격한 언어의 함축과 절제가 필요하다.

1) 시조의 형식과 한국어의 언어 구조

　시조는 우리 민족의 언어구조와 그 특질에 바탕을 두고 있다. 우리의 말은 대개가 2음절 3음절 4음절로 이루어져 있다. 예를 들면

「웃으면(3) 복이 와요(4). 모두모두(4) 웃어 봐요(4).
　신나게(3) 웃다보면(4) 모든 근심(4) 달아나요(4)
　모두들(3) 웃음보따리(5) 풀어 놓고(4) 웃어요.(3)」


　위의 문장을 풀어 보면 <2음절>, <3음절>이다. 4음절은 2음절이 2개 모여서 이루어진 것을 알 수 있고, 5음절은 2음절과 3음절의 결합이다. 이러한 언어 구조로 이루어진 한국어의 특질이 시조의 형태를 가능하게 하는데 결정적인 요인이다. 이 형태는 다른 어떤 언어로도 살릴 수가 없다. 이것이 우리 시조의 정체성이다. 곧 한국어의 언어 구조가 <시조 장르>를 가능하게 했다. 각 음절의 자수에 약간의 변화를 허용하는 것이 정형속의 절제된 자유이다. 우리 고유의 시조 형식을 고수하면서 현대 감각을 살리는 것이 현대시조이다.


　내설악/ 등에 업은
　만해 마을/ 찾았더니(15자)
　떠나간/ 임 그리는
　설법이/ 넘쳐흘러(14자)

　세루(世累)한/ 유랑의 짐에
　만심(卍心)가득/ 실어라. (15자 → 44자)
─ 김영덕, 백담계곡을 에돌아

2) 시조의 요소

문학 장르 중에서도 작가의 사상과 감정을 가장 잘 드러내는 것은 시가 으뜸이다. 이러한 시인의 사상과 감정은 시인의 기본적인 인격 안에서 외부의 객관적인 사물에 접하면서 비롯된다. '시의 나라'라고 해도 과언이 아닌 중국에서는 '시의 나라'에 걸맞게 일찍부터 시학이 발달했다. 『상서·요전』에 의하면 '시는 뜻을 말하고 노래는 말을 길게 읊는 것이며 소리는 읊는 것에 의존하며 운율은 소리를 조화시킨 것이다(詩言志 歌永言 聲依永 律和聲)'라고 하여 시의 뜻과 시의 음악성과 시의 운율과 시의 조화를 말하고 있다. 이는 시조의 기본 요소와 잘 어울림을 보게 된다. 여기에 시조의 기본틀5)을 올려놓으면 시조의 요소가 된다. 곧 ① 말뜻, ② 이미지, ③ 운율, ④ 조화, ⑤ 형식이라 하겠다.

또 하나 더 붙이면 일반적으로 시의 요소를 말할 때 ① 말뜻, ② 이미지, ③ 리듬, ④ 어조를 든다. 시조는 시의 한 형태로서 정형시이다. 그래서 시의 요소를 다 가지고 있다. 단지 시조는 정형시인 만큼 그 형식을 알고 그 형태를 지켜서 작품을 형상화하는 것이 시조의 정체성을 유지하는 길이다. 그래서 시조의 요소에는 시의 4가지 요소에다가 시조의 구조 곧 그 형식을 더하여 다섯 가지 요소를 들고 있다.


3) 각장의 의미

(1) 기·승·전·결의 의미

시조는 초장 중장 종장으로 이루어진다. 이것은 한시 절구를 지을 때

---

5) 앞 면 3, 시조의 형태, 1) 평시조 참조.

의 기승전결의 의미와 같다. 그래서 한시를 시조로 옮기거나 시조를 한시로 옮긴 것을 보면 시조의 초장은 한시의 起에 해당하고 중장은 承轉 또는 承에 해당한다. 종장은 結 또는 轉結에 해당하는 것을 본다. 그래서 시조가 한시의 절구에서 변형된 형태라고 주장하는 학자도 있다.

기승전결의 의미와 관련하여 시조를 지으면 그 구성이 물 흐르듯 자연스럽게 펼쳐진다.


<예시>

한 고개 또 한 고개 고개를 헤여 오다
토암산 넘어 서서 동해 바다 바라보고
저믄 날 돌아갈 길이 바쁜 줄을 모르네.

― 이병기, <석굴암> 1연


(2) 병렬과 접속 관계

초장, 중장은 병렬관계이고 종장은 초·중장을 잇는 접속 종결이다 곧 병렬관계인 초·중장과 합일 또는 일반화되는 접속 종결로서의 종장이라는데 의미가 있다.


이런들 어떠하며 저런들 어떠하리
만수산 드렁칡이 열켜진들 어떠하리
우리도 이 같이 얽혀 백 년 토록 살아보세.

― 이방원, 하여가


**부록** 279 ::

(3) 대상(Object), 관계(Relation), 의미(Meaning)의 구실을 한다.

그 의미는 대상(Object) - 관계(Relation) - 의미(Meaning)의 구조를 가진다. 곧 초·중·종장으로 불리는 세 개의 단위가 상호간에 맺고 있는 관계는 한 편의 작품이 시조의 주제를 드러내기 위하여 지니는 성격과 같은 것이다. 작품을 감상하며 살펴보자.


내 고향 남쪽바다 그 파란물 눈에 보이네
꿈엔들 잊으리오 그 잔잔한 고향바다
지금은 다 무얼할까 가고파라 가고파.

- 이은상, 가고파 첫 수


4) 시조의 표현 양식[6]

(1) 순진법: 기승전결의 순서로 가장 일반적임

청산리 벽계수야 수이 감을 자랑마라
일도에 창해하면 돌아오기 어려우니
명월이 만공산하니 쉬어간들 어떠리.

- 황진이

(2) 점층법: 점점 의미가 강화됨

간밤에 불던 바람 눈서리 치단말가
낙락장송이 다 기우러 가노메라
하물며 못 다 핀 꽃이야 일러 무엇 하리오

- 유응부

---

6) 이태극론에 따름.

(3) 도치법:의미를 강조키 위해 순서 바꿈

　묏버들 가지 꺾어 보내노라 님의 손에
　자시는 창 밖에다 심어두고 보옵소서
　밤비에 새잎 나거던 날인가도 여기소서.

― 홍낭

(4) 비유법:직유, 은유, 풍유

　천만리 머나먼 길에 고은 님 여의옵고
　내 마음 둘 데 없어 냇가에 앉았으니
　저 물도 내 마음 같아 울어 밤길 가누나.

― 왕방연

(5) 대비법: 두 개 이상 대비로 시의를 밝힘

　북천이 맑다 커늘 우장 없이 길을 나니
　산에는 눈이 오고 들에는 찬비로다
　오늘은 찬비 맞았으니 얼어 잘까 하노라

― 임제

(6) 문답법: 문답식

　동창이 밝았느냐 노고지리 우지진다
　소치는 아이 놈은 상기 아니 일었느냐
　재 너머 사래긴 밭을 언제 갈려 하느냐

― 남구만

(7) 반복법· 시의를 반복

　이 몸이 죽어 죽어 일 백 번 고쳐 죽어
　백골이 진토되어 넋이라도 있고 없고
　임 향한 일편단심이야 가실 줄이 있으랴.

― 정몽주

(8) 실사법: 보이는 대로 그려내는 방법, 회고적임, 서정시나 명승고적 자연
　　　 풍광을 그려낸 서경시

　청려장 힘을 삼고 남묘로 나려가니
　도화는 흩날리고 소천어 살쪘는데
　원근에 즐기는 農歌는 곳곳에서 들린다.

– 김천택

5) 시조의 구조적 특성

(1) 4음보절의 길이를 기준으로 2개의 음보가 짝을 이룬다.

(2) 연첩을 형성함으로써 시조의 율격 구조를 이룬다.

(3) 각 장은 짝을 이룬 두 음보가 2번씩 나타나 4보격이다.

(4) 시조의 구조적 특성은 장(章)의 형식이나 율독의 형식이나 3장 형
　　 식이 종결 징표를 나타낸다.

　'이 몸이/죽고 죽어//일백번/고쳐 죽어///
　백골이/진토되어//넋이라도/있고 없고///
　임향한/일편단심이야//가실 줄이/있으랴'

위에서/은 두 개의 음보가 짝을 이룬 것이고//은 두 개의 음보가 구
를 나타낸 것이다. 곧 연첩을 형성함으로써 시조의 율격 구조를 이룬
다. 그리고///은 각 장을 나타낸다. 곧 각 장은 짝을 이룬 두 음보가 2번
씩 나타나 4보격이다. 그래서 시조의 구조적 특성은 장(章)의 형식이나
율독의 형식이나 3장 형식이 종결 징표를 나타낸다.

6) 의미단위로서의 구와 장

(1) 시조의 일차적 조건은 3장 6구 12음보라는 형식적 특성에 있다. 이 형식이 시조의 정체성이다. 이런 의미에서 '양장시조'나 '4행시조'는 시조가 아니다. '2행시'나 '4행시'라는 용어가 적절하다고 본다.

(2) 각 구는 2음보로 이루어지며 이것은 최소한의 의미를 가진 율격 단위이다.

(3) 2구가 짝을 이루어 독립된 하나의 문장 형태를 갖추면서 1장이 된다.

(4) 시조 한 수는 3장이 모여 통일되고 완결된다. 곧 3 개의 장이 의미를 가지면서 한 편의 시조가 된다.


이렇게 시조는 3 4 5음절 단위의 음보가 모여서 이루어지는 시형이다. 두 음보가 모여서 한 구를 이루고 각 구가 두 개 짝을 이루어 시조의 각 장을 만든다. 그래서 3장 6구이다. 각 구는 진술로서의 구체적인 의미를 띄운다.


<예시>

철길 가 /흐드러진(1구)
함박웃음 /밀물로 와(2구)

연분홍/ 맺힌 사연(3구)
찾아 드는/ 이 오후는(4구)

스치는 /꽃샘바람도(5구)

가슴 깊이/ 안긴다.(6구)

　　　　　　　　　　　　　　　　　　　－ 이태극, 진달래 연가  첫 수


## 7) 시조의 운율

시조의 운율은 단순히 글자 수만 맞추는 것이 아니다. 구와 구, 초·중·종장의 내적 율격까지 만족시켜야 한다. 외형적 율격만이 아니라, 내적 율격이 시조 속에 스며들어야 한다. 그래서 전체적인 구조로 볼 때 시조의 한 구는 최소한의 의미 단위로 이루어지며, 한 장은 하나의 독립된 문장의 형태를 갖추어야 하며, 한 수는 3장이 모여 통일되고 완결된 한 편의 의미 단위를 구축 한다.


### <예시>

성불사/ 깊은 밤에// 그윽한 /풍경소리

주승은 /잠이 들고// 객이 홀로/ 듣는구나.

저 손아 /마저 잠들어// 혼자 울게 /하여라.

　　　　　　　　　　　　　　　　　　　－ 이은상, 불국사 첫째 수


## 8) 파격에 대한 반성

시조의 현대화가 마치 시조의 고유성을 무너뜨리는 것인 양 자유시인지 시조인지 구별이 안 되는 시들이 버젓이 <시조>라는 이름으로 발표되기도 하니 이는 지양되어야 한다. 시조를 제대로 아는 진정한

시조시인들은 시조의 틀을 사랑하고 시조의 고유성을 지킨다. 평시조의 정격을 지키며 연시조로 시상을 펼쳐 나가면 된다. 그것도 어려우면 아예 엇시조나 사설시조로 지으면 된다. 그래서 시조는 정형시이면서도 이렇게 자유스러운 길을 터놓기도 하여 선인들의 지혜를 엿볼 수 있다. 어정쩡한 표현 형식으로 파격을 하는 것은 없어야겠다.


## 5. 특강의 의미: 시조의 저변 확대와 후진 양성

교육입안자를 포함한 교육 현장에서는 시조가 우리 고유의 자랑스러운 문학임을 자각하고 우리의 귀한 문화유산에 자긍심을 갖고 후손들에게 물려주어야 할 것이다. 우리 국민이면 한글을 사랑하듯 우리의 시조(時調)문학을 사랑하고 또 우리의 고유시가 있음에 긍지를 갖고 시조 한 두 수쯤은 애송하고 읊을 수 있는 토양도 조성되어야 할 것이다. 시조시인들은 시조의 저변 확대는 물론 후진 양성에도 힘을 모아야 할 것이다. 그리고 세계로 향하여 뻗어가게 해야 할 것이다.

─ (사)한국시조문학진흥회 주최(2007)

─ (사) 한국서학회 주최(2008)

─ 시조문학특강 자료 요약: 시조춘추 창간호 게재

## Ⅱ. 시조의 세계화를 꿈꾼다

- 이정자(시인, 문학박사)

한글학회 100년 역사에 한글은 세계기록유산에 기록되었으며(1997), 10대 국제공용어에 채택되는 등 그 우수성을 세계적으로 인정받았다. 거기에는 물론 한글 학자들의 많은 노력의 결과라고 본다. 그 중에서도 첫 단추를 잘 끼운 주시경 선생의 공이 으뜸일 것이다.

주시경선생은 1914년 39살의 젊은 나이로 세상을 떠난 국문학자이다. 갑오경장과 한일합방을 겪은 근대화의 소용돌이와 일본침략이라는 민족의 수난 속에서 오직 국어 연구를 평생의 과업으로 삼았다. 선생은 국어의 발전이 민족의 흥망성쇠와 직결된다는 것을 느끼고 국어 연구와 그 발전에 몰두했다. 한글 전용을 외쳤고, 국어 순화를 실천에 옮겼다. 오늘날의 한글학회의 모태인 국어연구학회도 1908년 8월 31일 주시경 선생의 주도하에 만들어졌다. 그래서 올해가 한글학회 100주년이다. 그 기념식이 지난 8월 30일 건국대 새천년관에서 국제학술회의로 열리기도 했다.

이제 한글은 세계화 시대에 발맞추어 한국의 대표적 문화상품이 되었다. 현재 64개국 742개 대학이 한글을 가르친다. 한국어능력 시험을 치르는 외국인이 작년에 7만 2000명에 이르렀다고 한다.

한글학회 100주년을 축하하며 이 자랑스러운 한글의 세계화에 우리 말과 글을 가장 미적으로 살린 우리 시조도 세계에 알리자고 조심스럽게 타진해본다. 일본의 하이쿠는 국가의 지원을 받으며 세계로 뻗어가고 있는데 우리는 우리 것에 너무 소홀한 감이 든다. 시조에는 우리 역사도 고스란히 살아있다. 향가 속요 가사 등 여러 유형의 고시가가 있었지만 오직 시조만이 그 명맥을 이어 현대시조로 넘어 왔다.

1920년대 가람에 의한 이론적 배경과 더불어 육당의 [백팔번뇌](1926) 출간과 이어서 나온 [시조유취](1928) 출간을 계기로 정점으로 치달은 시조부흥운동은 노산 이은상의 [노산시조집]출간으로 현대시조의 면모를 보였다. 여기에 부인들을 대상으로 하는 <가투놀이> 등 시조보급을 꾀하는 신문과 잡지들이 힘을 보태어 시조부흥은 결실을 맺어 오늘의 현대시조로 이어오고 있다.

시조는 3장 6구로 구성된 아주 완벽하고도 훌륭한 시형이다. 학교 다닐 때 시조 한·두수쯤은 다 외워보았을 것이다. 그 시조의 창작배경도 들어보았을 것이다. 그 유명한 <하여가>와 <단심가> 이방원과 정몽주의 이야기를 들어보았을 것이다. 황진이와 벽계수의 얘기며 홍랑과 최경창의 얘기도 들어보았을 것이다. 그리고 현대시조로 와서 이은상의 시조를 작곡한 <성불사>와 <가고파> 등을 즐겨 불렀을 것이다.

가장 한국적인 것이 가장 세계적이라 한다. 이 말을 증명이라도 하듯, 오세영 시인이 미국 교환교수로 갔을 때의 경험담이다. 학생들이 한국의 시를 묻기에 한국의 명시라고 생각하는 시를 들려주었는데 별 반응이 없었다. 그래서 순간 시조가 생각나서 시조를 읊어주었더니 학생들의 반응이 참 좋았다. 그 후 그는 한국에 돌아와 시조를 썼다. 그리고 2007년 현대시조 100년 기념으로 태학사에서 낸 [우리시대 현대시조 100인선]에서 특별히 101번째로 자리를 받았다. 필자도 서점에서 특별히 낸 시조집이기에 사서 보았다. '가장 한국적인 것이 세계적'이란 말을 되새기며ㅡ.

시조는 우리 민족의 언어구조와 그 특질에 바탕을 두고 있다. 우리
의 말은 대개가 2음절 3음절 4음절로 이루어져 있다. 예를 들면

성불사(3) 깊은 밤에(4) 그윽한(3) 풍경소리.(4)
주승은(3) 잠이 들고(4) 객이 홀로(4) 듣는구나(4)
저 손아(3) 마저 잠들어(5) 혼자 울게(4) 하여라.(3)

이은상의 <성불사의 밤> 첫 수이다. 이를 보면 <2음절>, <3음
절>이다. 4음절은 2음절이 2개 모여서 이루어진 것을 알 수 있고, 5음
절은 2음절과 3음절의 결합이다. 이러한 언어 구조로 이루어진 한국어
의 특질이 시조의 형태를 가능하게 하는데 결정적인 요인이다. 이 형
태는 다른 어떤 언어로도 살릴 수가 없다. 이것이 우리 시조의 정체성
이기도 하다. 곧 한국어의 언어 구조가 <시조>를 가능하게 한다. 각
음절의 자수에 약간의 변화를 허용하는 것이 정형속의 절제된 자유이
다. 우리 고유의 시조 형식을 고수하면서 현대 감각을 살리는 것이 현
대시조이다.

한글학회 100년 역사에 한글이 세계기록유산에 기록되고, 10대 국
제공용어에 채택된 기쁨을 온 국민이 맛보듯이 이제 우리 고유의 정형
시인 [시조]를 한글 속에 넣어 세계화시키는 데도 힘을 좀 모으자. 가
장 한국적인 것이 세계적이라 했다. '가장 한국적인 시조를 이제 세계
화'시키자. 45자 내외(43~47)의 평시조는 간단하여 뜻을 전하기도 편
하고, 운율이 있어 노래하듯이 읽혀져서 외국인들도 좋아한다(조선일
보 독자칼럼 2008.9.9).

자헌(慈軒) 이정자(李靜子) 시인 문학박사.
대구사범학교·이화여자대학교·건국대대학원
초·중등 교사 및 건국대교수 역임. 겨레어문학회
한국문인협회, 한국시조시인협회 중앙위원, 한국현대시인협회
이화동창문인회 이사, 한국시조문학진흥회 이사 그 외.

논저
[한국 시가의 아니마 연구](1996)
[시조문학연구론](2003)
[글쓰기의 길잡이](2005)
[고전의 샘에 마음을 적시다](2009)
[현대시조, 정격으로의 길](2010)
그 외 논저 및 논문 다수

자유시집
[영의 눈이 뜨일 때](2001)
[마음의 풍경](2008) 그 외

시조집
[가을 꽃 여울 타고](1996)
[기차여행 – 사계의 노래](2005)
[자연의 곳집을 열고](2009) 그 외

에세이집
[당신의 인생도 업그레이드 해보라](2006) 그 외

# 한 수의 시조에 역사가 살아있다


**초판 1쇄 인쇄일|** 2011년 8월  9일
**초판 1쇄 발행일|** 2011년 8월 10일

| | |
|---|---|
| **지은이** | 이정자 |
| **펴낸이** | 정구형 |
| **총괄** | 박지연 |
| **편집 · 디자인** | 이솔잎 채지영 김민주 |
| **마케팅** | 정찬용 |
| **관리** | 한미애 |
| **인쇄처** | 월드문화사 |
| **펴낸곳** | 국학자료원 |

등록일 2006 11 02 제2007-12호
서울시 강동구 성내동 447-11 현영빌딩 2층
Tel 442-4623 Fax 442-4625
www.kookhak.co.kr
kookhak2001@hanmail.net

| | |
|---|---|
| ISBN | 978-89-279-0132-7 *93810 |
| **가격** | 20,000원 |

* 저자와의 협의하에 인지는 생략합니다.
  잘못된 책은 구입하신 곳에서 교환하여 드립니다.